Beast

JAY
CROWNOVER

Beast

ROMAN

Traduit de l'anglais (États-Unis) par
LAURIANE CRETTENAND

&H

Titre original :
GOLDILOCKS

Ce livre est publié avec l'aimable autorisation de Donaghy Literary Group.

Cette œuvre est une œuvre de fiction. Les noms propres, les personnages, les lieux, les intrigues sont soit le fruit de l'imagination de l'auteur, soit utilisés dans le cadre d'une œuvre de fiction. Toute ressemblance avec des personnes réelles, vivantes ou décédées, des entreprises, des événements ou des lieux serait une pure coïncidence.

HARPERCOLLINS FRANCE
83-85, boulevard Vincent-Auriol, 75646 PARIS CEDEX 13.

www.harlequin.fr

ISBN 978-2-2804-6949-4 — ISSN 2271-0256

Note de l'autrice

Bonjour, chers amis.

Êtes-vous aussi excités que je le suis d'entamer une nouvelle année et de nouveaux livres ?

Je sais que ça fait beaucoup de choses à assimiler en peu de temps, mais j'ai l'impression que cela compense le peu de contenu que je vous ai proposé en 2020.

Beast paraîtra peut-être familier à certains d'entre vous. Ce livre a été écrit mensuellement pour les abonnés de ma newsletter. Peut-être avez-vous participé à l'aventure ou lu un chapitre ici et là.

J'ai écrit trois livres de cette manière, et tous ont donné lieu à des expériences d'apprentissage très intéressantes. C'est toujours amusant de partager un brouillon avec mes lecteurs, et je trouve les retours immédiats instructifs. Les deux autres livres concernés sont *Love & Rehab* et *En chute libre*. Les deux ont fini par compter parmi mes best-sellers, aux États-Unis et à l'étranger. Je croise les doigts pour que *Beast* suive le même chemin !

Si ce livre marche bien, je me creuserai la tête pour trouver une nouvelle idée pour mon prochain livre de newsletter. Même s'il va peut-être falloir que j'attende un peu si je veux partager avec vous tout le contenu que j'ai prévu cette année.

Cette version de *Beast* a été révisée, relue, et corrigée. En plus d'avoir désormais une vraie fin, elle a été peaufinée pour être plus cohérente, plus pro. Vous remarquerez quelques changements si vous avez lu le premier jet, et j'espère que vous penserez qu'ils ont amélioré le roman.

Quoi qu'il en soit, si vous l'avez lu pendant que je l'écrivais, merci d'avoir supporté mon affreux brouillon parfois incompréhensible. Et si vous avez simplement acheté ce livre à sa publication, merci de nous honorer, moi et mes mots, de votre temps et de votre argent.

Les deux sont précieux ces jours-ci, et je vous remercie de les partager avec moi.

Bonne lecture !

Amour & encre,

Jay

Je n'ai pas pour habitude d'ouvrir mes livres sur des mises en garde, parce que je considère que ce que j'écris n'est ni tabou ni très éloigné d'événements auxquels on peut être confrontés dans la vraie vie. Cependant, je suis assez sensée pour savoir que cette histoire aborde des sujets lourds, comme la violence psychologique, la violence physique, et l'idée de suicide, dans une moindre mesure. Si vous êtes aux prises avec un de ces sujets, vous voudrez peut-être passer votre tour. Je crois fermement qu'il faut prendre soin de soi comme on peut. Faites-vous passer avant tout !

Prologue

Je suis une fille destinée à être partagée entre deux extrêmes. Et entre deux frères.

J'ai grandi dans une maison somptueuse, au luxe démesuré. Tout était rehaussé d'or, et les œuvres d'art aux murs étaient des originaux de grands maîtres. Les tapis et l'argenterie coûtaient plus que ce que ma mère gagnait en un an en tant que gouvernante. Avant même de savoir parler, je me retrouvais coincée entre richesse outrancière et extrême pauvreté. Je ne savais jamais vraiment de quel côté je me situais, parce que si j'avais le privilège de fréquenter l'école privée où les propriétaires envoyaient leurs deux fils, j'étais de loin l'élève la plus pauvre. Je reçus la meilleure éducation possible, mais nul n'ignorait que j'étais vouée à poursuivre mon cursus dans une faculté publique et non dans une université de l'Ivy League comme tous mes camarades.

Je fus également piégée dans un amer va-et-vient entre le bien et le mal pendant toute mon existence. Je grandis dans l'ombre de deux garçons aussi différents que le jour et la nuit. Ma mère s'occupait d'eux comme s'ils étaient ses propres enfants, et nous traitait tous les trois sur un pied d'égalité. On ne pouvait pas en dire de même des autres adultes qui habitaient la fastueuse demeure. Les deux garçons avaient le même âge, à quelques semaines près. Le premier était l'héritier légitime de la fortune familiale et sa mère régnait sur la bonne société de notre petite ville huppée de Nouvelle-Angleterre. Elle faisait la loi et avait un pouvoir terrifiant dans les bons cercles. Son enfant était le fils favori. Il était parfait aux yeux de l'élite.

Mais je n'étais pas dupe.

Il avait beau ressembler à un prince, à un héros de conte de fées, je savais qu'en réalité, il était le méchant. Il n'en avait pas l'air, avec ses cheveux blonds et ses yeux d'un bleu éclatant, et il le cachait bien derrière son sourire d'un blanc nacré si parfait et son charme soigneusement étudié. Un apollon – et derrière sa façade raffinée, un pur cauchemar.

L'autre fils passait toujours en dernier. Personne ne voulait de lui. Ni la mère qui l'avait eu afin de faire chanter son père et vite abandonné après avoir été payée. Ni le père qui ne se préoccupait pas plus de ses deux fils qu'il ne s'inquiétait de la haine que sa femme vouait à l'enfant illégitime. Il fut absent pendant la majeure partie de l'enfance des garçons, et quand il était présent, ce n'était jamais une partie de plaisir. J'appris très jeune que peu importe la taille de votre maison ou la générosité de votre compte en banque : on n'échappe pas à une famille brisée en évitant les problèmes responsables des fissures.

Le fils oublié ne trouvait pas plus sa place que moi au milieu des enfants de riches et autres arrivistes. Il était un paria. Une tache sur l'image de l'une des familles les plus respectées de la nation. Un fardeau, un problème qui ne pouvait pas être simplement étouffé. Je ne comprenais pas pourquoi le père l'avait accueilli sous son toit pour aussitôt s'en laver les mains, mais j'avais relevé au fil du temps des indices subtils me faisant penser qu'il détestait sa femme. L'obliger à élever le garçon aux cheveux bruns qui lui ressemblait comme deux gouttes d'eau était la vengeance qu'il réservait à cette femme exigeante et autoritaire, dont le seul plaisir était de mépriser ceux qu'elle jugeait inférieurs.

Le fils illégitime aurait dû nourrir de la colère et de l'amertume à être né dans une famille qui ne se souvenait de son existence que lorsqu'elle voulait s'entre-déchirer. Mais contrairement à l'enfant préféré, il était facile à vivre et bienveillant. C'était un blagueur qui passait son temps à faire l'andouille et ne prenait jamais rien trop au sérieux. Rebelle, il cherchait les ennuis et aimait chahuter parce qu'il s'ennuyait dans cette école sophistiquée et se fichait d'obtenir les faveurs de qui que ce soit. Il était mignon, et bien plus doux que son demi-frère.

C'était mon meilleur ami, du moment où j'ai appris à marcher jusqu'au jour où je l'ai trahi.

Il n'était pas le genre de personnage qui apparaît très souvent dans les contes de fées. Il était trop loufoque, et son tempérament imprévisible pouvait être inquiétant. Il réservait généralement sa colère à une seule personne, son frère, mais quand elle se déployait, il devenait une tout autre personne. Pour moi, il était toujours le héros, dans chaque situation, chaque histoire. Il était le seul avec qui je voulais passer tout mon temps, le seul que j'admirais autant. Avec ma mère, il était ce que je préférais dans ma vie éternellement divisée.

Ce qui agaçait le fils prétendument parfait au plus haut point.

L'un me traitait comme une petite sœur chérie et me protégeait.

L'autre me traitait comme une possession, comme un objet qui lui appartenait, à lui et à lui seul.

J'ai appris à mes dépens qu'il était tout à fait possible d'être prise au piège entre le bien et le mal. Quand on se tenait loin d'une richesse obscène, ces deux choses semblaient absolues et ne pas laisser de place à l'interprétation. Mais dès que l'argent entrait dans l'équation, le bien était plutôt une suggestion, et le mal une question d'appréciation. J'ai perdu le compte du nombre de fois où le second fils avait été puni parce qu'il avait fait de l'ombre au premier et donné ainsi une mauvaise image de la famille. Les rôles étaient fixés d'avance entre celui qui devait briller et celui qui devait s'effacer ; mais puisqu'il n'avait rien à perdre, l'enfant illégitime refusait de se plier aux règles créées contre lui. Je m'accoutumai à l'injustice quand je voyais que le fils légitime recevait des louanges pour son comportement abject. Il était brutal, possessif, et sa mère le soutenait toujours, donnant à tous ceux qui l'entouraient l'impression d'être des moins-que-rien.

Et en particulier à son demi-frère.

J'étais éprise d'un garçon et terrifiée par l'autre. Je vivais ma vie comme une balle de ping-pong allant et venant entre eux. L'un était mon sauveur, l'autre un ennemi auquel je ne pouvais pas échapper. L'un faisait tout pour me protéger, tandis que l'autre se servait de ma seule et unique faiblesse – ma mère – pour me manipuler et me forcer à faire ce qu'il voulait.

Si ma vie était un conte de fées, j'aurais cru le second fils quand il me promit une vie au-delà de tout ce que je connaissais. J'aurais attendu et eu foi dans le fait qu'au moins l'un d'entre nous vivrait heureux jusqu'à la fin des temps.

Mais mon existence ressemblait davantage à une histoire d'horreur. Le fils chéri obtenait toujours ce qu'il voulait. Non seulement j'avais gâché ma vie et toute chance de bonheur, mais j'avais trahi la seule personne qui m'avait jamais donné l'impression d'avoir ma place.

Au bout du compte, c'était moi la méchante de conte de fées, bien plus que le garçon parfait et diabolique que je détestais de tout mon être.

1

Ollie

— Mais… t'es une fille.

C'était au moins la cinquième fois que le garçon très mignon qui avait ouvert marmonnait exactement la même phrase. J'avais frappé à la porte et annoncé que j'étais la nouvelle colocataire qui emménageait aujourd'hui. Sa stupeur était adorable, surtout comparée à l'air pour le coup contrarié de l'autre garçon qui se tenait debout sur le seuil du salon, les bras croisés sur son large torse musclé.

Je m'attendais à ce genre de réaction puisque j'avais fait des pieds et des mains pour m'assurer que les résidents de la maison ne connaissent pas mon genre quand j'avais rempli la candidature de location quelques semaines plus tôt. L'annonce indiquait clairement une préférence pour un colocataire de sexe masculin, et tout le campus savait que cette maison appliquait la règle « interdit aux filles ». Apparemment, c'était ce qui avait permis aux garçons cohabitant dans cette maison depuis la fin de la première année de fac de maintenir la paix pendant toutes ces années et de rester amis plutôt que de devenir rivaux. Un des colocataires avait été diplômé avec un an d'avance et avait abandonné les trois autres derrière lui, libérant une chambre dans l'ancienne demeure victorienne toute proche du campus. C'était une location très convoitée, et je ne devais pas être la seule candidate à espérer pouvoir contourner leur prérequis de genre ; cependant, si j'avais autant insisté pour être choisie, ce n'était pas pour la localisation, mais pour me rapprocher de l'un des occupants.

Je soupirai et baissai les yeux sur mon corps en en faisant des caisses.

— Je *suis* une fille. Tu peux le dire autant de fois que tu veux et il peut me regarder de travers tant qu'il veut, dis-je en désignant du pouce le joueur de football américain qui me fusillait du regard, ça ne changera pas. L'autre truc qui ne changera pas, c'est que j'ai déjà signé le bail et payé une caution, ainsi que les loyers du premier et du dernier mois. Je sais que l'annonce de location disait que vous préfériez un mec, mais le propriétaire m'a choisie moi et a déjà accepté mon argent. C'est une affaire conclue.

Dieu merci.

Le propriétaire, un homme âgé, m'avait bel et bien choisie, mais uniquement parce que je l'avais traqué, supplié, et que j'avais négocié pour qu'il me laisse emménager malgré les objections que pourraient avoir les garçons. Heureusement, ce vieux monsieur aimable et honnête n'était pas insensible aux grosses larmes de crocodile. Il était aussi père de plusieurs filles, et grand-père de deux adorables petites-filles. Je ne pense pas que la règle « interdit aux filles » venait de lui. Je lui avais servi une version « *Pour les nuls* » de pourquoi j'avais envie – non, pourquoi j'avais *besoin* – d'emménager dans cette maison, et je lui avais promis que je serais la meilleure locataire qu'il ait jamais eue. Mon meilleur argument : les trois occupants actuels partiraient après avoir obtenu leurs diplômes, c'est-à-dire bientôt, alors que j'avais encore trois années d'études devant moi, si ce n'était plus. Je n'avais en effet pas encore pris de décision quant à mes projets futurs ou quoi que ce soit d'autre dans ma vie. Je n'avais qu'une certitude : là, sur le seuil de cette porte, je me trouvais exactement où je devais être.

Le grand sportif taciturne grogna et me foudroya du regard, derrière son ami plus petit que lui. Difficile de garder un visage calme et serein alors que, sur et en dehors du terrain, l'intimidation était sa spécialité.

— Le vieux doit devenir sénile s'il t'a choisie. Je vais l'appeler pour tirer ça au clair.

Je défiai le colosse du regard et me forçai malgré mon écœurement à lui faire un grand sourire. J'avais l'habitude de jouer les gentilles quand on voulait me faire trembler et céder.

— Fais-toi plaisir. Quand tu auras raccroché, tu pourras m'aider à porter ces gros cartons jusqu'à ma nouvelle chambre. Je t'attends.

Tout ce que j'avais pour moi, c'était du bluff… et un bail signé.

Mais je savais que si je n'affichais pas une façade inébranlable, je finirais par capituler et laisserais ces deux types me faire décamper. Et ce n'était pas envisageable. J'avais tout sacrifié pour être ici. J'en avais assez des manigances. Des mensonges. J'en avais assez de fuir.

Quand ma vie avait changé cet été et que j'avais enfin pu goûter à la liberté, j'avais pris tous les risques possibles et imaginables pour atterrir sur le pas de cette porte. J'avais engagé un détective privé afin de retrouver ces garçons et découvrir tout ce qu'il y avait à savoir sur eux. J'avais changé de fac. Vidé des comptes en banque secrets. J'avais abandonné le seul foyer que j'avais jamais connu et échappé à l'emprise écrasante qui avait failli me tuer. Tout cela après avoir souffert une perte immense, tragique. Mais au lieu de faire mon deuil, j'avais décidé de reprendre le contrôle de ma vie. Pour cela, j'avais besoin d'être ici.

Ce n'étaient même pas ces deux cerbères qui m'inquiétaient.

Oh que non.

Le plus gros obstacle n'était pas encore rentré, et je savais que lorsqu'il arriverait, le vrai combat commencerait. Refuser de me laisser intimider par le géant au regard noir n'était qu'un entraînement. Celui-ci grogna de nouveau et partit en furie, son téléphone portable collé à l'oreille. J'eus envie de pousser un soupir de soulagement, mais des yeux gris-vert me scrutant comme si j'étais un cobaye à disséquer m'en dissuadèrent.

Harlen Danvers couvrait à lui seul la partie muscles du groupe d'amis. Il était baraqué et imposant comme il fallait. Tout le monde savait, sur le campus et dans la sphère du football américain universitaire, qu'il ne se laissait emmerder par personne. On ne faisait pas plus loyal : il briserait avec plaisir les genoux de quiconque contrarierait ses amis. Plaisir double si c'était pour le jeune homme qui se tenait devant moi.

Vernon Banks était le cerveau de la bande et un vrai génie. Bien que plus jeune que moi, il n'allait pas tarder à décrocher son diplôme. Son intelligence, si prodigieuse que c'en était presque effrayant, n'avait d'égale que sa beauté. S'il y avait bien quelqu'un que l'on pouvait qualifier de « joli garçon », c'était lui.

Il faisait quelques centimètres de plus que moi, soit environ un mètre quatre-vingts. Il avait une belle peau dorée et de grands yeux foncés aux coins légèrement relevés, laissant deviner les traces d'une ascendance asiatique. Il avait d'épais sourcils bien taillés, dont un était troué d'un piercing en argent. Ses cheveux naturellement foncés étaient décolorés en un blanc saisissant, lui donnant ce côté manga qui rendait les filles du campus complètement dingues. Elles voulaient toutes qu'il les aide à faire leurs devoirs ou à se déshabiller. Mais Vernon était notoirement timide et réservé en présence du sexe opposé en particulier, et d'étrangers de manière générale. Il s'intéressait bien plus aux jeux vidéo et à ses notes qu'aux relations amoureuses.

Tout l'opposé de son colocataire ; d'après ce que je savais, Harlen Danvers était un vrai tombeur. On ne lui connaissait aucune petite amie sérieuse depuis qu'il avait commencé les cours ici, mais les candidates au titre ne manquaient pas. Il n'était pas du genre bavard – pas besoin de mots quand on a un sourire qui met la moitié du campus à ses pieds. Harlen était grand, beaucoup plus grand que moi, et il assumait parfaitement sa carrure. Ses cheveux châtains, légèrement ondulés et mi-longs, lui allaient bien et lui permettaient d'échapper au stéréotype de l'athlète. Ses yeux bleu pâle provoquaient des ravages chez les centaines de filles qui lui abandonnaient leurs cœurs sans se poser de questions. Des taches de rousseur, visibles uniquement si on se rapprochait au plus près de lui, constellaient son nez. Il était si beau que c'en était ridicule, mais il n'avait pas le charme de Vernon. Ils constituaient un duo dynamique, et quand le troisième mousquetaire était dans les parages… pfff, personne n'était à l'abri de l'impact provoqué par ces trois-là.

Pas étonnant que mon détective privé ait trouvé sur Internet des pages de fans entièrement dédiées au trio. Il était impossible d'effectuer une recherche Google sur cette université privée d'une petite ville du Midwest sans tomber sur eux. J'avais évité de le faire jusque récemment parce que j'avais toujours eu peur des répercussions. Être dans l'ignorance me protégeait : si on pensait que je ne savais pas, on ne pouvait pas se servir de cette information contre moi. Il avait été plus sûr de faire comme si le troisième et dernier colocataire n'existait pas, même s'il occupait toujours et à jamais toutes mes pensées.

— M. Peters t'a appelée Ollie. Tu as menti sur ton nom pour pouvoir emménager ici ? Es-tu une sorte de *stalker* ?

Tu sais qu'il y a des lois contre ça, n'est-ce pas ? demanda Vernon d'une voix douce et prudente.

Je m'éclaircis la gorge et enroulai une boucle blonde autour de mon doigt. C'était un tic nerveux hérité de l'enfance et dont j'avais manifestement du mal à me débarrasser.

— Je m'appelle Olivia, mais on m'appelle Ollie depuis que je suis petite. M. Peters a eu accès à tout mon état civil. Il savait parfaitement qui j'étais quand il a accepté mon dossier. Franchement, je ne sais pas pourquoi vous en faites toute une histoire : fille ou garçon, vous alliez avoir un nouveau colocataire de toute façon. Vous allez être coincés avec moi pendant un an, max. C'est quoi le problème ?

Vernon hésita, se tapotant la lèvre inférieure d'un doigt à l'ongle peint en noir.

— C'est juste que ça paraît étrange. M. Peters n'a jamais protesté quand nous lui avons demandé de nous trouver un nouveau colocataire de sexe *masculin*. Il a même eu l'air de comprendre que nous ne voulions pas changer notre dynamique. Et comment ça se fait que je ne t'aie jamais vue sur le campus ? Il est grand, d'accord, mais nos chemins auraient dû se croiser à un moment donné. Je n'oublie jamais un visage.

Je continuai de jouer avec mes cheveux en essayant de calmer mon cœur battant à tout rompre. On aurait pu croire que je serais plus à l'aise pour mentir maintenant que je le faisais si souvent, mais non. Ma nervosité me trahissait toujours. J'espérais seulement que Vernon, qui ne me connaissait pas, ne s'en rendrait pas compte. Après tout, ce n'était pas parce que je savais tout ou presque de ces garçons qu'eux savaient qui j'étais ou pourquoi j'étais prête à tout pour les approcher.

Je ne voulais pas lui dire que j'avais demandé mon transfert cet été dans l'intention de me rapprocher autant que possible de son deuxième colocataire. Je ne voulais pas qu'il sache que j'avais pris comme un signe le départ de leur colocataire, libérant la voie pour que je m'impose dans leur vie. Cela semblait désespéré et flippant, parce que ça l'était.

— Je suis une fille discrète.

Je n'étais pas idiote mais je n'étais pas un génie non plus. J'avais deux ans de retard sur eux dans les études.

— Mon transfert est tout récent, je n'ai pas eu le temps de sortir ou de me faire des amis. Je ne suis pas très sociable de toute façon, et en plus je travaille à temps partiel, donc je suis bien occupée en dehors des cours. C'est tout à fait normal que nos chemins ne se soient jamais croisés. Et pour ce qui est de se souvenir de mon visage, ajoutai-je en lui adressant de nouveau un sourire forcé, le mien n'a rien d'exceptionnel.

J'étais mignonne, au mieux. Je savais ce que je valais, mais je ne me faisais aucune illusion : je n'étais pas d'une beauté à couper le souffle. J'avais de jolis yeux couleur chocolat et des sourcils marqués et anguleux qui pouvaient me donner l'air méchant si je ne les domptais pas. Je pouvais me prévaloir d'une belle peau et d'une jolie crinière, mais rien qui sorte de l'ordinaire. Si on oubliait la cicatrice rose légèrement dentelée qui descendait en zigzag sur ma joue gauche depuis l'œil jusqu'au menton, mon visage était potable. La cicatrice était plus mémorable que tous mes autres traits combinés, et je savais que c'était à cela que Vernon faisait référence quand il disait qu'il n'aurait pas oublié mon visage s'il l'avait croisé sur le campus.

Mon interlocuteur ne parut pas convaincu. Cependant, quel que soit l'argument qu'il s'apprêtait à m'opposer, il s'évanouit comme Harlen revenait dans le salon. Celui-ci n'avait pas l'air ravi, et je dus rassembler toutes mes forces pour faire face à son regard courroucé.

— M. Peters dit qu'elle reste. Il a confirmé qu'Olivia Adams, alias Ollie, était la meilleure candidate parmi tous ceux qui ont déposé un dossier pour louer l'ancienne chambre de Fisher. Il m'a même dit qu'on ferait mieux d'être sympas avec elle ou qu'on le payerait cher.

Il se frotta les tempes comme s'il avait une atroce migraine.

— Huck va péter les plombs quand il va l'apprendre.

Je pensais être prête à entendre son nom, après tout ce temps passé à faire comme s'il n'existait pas.

Je n'étais pas prête.

Un petit hoquet de surprise m'échappa. Heureusement, Vernon était en train de piquer une crise de panique, et ses récriminations détournèrent l'attention de ma propre anxiété à l'idée d'affronter Huck Snyder.

Huck était la raison pour laquelle j'étais ici, après tout.

Le second fils. L'enfant non désiré. Le garçon que j'avais trahi parce que je n'avais pas eu d'autre choix.

— Merde. Tu ne penses pas qu'il sera assez en colère

pour, genre, déménager, si ? demanda Vernon d'une voix aiguë, les yeux écarquillés.

Harlen planta son regard dans le mien et haussa les épaules.

— Peut-être. Ce couillon peut être sacrément imprévisible.

Son ami lâcha un son plaintif et se tordit les doigts.

— On ne peut pas le laisser partir. On a déjà perdu Fisher.

Je savais qu'ils étaient proches, mais je n'avais pas imaginé que c'était à ce point. Le petit génie semblait dévasté à l'idée qu'ils soient séparés.

— Si Huck part, on part avec lui, et elle peut garder la maison pour elle toute seule.

Harlen parla d'un ton si neutre que mon cœur se serra. Qu'ils fassent leurs cartons et me laissent seule dans cette vieille maison pleine de coins et de recoins ne faisait pas partie du plan. C'était même le pire des scénarios. Je voulais être ici uniquement parce que c'était là que Huck habitait.

— Pourquoi je partirais ? Et c'est à qui tout ce merdier sous le porche ? Qu'est-ce qui se passe ?

Sa voix. Sa voix était le même grondement rauque que dans mes souvenirs d'enfance.

À l'entendre, on avait l'impression qu'il fumait un paquet par jour alors qu'il ne fumait même pas. Sa voix n'allait pas avec son visage doux et rond et ses mouvements sautillants. Elle semblait appartenir à un homme qui avait traversé toutes les épreuves de la vie, alors que Huck ressemblait à un gamin excité le matin de Noël.

Je me figeai, prise entre l'envie de m'enfuir et celle de me liquéfier sur place. Je savais que passer la porte de cette maison n'était qu'un début et que le plus grand défi restait à venir. Mais je pensais que j'aurais une chance de m'installer, que j'aurais du temps pour essayer de conquérir les autres garçons avant d'avoir à affronter le big boss. Je m'étais dit que si je pouvais défaire mes valises, Huck aurait plus de mal à me mettre à la porte. Mais mes affaires étaient toujours empaquetées.

— Euh, ce sont ses affaires.

Harlen agita le pouce dans ma direction, comme je l'avais fait plus tôt. Je fermai les yeux un instant. Je devais me reprendre. Je savais ce que c'était, d'avoir peur de quelqu'un au plus profond de son âme, mais je n'avais jamais ressenti ça envers Huck. Je ne voulais pas commencer maintenant.

— Elle dit qu'elle reste, et M. Peters est d'accord avec elle. V et moi, on se demandait ce que tu ferais. On sait que tu ne veux pas d'une fille pour coloc.

Harlen était les muscles.

Vernon était le cerveau.

Fisher avait été l'excentrique, l'irrévérencieux.

Mais il ne faisait aucun doute que Huck était le leader de leur petit groupe de mécréants et de parias.

Il était celui qu'ils suivaient. Celui vers qui ils se tournaient pour qu'il les guide. Celui qui établissait les règles et veillait à ce qu'elles soient respectées. Tout ceci était également valable en dehors de cette maison et de leur bande. Dans la hiérarchie du campus, Huck était au sommet de la chaîne alimentaire. Il était tristement célèbre, et la seule raison pour laquelle j'avais fui pour venir ici.

Je ne le *stalkais* pas. Pas vraiment.

C'était juste que je connaissais Huck Snyder presque aussi bien que moi-même. Et depuis qu'il était parti de chez lui à seize ans, je ne demandais qu'à savoir ce qu'il était devenu. Il était toujours le premier à agir et je mourais toujours d'envie de l'imiter. Y compris quand il était question d'échapper à un environnement toxique. L'ennemi de mon ennemi avait toujours été mon meilleur – et mon seul – ami.

Lentement, je me retournai pour faire face à la seule personne au monde capable de comprendre ce que j'avais dû affronter pour me retrouver ici. Si je ne convainquais pas Huck, je n'avais aucun espoir de retrouver ma vie telle qu'elle était avant que quelqu'un d'autre en prenne le contrôle.

— Salut, Huck. Ça fait un bail.

Un silence de mort se fit alors qu'il rivait sur moi des yeux aussi dorés que le miel le plus pur et le plus sucré du monde.

— Ollie.

Ce n'était ni une question ni une malédiction. Ni une salutation ni un renvoi. Comme toujours, c'était quelque chose entre les deux.

Il avait prononcé mon nom platement, sans émotion. Je me glaçai, et le plan que j'avais mis au point pendant des semaines sembla soudain être l'idée la plus stupide que j'aie jamais eue.

— Une seconde.

La voix de Vernon perça le moment de tension, tout comme ses mains qui s'agitaient frénétiquement.

— Vous vous connaissez ?

Autrefois, nous étions inséparables.

Aujourd'hui, nous étions plus que des étrangers.

Huck confirma cette distance qui existait à présent entre nous en grognant :

— Plus maintenant.

OK. Appelez-moi Boucles d'Or.

Pas seulement parce que j'avais les mêmes cheveux blonds, mais parce que j'avais enchaîné les mésaventures avant de me rendre compte que ma place, la bonne place, était auprès de ce garçon – et il était en train de me fusiller du regard comme s'il voulait que je tombe raide morte.

2

Huck

Olivia Adams.

Ma petite Ollie.

À une époque, nous étions inséparables. Nous étions tellement en phase que j'étais persuadé qu'elle pouvait lire dans mes pensées. Nous étions des conspirateurs. Des fauteurs de troubles jumeaux. Son esprit sauvage parlait à mon âme comme jamais personne avant ni depuis. Nous sortions du lot dans notre quartier aisé où les gens pensaient que tout leur était dû, mais on s'en fichait d'être à l'écart, du moment qu'on était ensemble.

Jusqu'à ce qu'on ne le soit plus.

Ollie n'avait pas changé, si ce n'est qu'elle avait un peu grandi. Cela faisait cinq ans que je n'avais pas posé les yeux sur elle, mais j'aurais pu la trouver dans une foule les yeux bandés. Elle était toujours mignonne, avec son air innocent et cette masse de cheveux blonds passant par toutes les teintes imaginables d'or, de jaune, de bronze et de blanc. Ses grands yeux marron étaient toujours doux et chaleureux, mais si autrefois on y voyait briller la malice et la joie, ils étaient aujourd'hui ternis. Il n'y avait en eux aucun éclat, aucune vie. Cette jeune femme était la version éteinte de celle qui autrefois me suivait aveuglément, partout où j'allais, même dans les pétrins dans lesquels je finissais toujours par me fourrer. Sa peau, aussi pâle qu'alors, faisait ressortir la cicatrice rosâtre sur sa joue. Mes poings se serrèrent et l'air me manqua quand mon regard s'arrêta sur ce défaut.

Cinq ans s'étaient écoulés, mais voir cette cicatrice me faisait encore l'effet d'un coup de poing dans le ventre.

Cette marque était un rappel lancinant de la pire nuit de notre vie à tous les deux. Et ce n'était pas rien, venant d'un mec qui était plus ou moins livré à lui-même depuis ses seize ans.

Ma famille m'avait jeté aux loups dès que je leur avais dévoilé ma seule et unique faiblesse. Que ladite faiblesse se tienne maintenant face à moi, l'air aussi candide qu'avant, faisait brûler en moi une rage incandescente.

— Qu'est-ce que tu fais là, Ollie ? Comment m'as-tu retrouvé ?

Ce n'était pas comme si je me cachais ni quoi que ce soit, mais je me doutais que mon nom et l'endroit où je me trouvais devaient être quasiment tabous là d'où elle venait. Il était peu probable qu'elle ait les ressources ou l'aide nécessaires pour me traquer.

Pourquoi n'était-elle pas restée un lointain souvenir ?

Un souvenir n'était pas dangereux. Il pouvait être douloureux et dur à oublier, mais un souvenir n'avait pas le pouvoir de détruire la vie que je m'étais acharné à rebâtir. Un souvenir ne pouvait pas compromettre les gens qui m'avaient aidé à guérir et permis de contenir mes pires penchants. Je pouvais tourner le dos à un souvenir et faire comme s'il ne me hantait plus. Je n'étais pas sûr d'avoir la force d'oublier à nouveau la jeune femme qui se tenait devant moi.

Je l'avais déjà fait et j'avais, par la même occasion, perdu une grande partie de moi-même. Quand, à seize ans à peine, je m'étais détaché d'elle et de tout ce que je connaissais, cela avait arraché les morceaux de mon cœur et de mon âme qui étaient liés à elle, laissant d'énormes trous béants en moi. Je m'étais évertué à me convaincre que, de toute façon, elle avait plus besoin que moi de ces fragments laissés derrière moi. À l'époque, un cœur entier et une âme fonctionnelle m'étaient peu utiles. Ce n'était qu'en vieillissant et en prenant du recul que j'avais réalisé ce qu'il me manquait, et que j'avais compris qu'il serait difficile de mener une vie réellement réussie sans récupérer ces parts de moi-même que j'avais abandonnées.

Ollie était en train d'enrouler l'une de ses boucles autour de son index avec frénésie ; elle refusait de croiser mon regard. Elle était nerveuse. Vous n'auriez pas pu le deviner si vous ne connaissiez pas ses tics. Mais j'avais appris à savoir ce que signifiait chaque manie, chaque sursaut, chaque haussement de sourcil, chaque battement de cils. Là, elle était à deux doigts de disjoncter. Il était clair qu'elle n'était pas surprise de me voir : cela voulait dire qu'elle était ici à cause de moi.

Ollie s'éclaircit la gorge et se balança d'un pied sur l'autre. Les semelles de ses rangers noires couinèrent sur les planches en bois du porche et je la vis essayer de retenir une grimace.

— Je vais en cours ici maintenant. Je viens d'être transférée. Cette location est parfaite, et une des seules que je peux me payer. Ce n'est qu'une coïncidence que tu habites ici aussi. Je ne savais pas que tu étais l'un des locataires quand j'ai rempli le dossier de candidature.

Elle parlait d'une voix stable, mais je n'étais pas dupe : elle bataillait pour garder un ton et une expression neutres. Elle ne savait pas mentir et c'était pour cette raison que, moi, je mentais si bien ; ça avait toujours été à moi d'inventer des bobards pour nous tirer d'affaire. J'avais toujours menti pour la protéger elle bien plus que pour mon propre bénéfice.

— Et le fait que tu aies choisi cette école, c'est aussi une coïncidence, j'imagine ?

Je la regardai droit dans les yeux sans ciller, un sourire satisfait aux lèvres. Apparemment, elle pensait que j'étais devenu stupide pendant toutes ces années passées loin l'un de l'autre.

Son regard quitta le mien pour se poser sur Vernon. Mon jeune colocataire était complètement paumé et légèrement alarmé par mon altercation avec la fille que je ne voulais plus jamais revoir. Vernon était le meilleur d'entre nous. Il était parfaitement innocent et trop bon pour se laisser influencer par moi ou par les autres garçons qui l'avaient protégé après que je l'avais sauvé et introduit dans notre cercle. L'aider à rester focalisé était un boulot à plein temps, et si quelqu'un devait se laisser attendrir par cette petite menteuse, ce serait lui. Il était encore trop pur, malgré toutes les épreuves que la vie lui avait fait subir.

Je m'entendais à merveille avec mon autre colocataire, Harlen, parce que nous avions beaucoup de qualités similaires. Nous n'accordions pas notre confiance facilement et nous étions tous les deux programmés pour ne laisser personne nous emmerder. Depuis que nous étions amis, nous nous étions pris la tête quelques fois, et cela avait toujours mal fini. Mais je savais qu'il me soutiendrait, et que si je lui demandais de botter les – il fallait l'admettre – jolies fesses de l'intruse, il le ferait sans poser de questions.

Après un silence qui parut s'éterniser, Ollie soupira et cessa de se triturer les cheveux.

— J'ai découvert que tu allais en cours ici, et quand j'ai décidé de changer de fac, j'ai choisi cette université parce que je savais que tu étais là.

Elle baissa les yeux sur ses chaussures d'un air coupable.

L'aveu d'Ollie tendit encore plus l'atmosphère, et mes colocs grognèrent, frustrés et méfiants.

— Tu as dit que tu ne le *stalkais* pas !

L'exclamation de Vernon me fit sourire ; ce petit génie pouvait être sacrément naïf.

— Est-ce que les *stalkers* admettent qu'ils le sont quand on leur pose la question, Vernon ? lui demandai-je.

Il me fit une grimace puis regarda Ollie d'un air soupçonneux. Il en fallait beaucoup pour s'attirer les foudres de Vernon ; une fois que c'était fait, bonne chance pour rentrer en grâce.

Ollie souffla et s'essuya fébrilement les mains sur ses cuisses. Un autre signe révélateur. Elle devait être vraiment nerveuse et faire de son mieux pour garder le cap.

— Ce n'était pas difficile de te trouver, Huck. Même si tu n'as pas de profil sur les réseaux sociaux, tu apparais sur ceux de tous les autres, dit-elle dans un rire rauque avant de porter une main tremblante à sa poitrine. Il y a des pages qui te sont dédiées sur à peu près tous les sites.

Je haussai un sourcil.

— Pardon ?

Elle soupira encore et secoua la tête.

— Oublie. Écoute, j'ai signé un bail. J'ai versé la caution, et même si vous avez signifié que vous vouliez un mec, le Fair Housing Act[1] empêche les propriétaires de refuser de louer à quelqu'un en fonction de son sexe.

Elle poussa un soupir exaspéré et finit par croiser mon regard. J'avais oublié qu'elle pouvait être pénible quand elle campait sur ses positions. Il est vrai qu'il fallait se montrer coriace pour traîner avec moi et survivre à ma famille on ne peut plus chaotique et toxique. Cela avait beau m'agacer désormais, j'étais content qu'elle ait conservé un peu de sa volonté de fer. Je craignais que ma famille, et surtout mon demi-frère, l'ait brisée après que je l'avais abandonnée.

Je lui adressai un sourire, mais pas du genre gentil. Non,

1. Le Fair Housing Act est une loi américaine dont le but est d'empêcher la discrimination au logement. (NdE)

du genre avec beaucoup de dents et assez menaçant pour la faire reculer d'un pas.

— Il existe aussi des lois contre le harcèlement pour empêcher que les victimes soient forcées de partager un espace avec des prédateurs. Tu as déjà admis être venue ici à cause de moi et m'avoir traqué sur les réseaux sociaux. Tu dois bien savoir que je suis en prépa de droit, Ollie. Tu veux vraiment te confronter à moi ? Combien de fois ça t'a réussi, à l'époque ?

Je penchai la tête et la dévisageai froidement. Si quelqu'un savait à quel point je pouvais avoir mauvais caractère, c'était bien elle.

— Il y a plein d'autres locations en ville. Quelque chose me dit que tu savais que tu ne serais pas reçue à bras ouverts, alors tu as manipulé les faits pour que je ne puisse pas te mettre à la porte.

Vernon leva les bras en l'air, sans doute déconcerté par la situation.

— Pourquoi j'ai l'impression que vous parlez une autre langue, tous les deux ? Ça m'a tout l'air d'être une affaire privée. Harlen et moi allons vous laisser résoudre ça. On sera dans la cuisine.

Il tourna les talons et rejoignit notre colocataire. Il fallait toute une ligne de défense pour faire bouger Harlen sur le terrain, mais à la maison, il laissait Vernon le mener par le bout du nez. C'était plutôt mignon et cela détruirait totalement son image de gros dur si ça se savait.

Une fois seuls, Ollie et moi nous fîmes face comme deux adversaires se préparant à une bataille épique.

Avant, c'était nous deux contre le reste du monde. Se retrouver soudain l'un contre l'autre semblait franchement aberrant.

Elle gémit et sa main se crispa sur sa poitrine comme si elle essayait d'agripper son cœur. Quand elle parla, ses mots étaient tremblants.

— T'as l'air en forme, Huck. Tu fais très… adulte.

C'est sûr que si elle n'avait pas tellement changé (physiquement parlant) après toutes ces années, moi, si.

Plus jeune, j'étais petit et un peu potelé. Il avait fallu des années pour que ma personnalité imposante puisse enfin donner sa pleine mesure et pour que mon apparence physique corresponde à mon fort caractère. Je n'étais pas aussi grand ni aussi musclé que Harlen, mais il devait tout de même fournir un bel effort pour me mettre au tapis quand on en venait aux mains. Avoir un athlète professionnel pour meilleur ami était parfait pour garder la forme. Même les jours où j'avais juste envie de mater Netflix en buvant une bière, Harlen arrivait à me motiver pour m'emmener faire du sport. Mes joues de bébé avaient fondu quand j'avais atteint la fin de l'adolescence pour laisser place à un visage aux traits dessinés et anguleux qui faisaient particulièrement bien ressortir mes yeux très clairs. Mes cheveux, entre le brun et le noir, pouvaient être plus ou moins foncés selon le jour et la lumière. La coupe en était toujours courte et tendance. Je faisais plus attention à mon apparence depuis que j'affrontais le monde seul : être séduisant n'était qu'un outil supplémentaire pour survivre.

J'étais pas mal.

Je le savais.

Et Ollie aussi, à en croire son regard. Sa timide appréciation de mon évident *glow-up* était le seul signe de vie que je décelais dans ses yeux chocolat depuis qu'elle s'était enfin décidée à les lever vers moi.

Je soupirai et me passai une main sur le visage. Je n'avais aucune idée de ce qu'elle était venue faire ici, j'ignorais pourquoi elle essayait de s'immiscer dans ma vie aujourd'hui sans histoires. Mais je savais au plus profond de moi que je ne voulais rien avoir à faire avec ce qu'elle apportait dans ses valises. Même si c'étaient des excuses attendues depuis longtemps. C'était insupportable de ne pas être capable de quitter des yeux cette cicatrice sur sa joue et de ne pas pouvoir en oublier l'origine.

— Tu n'emménages pas dans cette maison, Ollie. Je ne veux pas de toi ici, assenai-je en la menaçant du regard. Je ne veux pas de toi sur ce campus, ni même dans cet État. Je veux que tu partes loin, très loin d'ici. Que tu oublies mon nom pour de bon. Si tu ne disparais pas dans les dix minutes, j'appelle la police. Prends tes affaires et dégage de chez moi.

Puis j'expirai et lui grognai presque au visage :

— Ne me force pas à être méchant.

Sa lèvre inférieure se mit à trembler et ses yeux sombres commencèrent à luire de larmes contenues.

— J'ai signé le bail.

Elle avait une toute petite voix. Je détestais ça, quand elle parlait à quelqu'un d'autre de cette manière. Je culpabilisais un peu de l'y avoir forcée.

Je secouai la tête.

— Je m'en tape. Ça fait des années qu'on vit ici avec les mecs. M. Peters nous adore. On gère tout un tas de trucs pour lui. S'il doit choisir entre toi et moi, c'est moi qu'il choisira.

Ollie ne devait pas s'attendre à ça, car personne ne me choisissait jamais quand nous étions plus jeunes… personne, à part elle.

— Je n'ai nulle part où aller, Huck.

Cette fois-ci, elle ne mentait pas. Elle avait l'air triste, apeurée, et tellement seule.

Refusant de me laisser attendrir, je haussai les épaules.

— Ce n'est pas mon problème. Dégage avant que je te fasse dégager. Je ne déconne pas, Ollie. Je ne veux plus jamais te voir.

Je l'entendis prendre une inspiration, peinée, mais je rentrai dans la maison sans un autre regard pour elle.

Sans surprise, Harlen et Vernon m'attendaient dans le couloir. Je croisai le regard de Harlen, et sans avoir à dire un seul mot, je sus qu'il veillerait à ce qu'elle s'en aille. Vernon semblait partagé entre agacement et curiosité.

— Je vais appeler le vieux pour lui certifier qu'elle ne peut pas emménager ici. Il y avait au moins cent autres candidats. Si je dois payer pour qu'elle rompe le bail, je le ferai.

J'avançai pour les dépasser et aller dans ma chambre mais fus arrêté net par la main de Vernon sur mon bras.

Je regardai ses ongles colorés et ses yeux perçants.

— Tu sais que tu vas devoir nous expliquer tout ça, n'est-ce pas ?

Je retins un soupir et baissai les yeux.

— Pas maintenant.

Il ne prit pas la peine de cacher son exaspération.

— Et si elle n'a vraiment nulle part où aller ? Tu peux être froid et méchant quand tu veux, mais je ne te savais pas si cruel. Et envers une fille, en plus.

Il n'avait pas idée. Il m'était facile d'être cruel si c'était envers la fille à qui je venais de tourner le dos. C'était elle qui m'avait initié en la matière, il y a bien longtemps.

Je laissai éclater un rire amer.

— Elle fait ressortir le pire en moi. On parlera de tout ça plus tard.

Bien plus tard. Je m'étais échiné à mettre le passé derrière moi.

Il fallait qu'Ollie disparaisse de ma vie et de mon esprit, comme c'était le cas depuis cinq ans. Sinon, elle consumerait toutes mes pensées comme quand nous étions jeunes.

J'avais trop à perdre pour la laisser entrer dans ma maison et dans ma vie.

Je m'étais battu bec et ongles pour la garder aussi loin de moi que possible.

Et je n'avais aucune intention de perdre une nouvelle fois face à elle.

3

Ollie

— Ça s'est passé aussi bien que tu l'espérais, hein ?

Je levai la tête et pris la bouteille d'eau que me tendait ma patronne *slash* nouvelle meilleure amie. J'étais assise sur l'escalier menant à son excentrique petite boutique vintage qui, comme la plupart des magasins près du campus, se trouvait dans une maison victorienne réhabilitée.

J'avais eu tellement de chance de tomber sur ce panneau « Cherche vendeur·euse » quelques semaines après avoir atterri dans cette petite ville universitaire. Quand j'étais arrivée, je m'étais démenée pour trouver un semblant d'affaires de première nécessité. J'étais partie de cette trop grande maison dans une telle précipitation… Heureusement, cette petite boutique était bourrée de produits de seconde main sympas et originaux à prix très raisonnable. Sinon, j'aurais dû aller en cours en robe de chambre. J'avais aussi de la chance d'avoir tout de suite accroché avec Mercer McKay, la propriétaire. Quand j'avais vu qu'elle embauchait et posé des questions sur le poste, elle n'avait pas hésité à me proposer un emploi à temps partiel, en partie parce qu'elle était gentille, mais surtout parce qu'elle savait que je voulais être ici à tout prix. Que je ne lui ferais pas faux bond si le rythme universitaire s'intensifiait. J'étais fiable, comme je lui avais prouvé maintes et maintes fois. Pendant l'été, elle m'avait laissé dormir dans une des pièces de l'arrière-boutique qu'elle avait aménagée en chambre le temps que je mette mon plan d'emménager dans la forteresse de Huck à exécution. La chambre faisait à peu près la taille des dressings du manoir dont je ne pensais pas m'échapper un jour, mais elle était infiniment plus confortable. Rien dans cette demeure n'avait été chaleureux ni douillet. Cela me mettait hors de moi que ma mère refuse de vivre ailleurs. Nous n'avions peut-être pas les moyens de nous offrir quoi que ce soit dans cette petite ville de Nouvelle-Angleterre, mais nous aurions pu habiter ailleurs. Ma mère était trop attachée, trop dévouée à cette famille que la sienne servait depuis des générations. Elle se sentait redevable envers eux, d'autant plus quand mon père l'avait abandonnée avant ma naissance, la laissant seule et terrifiée. Les grands-parents de Huck lui avaient permis de s'installer dans le quartier des domestiques et ils avaient payé tous ses frais médicaux ainsi que mes frais de scolarité, du moment qu'elle acceptait de rester en poste et de s'occuper des enfants de leur fils. Elle était gouvernante et nounou, mais, en réalité, elle agissait comme la seule vraie mère que ces garçons aient connue. Elle nous avait élevés tous les trois toute seule, et ce fut seulement après son départ que je compris que si elle avait sacrifié sa vie, son propre bonheur et son épanouissement, c'était pour m'assurer une meilleure vie que la sienne. Elle avait souffert uniquement pour que je puisse réussir.

Je tirai sur mes boucles d'une main et serrai la bouteille d'eau dans l'autre tandis que Mercer s'asseyait à côté de moi. Elle avait les cheveux relevés en deux couettes, et arborait son maquillage vif et coloré qui donnait l'impression qu'elle était une petite fille qui jouait à se déguiser. Elle avait presque dix ans de plus que moi, mais on aurait pu la prendre pour ma petite sœur. Elle était si insouciante, si décontractée... Jamais je ne m'étais sentie aussi jeune qu'elle semblait l'être. J'enviais sa capacité à voir le bon chez les autres et le positif dans toute situation. Mercer n'était pas vraiment une hipster, ni même une hippie. Elle suivait simplement sa propre voie sans se préoccuper du regard des autres. Elle était probablement la personne la plus heureuse que j'aie jamais rencontrée, et je savais que je ne m'en serais pas sortie sans son écoute et son soutien.

— Eh bien, il m'a mise à la porte comme je m'y attendais, mais Vernon a au moins eu la gentillesse de me laisser stocker mes affaires dans leur garage.

Je n'avais pas grand-chose, mais ce que j'avais m'était précieux, et je n'allais pas tout abandonner.

— Tu savais que c'était lui, le gentil du groupe. Tu aurais dû essayer de travailler davantage cet angle-là, dit-elle en tendant la main pour me taper gentiment dans le dos, faisant cliqueter la myriade de bracelets qu'elle portait au poignet. Tu savais que ce ne serait pas facile, mais tu as fait le premier pas, et tu peux en être fière. Maintenant que Huck sait que tu es ici, dans la même ville, et que tu vas à la même fac que lui, les choses vont devenir intéressantes.

Je grognai et tirai de plus belle sur mes cheveux.

— Je ne veux pas que ce soit « intéressant ».

J'avais déjà donné, et ça avait très mal tourné.

— Je veux de l'ennuyeux. De la sécurité.

Je voulais tout ce qu'il y a de plus normal.

Mercer soupira.

— Alors, tu vas faire quoi, maintenant ? Tu es dans une impasse, légalement parlant. Tu as le droit d'habiter là-bas, et il a le droit d'aller voir les autorités et de porter plainte pour harcèlement. Ses preuves sont assez minces, mais ton nom sera quand même rentré dans le système judiciaire.

Je fermai les yeux et portai la bouteille d'eau à mon front.

— Huck a toujours été doué pour acculer les autres.

Seulement, je n'avais jamais fait partie de ces malheureux.

— Il n'a pas eu l'air quand même un peu content de te voir après tout ce temps ?

Mercer parlait à voix basse, comme si elle savait qu'elle s'aventurait en eaux troubles.

Non, Huck n'avait pas eu l'air content. Loin de là. Il était horrifié. En colère. Traumatisé. Et… tellement beau, bordel.

Il était d'une beauté à couper le souffle. Il avait tant changé qu'il était presque méconnaissable. Si je n'avais pas vu sa photo sur Internet, jamais je ne l'aurais reconnu, malgré ses yeux dorés. J'avais toujours été plus grande que lui, mais aujourd'hui il me dépassait largement. Il était élégant et ne ressemblait en rien au petit garçon avec qui je jouais dans la boue et grimpais aux arbres. Il ne ressemblait plus au gamin que nos camarades de classe aisés taquinaient et torturaient par jeu. À l'époque, il était toujours affublé de T-shirts troués et de jeans délavés. Le jean et le T-shirt étaient toujours là, mais à présent ils lui allaient à la perfection et épousaient des muscles tout nouveaux. En plus du volume, il avait ajouté des œuvres d'art vivantes à sa peau. Les tatouages n'étaient pas si surprenants : Huck avait toujours été rebelle, impétueux. Je ne m'attendais pas à sa coupe de cheveux sophistiquée ni à ses vêtements de marque hors de prix, cela dit. Le Huck que je connaissais avait l'habitude de se moquer des sommes d'argent que les gens autour de nous étaient prêts à dépenser pour ressembler à tout le monde. Autrefois, je comprenais chacun de ses gestes ; aujourd'hui, je n'avais aucune idée de ce qu'il pensait et m'étonnais de sa facilité à me fermer la porte au nez.

Je savais que je lui rappelais un passé qu'il valait mieux oublier, mais je m'étais persuadée qu'une fois face à face, tous les bons souvenirs bâtis quand nous étions deux enfants incompris suffiraient à remplacer le souvenir terrible qui nous avait déchirés.

J'avais tort.

Tellement tort.

— Non, il n'était pas content de me voir. Et il m'a dit qu'il ne voulait plus jamais me voir. Ses colocataires ont même suggéré que si j'insistais pour récupérer la chambre, il pourrait déménager, ronchonnai-je.

Dans mon cœur, je pensais vraiment que les choses se passeraient mieux. Mais ma tête savait que me mesurer à un Huck adulte ayant une dent contre moi ne serait pas une promenade de santé. Seulement, je ne m'attendais pas à ce qu'il me regarde comme s'il me détestait. C'était éprouvant.

Cinq ans s'étaient écoulés, mais les lésions qu'avait causées ma trahison semblaient encore fraîches et purulentes. Me retrouver confrontée à la réalité de son dédain et de son rejet avait été atrocement douloureux. Mon cœur en était encore meurtri.

— Peut-être que si tu lui laisses du temps, il changera d'avis, murmura Mercer avec compassion.

Je secouai la tête en m'efforçant d'empêcher ce sentiment d'abattement de broyer mon âme et les derniers vestiges d'espoir auxquels je m'accrochais.

— Je ne connais pas plus têtu que lui. Je ne sais pas si je peux le faire changer d'avis ou le forcer à m'écouter assez longtemps pour lui faire mes excuses.

— Tu as tout risqué pour venir jusqu'ici afin de t'excuser et de réparer les erreurs du passé. Peut-être que tu devrais être honnête. Être franche avec lui et lui dire pourquoi tu es venue le chercher après tout ce temps. Est-ce que ce serait si mal de lui dire que tu as perdu ta mère et que tu es toute seule à présent ? Penses-tu qu'il sera surpris d'apprendre que tu t'es retournée contre lui parce que son frère menaçait ta mère et que tu n'avais pas le choix ? J'ai comme l'impression qu'il sait de quoi ce type est capable. Je pense que tu devrais expliquer ce qu'était ta vie et ce que tu as enduré depuis qu'il est parti. Il faut qu'il sache ce que son frère t'a fait subir. Cela lui donnera peut-être un nouveau point de vue et te fera au moins passer la porte d'entrée.

J'avais toujours marché sur des œufs avec l'enfant chéri. Le demi-frère de Huck était susceptible les bons jours et carrément diabolique les mauvais. J'étais passée maîtresse dans l'art d'éviter sa fureur, jusqu'à ce qu'il découvre le moyen infaillible de me faire plier à sa volonté : diriger sa colère vers ma mère. Si je l'énervais ou l'ignorais, il la faisait travailler au jardin toute la journée sans protection contre le soleil et la chaleur. Il la contraignait à se mettre à quatre pattes pour frotter les sols en marbre jusqu'à faire saigner ses mains. Il la forçait à laver les vitres en équilibre précaire sur des échelles instables. Il la faisait appeler encore et encore au beau milieu de la nuit pour la priver de sommeil. Rien de tout cela ne constituait vraiment de la torture à proprement parler, mais sachant que ma mère avait toujours eu une santé fragile, c'étaient des tâches risquées qui fatiguaient son cœur affaibli. Il avait exploité sans relâche mon désir de la protéger une fois qu'il eut compris que je consentirais toujours pour détourner son attention d'elle.

Après l'accident, c'était une faiblesse qui avait empiré, et qu'il avait utilisée à son avantage.

J'en avais assez de vivre dans l'angoisse permanente que quelqu'un vienne me chercher pour me ramener là-bas. Bien sûr, j'avais toujours eu envie de retrouver Huck pour savoir comment il allait, voir le chemin qu'il avait parcouru, et lui expliquer pourquoi j'avais fait ce que j'avais fait le soir où tout avait changé. Mais c'était cette peur omniprésente qui avait fini par me forcer à partir pour le suivre. Je voulais croire, même après tout ce que nous avions traversé et après tout le mal que je lui avais fait, qu'il me protégerait encore, qu'il me protégerait de ceux qui voulaient me garder prisonnière dans un monde où je n'avais pas ma place.

Quand ma mère était morte, je ne savais pas quoi faire ni où aller. C'était comme si j'avais fait une crise de somnambulisme pour me retrouver ici à mon réveil. J'avais su alors que le seul moyen de ne plus avoir peur et de prendre mon avenir en main était de réussir à être aussi proche de lui que je l'avais été autrefois.

Avant son départ, je ne savais pas que Huck était le tampon entre le mal absolu et moi.

Je soupirai.

— Je ne peux pas lui reprocher de vouloir se protéger, lui et ceux à qui il tient.

Il avait tous les droits de ne plus me faire confiance.

— Ces garçons ne sont pas juste ses amis. Ils sont sa famille, dit Mercer d'un ton neutre.

Huck et son gang étaient presque des célébrités ici. Ils avaient fait des vagues en première année de fac pour diverses raisons, mais surtout parce qu'ils étaient devenus une force inséparable avec laquelle il fallait compter. Tout le monde savait que les quatre garçons étaient issus de foyers loin d'être idéaux. Il n'y avait eu pour aucun d'eux une figure parentale digne de ce nom ; ils s'étaient construits seuls puis s'étaient entraidés pour devenir par eux-mêmes des jeunes hommes bons et honnêtes.

Mercer soupira.

— Tu sais que tu peux garder la chambre dans la boutique tout le semestre, si besoin. Je sais que ce n'est pas le grand luxe, mais c'est mieux que rien.

C'était beaucoup mieux que rien. Mis à part qu'il n'y avait pas de vraie cuisine, la petite chambre était parfaite. La seule chose qui manquait, c'était Huck. Je ne voulais pas vivre dans la demeure victorienne qu'il occupait par confort ou commodité. Je voulais y habiter pour pouvoir enfin arrêter de regarder sans cesse par-dessus mon épaule et mener une vie normale pour la première fois depuis bien longtemps. Dans la chambre du magasin, je fermais à peine l'œil de la nuit… pas parce que c'était petit, mais parce que chaque ombre mouvante me terrifiait et me faisait sauter au plafond. Je n'avais aucune envie de retourner à ma vie d'avant, mais cela ne voulait pas dire que personne n'essayerait de m'y forcer.

Je penchai la tête pour la poser sur l'épaule de Mercer. Elle sentait les fleurs des champs et la vanille. Je donnerais tout pour être aussi focalisée et calme qu'elle.

— Tu m'as sauvé la vie. Tu le sais, n'est-ce pas ?

Ma voix se brisa, et je me rendis compte que cette journée avait été l'une des plus longues de ma vie. C'était un miracle que j'aie réussi à continuer à mettre un pied devant l'autre.

Mercer prit ma main libre entre les siennes et la serra.

— Non. Tu as fait ça toute seule. Ne l'oublie pas. Je sais

que tu penses que Huck Snyder est la réponse à tous tes problèmes, mais tu es arrivée jusqu'ici sans lui, et sans le soutien de personne d'autre. Tu es forte, et tu es capable. Ne laisse jamais personne te convaincre du contraire.

Gardant ma main dans la sienne, elle se leva et me tira par le bras.

— Ça suffit pour aujourd'hui. Ce n'est pas en boudant sur les marches que tu vas trouver une solution. On commande une pizza et on se met devant Netflix.

Je me levai et suivis ma seule amie dans son magasin bigarré. Elle avait raison, ce n'était pas en boudant et en me lamentant sur tout ce qui clochait dans ma vie que j'allais trouver une solution pour me faire entendre de Huck. J'étais arrivée jusque-là toute seule, même si les choix que j'avais faits pour en arriver là étaient largement discutables.

Le problème, c'était que je ne savais pas combien de temps je serais encore capable de me battre. Je me sentais vidée, exténuée. Du moins, je m'étais sentie ainsi jusqu'à me trouver face à Huck. Quand j'avais croisé ses yeux dorés, je m'étais enfin sentie de nouveau vivante. J'avais perçu quelque chose en moi bouillonner et trembler d'un espoir timide. Il avait été une influence dangereuse quand j'étais jeune et stupide. Il était bien plus dangereux maintenant que j'étais plus âgée et plus stupide que jamais.

Je savais qu'il ne serait pas disposé à écouter ce que j'avais à dire, et il ne me restait plus qu'à croiser les doigts en espérant que mon idée de plaider ma cause auprès de

M. Peters porterait ses fruits. Huck et ses gars respectaient peu de monde, mais le vieux propriétaire en faisait partie.

La dernière personne à m'avoir défendue était Huck. Je n'aurais jamais cru avoir un jour besoin de quelqu'un pour me défendre contre lui.

4

Huck

— Je déménagerai. Et les autres me suivront.

Je défiais M. Peters par-dessus sa table de salle à manger ouvragée, lui adressant un regard qui avait maté bien des hommes avant lui. J'avais juste oublié quelques détails : le vieil homme était un vétéran, il s'était marié et avait divorcé trois fois, et il avait élevé trois filles. Et toutes étaient devenues des femmes accomplies et puissantes. Il était difficile de faire peur au patriarche. Se faire menacer par un vaurien d'étudiant ne le faisait pas même sourciller.

— Alors déménagez.

Mon propriétaire me regarda par-dessus sa tasse à café, et si je ne le connaissais pas, j'aurais juré qu'il dissimulait un sourire. Le vieux ronchon n'en avait jamais esquissé un seul depuis que j'étais son locataire – et je l'étais depuis quelques années. Il était plutôt du genre à faire les gros yeux en aboyant des ordres.

— Mais n'oubliez pas que le semestre commence bientôt et que je devrai immédiatement trouver d'autres locataires. Vous serez alors dans l'obligation de payer pour rompre le bail en cours, poursuivit-il, les yeux rivés sur moi, haussant un de ses sourcils touffus. C'est l'équivalent d'un an de loyer, comme vous venez tout juste de renouveler le bail, plus cinq cents dollars de frais. Même si vous arrivez à payer votre part, je doute que les autres garçons en soient capables. Harlen doit sa présence ici à une bourse, si ma mémoire est bonne.

Il posa sa tasse sur la table et se pencha en avant. Je ne voulais pas être intimidé, mais je l'étais. Il y avait peu de personnes que j'admirais, mais M. Peters figurait en haut de la liste. Ce vieillard était un des seuls adultes à m'avoir donné une chance sans me forcer à faire des pieds et des mains pour montrer ce que je valais. C'était notre premier conflit.

Et, bien sûr, ce devait être à cause d'Ollie.

— Et en admettant que vous arriviez à réunir l'argent pour sortir du bail, vous pensez qu'il sera facile de trouver une location si vous comptez rester avec Vernon ? Il est encore loin d'avoir dix-huit ans. Personne n'ignorera qu'il est mineur, et même si un propriétaire envisage de vous loger sans mettre son nom sur le bail, il se posera des questions. Voulez-vous faire subir tout cela au petit juste parce que vous ne voulez pas d'une femme pour colocataire ?

Je grognai de frustration et tapai du poing sur la table. Il avait raison, et cela me tapait sur les nerfs qu'il me connaisse assez bien pour savoir qu'il était hors de question que j'abandonne Vernon. Le gamin avait failli nous coûter la maison quand Harlen et moi avions enfin pu quitter les dortoirs.

Ce n'était qu'après avoir supplié, imploré et juré sur ma vie que le vieil homme avait accepté de nous louer la maison, y compris à un Vernon mineur. Il l'avait fait sans poser de questions à l'époque, mais aujourd'hui, il connaissait les raisons atroces pour lesquelles nous étions prêts à faire tout ce qu'il fallait pour protéger le gosse. Ma réaction violente me valut un regard noir de la part du vieillard, et je me rappelai que j'étais là pour faire appel à son affection pour nous, pour moi en particulier, et non pour le provoquer.

— C'est vous qui avez instauré la règle « pas de vie en mixité si ça peut être évité ». Je ne comprends pas pourquoi vous revenez dessus maintenant. Tout allait comme sur des roulettes, avec juste nous dans la maison. Pourquoi changer un système qui s'est avéré efficace ?

Pourquoi tout le monde était toujours prêt à enfreindre les règles pour Ollie ?

Moi y compris.

C'était déconcertant et infiniment frustrant. Qu'avait Ollie Adams de spécial pour faire perdre la tête à tous ceux qu'elle croisait ?

— Vous m'avez posé la même question de vingt manières différentes, Huck. Vous ferez un bon avocat un jour. Mais ma réponse restera la même. Je vous l'ai dit une fois mais je veux bien le répéter une centième fois : je n'ai su que c'était une jeune femme qu'une fois les papiers signés. Son nom était trompeur. Son bail pour la chambre dans la maison est valable et juridiquement contraignant. Vous n'aviez aucun droit de la chasser. Elle a l'air d'être une jeune fille aimable.

Discrète et un peu étrange, mais je ne pense pas qu'elle vous embêtera ou qu'elle causera des problèmes. Ce n'est que pour un an : si vous ne pouvez pas vous adapter au changement alors que vous êtes sur le point d'obtenir votre diplôme, je crains pour votre avenir.

Je jurai dans ma barbe, exaspéré, et il m'adressa un sourire satisfait. Je me passai la main dans les cheveux et fusillai la table du regard.

— Elle vous a piégé en ne mettant pas son vrai nom sur le dossier. Elle a menti. Cela devrait invalider le bail. Il y a toujours des vides juridiques, l'ancien.

J'étais en train de désespérer, parce qu'il devenait évident que ce serait l'une des seules disputes de ma vie que je perdrais.

— Et je vous l'ai dit, elle n'a pas menti. J'ai juste jeté un rapide coup d'œil sur ses informations personnelles. C'est moi qui ai laissé passer le fait qu'Ollie était un diminutif d'Olivia. Et puis, votre vide juridique pourrait mener plus tard à un casse-tête juridique plus important. Vous savez qu'une de mes filles est avocate. Elle me dit depuis des années que ma condition locative de non-mixité va m'attirer des ennuis. Acceptez-le. Elle emménage, fiston.

Il tapa de l'index sur la table pour attirer mon attention. Quand nos regards se croisèrent, je vis clairement que le vieil homme avait pris sa décision et qu'il serait impossible de l'en dissuader.

— Et les garçons et vous ne lui mènerez pas la vie dure. C'est bien compris, Huck ?

Je montrai les dents mais ne répondis pas.

La paume de M. Peters s'abattit sur le plateau de la table, me faisant sursauter. J'avalai ma salive et me forçai à baisser le menton pour acquiescer.

— C'est bien compris, l'ancien.

— Je ne plaisante pas. Si j'apprends que vous lui en faites baver, vous devrez déménager et chercher un autre endroit. Ce sera impossible de trouver une location pour vous trois si près de la rentrée. Et si vous me forcez à vous faire une mauvaise lettre de recommandation, vous ne trouverez jamais de location. Ce n'est pas une menace, je vous dis simplement les choses telles qu'elles sont.

Je laissai retomber ma tête en avant et sentis mes épaules s'affaisser. C'était rare que je sois incapable de persuader quelqu'un de me donner ce que je voulais, et cela faisait très longtemps que je n'avais pas réussi à obtenir ce que je demandais. À croire que j'étais devenu pourri gâté depuis que j'avais laissé mon ancienne vie derrière moi.

En parlant de mon ancienne vie, je demandai à voix basse à M. Peters :

— Est-ce qu'Ollie vous a dit qu'on se connaissait quand on était petits ? Vous a-t-elle dit qu'elle est venue ici à cause de moi ? Elle me poursuit. Elle pourrait être dangereuse. Vous ne vous inquiétez pas du tout pour moi, l'ancien ?

Son indifférence face à la situation me vexait un peu. Je croyais honnêtement que notre relation avait dépassé le stade propriétaire-locataire depuis longtemps. Pour les gars et moi, il était comme un proche ; c'était blessant de penser qu'il ne nous considérait pas de la même manière.

Je l'entendis pousser un lourd soupir, et lorsque je relevai les yeux vers lui, je lus une réelle sympathie sur son visage buriné.

— Huck, craignez-vous vraiment que cette fille ait de mauvaises intentions envers vos amis et vous ? Avez-vous légitimement peur d'elle ? Avez-vous pris un moment pour vous demander pourquoi elle s'est donné tant de mal pour se rapprocher de vous ? Vous êtes un garçon très intelligent, et vous dites connaître cette fille depuis l'enfance. Vous devez vous douter que sa venue cache quelque chose, dit-il en me regardant avec insistance. Si vous avez peur et que vous pensez sincèrement qu'elle vous harcèle, demandez une ordonnance restrictive. Je soutiens votre droit à le faire. Je ne vois pas cela comme une faiblesse. Si vous le faites, je ne pourrai pas maintenir son bail. Légalement, je pourrai le rompre. Apportez-moi les papiers, et je m'occuperai du reste.

J'avais peur d'elle, mais probablement pas pour les raisons qu'il avait en tête.

— Je ne veux pas savoir pourquoi elle m'a retrouvé après tout ce temps. Je ne veux pas savoir pourquoi elle veut à tout prix se rapprocher de moi.

À l'époque, je la protégeais de tout et de tout le monde. Résultat, j'avais perdu tout ce qui comptait pour moi.

— C'est un aimant à emm… à ennuis, et je n'ai plus le temps pour ça.

Pas alors que j'avais enfin ma vie en main et que j'étais si près de réaliser tous mes rêves.

— Ce n'est qu'une jeune femme, Huck. Une femme dans une position délicate. Vous n'êtes pas du genre à tourner le dos à quelqu'un qui veut seulement se sortir d'une situation pénible. Et j'ai bien l'impression que vous avez encore des comptes à régler, tous les deux. Ce n'est que pour un an. Encaissez et réconciliez-vous avec elle avant d'avoir votre diplôme et de partir pour l'école de droit. Ce sera bon pour vous. C'est la meilleure option pour tout le monde.

Il prit sa tasse, l'air exagérément satisfait de lui-même.

— C'est l'option la plus facile pour *vous*.

Regarder en arrière était probablement la chose la plus difficile qu'il pouvait me demander de faire.

Je l'avais déjà menacée d'une ordonnance restrictive. M. Peters en parlait comme d'une issue de secours, et pourtant, je ne l'avais pas dénoncée, je n'étais pas allé au commissariat. Cette idée me crispait, et je sentis un début de migraine palpiter derrière mes yeux. C'était une solution simple, légitime. Seulement, j'étais incapable d'y recourir. Et pas seulement parce que je nourrissais une méfiance saine envers la police et que j'étais sceptique face à un système judiciaire facile à manipuler.

Ollie et moi n'avions pas de comptes à régler. Non, nos comptes étaient morts et enterrés, tout comme la relation que nous avions eue autrefois. J'avais fait le deuil de ce qui avait été. Je n'avais certainement pas l'intention d'être hanté par les fantômes de notre passé. Voir le visage d'Ollie tous les jours avait été une évidence autrefois ; aujourd'hui, c'était mon pire cauchemar. J'en voulais à mort à Fisher d'avoir déménagé et poursuivi sa route, laissant la porte ouverte à ce désastre. Je notai mentalement de lui dire le fond de ma pensée la prochaine fois qu'on se retrouverait pour boire un coup.

Je sursautai quand une lourde main noueuse se posa sur le poing que j'avais inconsciemment serré. Je levai les yeux et croisai le regard soucieux du vieil homme.

— Huck.

Il marqua une longue pause et soupira. Je n'avais même pas remarqué qu'il s'était levé pour venir jusqu'à moi, ce qui en disait long, puisqu'il boitait et faisait du bruit en se déplaçant. Ollie consumait déjà toutes mes pensées et mettait à mal mon attention. Comme quand nous étions plus jeunes. M. Peters ne savait pas à quel point cette fille pouvait être dangereuse.

— Je n'ai pas de fils, mais vous, les garçons, vous êtes ce qui s'en rapproche le plus pour moi. Je ne ferais jamais quoi que ce soit qui vous mette en danger. Si je me trompe sur cette fille, dites-le-moi. Soyez honnête avec moi, et je verrai ce que je peux faire pour trouver une solution adaptée à tout le monde.

Les mots me brûlaient la langue.

Je voulais lui raconter que j'avais toujours protégé Ollie de ma famille. Que mon demi-frère s'était ingénié à faire de ma vie un enfer parce qu'il était jaloux qu'elle m'aime plus que lui. Je voulais expliquer que ce gamin détraqué avait tué mon chien, saboté mes notes à l'école, m'avait fait virer de l'équipe de lacrosse, et qu'il avait veillé à me priver de tout plaisir dans ma vie juste parce qu'il était aigri et ne supportait pas que quiconque, mais surtout Ollie, me fasse passer avant lui. J'avais même failli atterrir en maison de correction à cause de lui. J'avais appris la haine et la rancune très tôt à cause de lui.

Je voulais qu'Ollie disparaisse pour ne plus jamais avoir à penser à mon frère, Sawyer.

Je voulais oublier l'existence d'Ollie, comme je le faisais depuis si longtemps.

Je voulais dire à M. Peters qu'elle était dangereuse et nuirait à notre foyer, mais je me trouvais incapable de forcer ma bouche et mon esprit à coopérer. Je ne pouvais pas dire qu'Ollie était une mauvaise personne ou qu'elle voulait causer les problèmes qu'elle causait inévitablement.

Au fond, elle était aussi désespérée que moi. C'était exactement ce qui nous avait rapprochés, au départ.

Nous voulions juste être compris.

Être libres.

Être aimés…

Et nous n'arrivions à trouver tout cela qu'ensemble.

Des années s'étaient écoulées, et j'étais sûr qu'elle avait autant changé que moi. Mais je ne pouvais pas me résoudre à avouer au vieil homme la peur qui me tenaillait – que la proximité d'Ollie ravive les vieux sentiments altruistes que j'avais refoulés de toutes mes forces.

— Vous avez dit qu'elle était dans une position délicate. Vous ne voudriez pas développer, par hasard ?

Je pouvais seulement imaginer ce qu'elle fuyait enfin – ou plutôt *qui*. Le vieil homme serra ma main et s'assit à côté de moi.

— Non. Si vous voulez savoir, demandez-lui, dit-il avant de grogner en frottant son genou capricieux. Puisque vous êtes là, pourquoi ne pas préparer à manger à un vieillard ? Mon genou fait des siennes. Je pense que le temps va tourner dans les prochains jours. Il est possible qu'une tempête arrive bientôt.

Je pouffai et m'écartai de la table.

— Vous n'avez pas idée.

Ce ne serait pas une simple tempête si Ollie était impliquée. Non, si elle était au centre de la tornade, ce serait le genre de déferlement à raser des villes et retourner des maisons. Il fallait des années pour nettoyer les dégâts et reconstruire après le carnage qu'elle laissait dans son sillage.

— Vous voulez manger quoi ?

J'étais encore en colère contre lui, mais je ne pouvais pas le laisser mourir de faim.

Il laissa échapper un rire bourru.

— J'ai envie de hot-dogs, mais je sais que vous refusez que j'en mange.

Il avait raison. Il avait eu des problèmes cardiaques l'année précédente, et depuis, je veillais à ce qu'il suive un régime bon pour le cœur. Je ne voulais pas le perdre, et pas parce qu'il serait difficile de trouver un autre endroit pour vivre s'il nous mettait dehors.

Je lui fis les gros yeux avant de partir en direction de sa cuisine bien approvisionnée.

— On dirait bien que ni vous ni moi n'obtiendrons ce que nous voulons aujourd'hui, l'ancien.

Il rit, et j'eus envie de faire remarquer que vivre sous le même toit qu'Ollie Adams pendant un certain temps n'avait rien d'amusant. Cependant, je savais que mon exaspération face à cette situation ne ferait que le réjouir davantage.

Il m'avait ordonné de ne pas mener la vie dure à Ollie et de ne pas la forcer à déménager. Il ne se doutait pas qu'elle connaissait tous mes trucs.

Si je voulais qu'elle parte sans qu'il y ait de conséquences, j'allais devoir trouver un tout nouveau plan. Un plan qu'elle ne verrait pas venir.

Que les jeux commencent.

5

Ollie

— Alors comme ça, tu connaissais Huck quand il était gamin ? Il était comment ? Il est toujours si sérieux, si intense. C'est difficile de l'imaginer petit. J'aime penser qu'il était plus heureux à l'époque que maintenant.

— Ce n'était pas le cas.

Vernon était en train de monter le dernier carton que j'avais laissé au garage jusqu'à la chambre mansardée aux petites fenêtres qui était désormais *officiellement* la mienne. J'avais eu du mal à croire M. Peters quand il m'avait appelée pour me dire qu'il avait parlé avec Huck et dégagé la voie pour que j'emménage. Il m'avait demandé de le contacter si les garçons m'en faisaient baver et avait promis de prendre de mes nouvelles. Quand je m'étais pointée à la maison, seul Vernon était là, et mon arrivée soudaine n'avait pas semblé le choquer. Il s'était même aussitôt proposé pour m'aider à monter mes quelques affaires dans les deux volées d'escalier jusqu'à la chambre.

— Il n'était pas plus heureux, je veux dire. Mais il était moins intense qu'il semble l'être aujourd'hui.

Vernon m'informa que Harlen et lui se partageaient le premier étage et que Huck avait la chambre principale au rez-de-chaussée. Il dit aussi que comme la maison était ancienne, les tuyaux cliquetaient en permanence et que chaque pas faisait craquer le plancher, tant et si bien qu'on entendait les autres bouger tôt le matin ou tard le soir. Il me suggéra d'investir dans une bonne paire de bouchons d'oreilles ; quand il commençait à faire froid, ils allumaient les radiateurs à l'ancienne, qui faisaient le bruit d'une machine de guerre quand ils s'allumaient et s'éteignaient. Il m'avait donné d'autres conseils, comme de ne pas toucher aux suppléments ni aux protéines en poudre de Harlen, à moins que je veuille subir un exposé d'une heure sur la nutrition et la masse musculaire. Il m'avertit qu'aucun d'entre eux n'était doué pour faire les courses, mais qu'ils partageaient la nourriture quand le frigo était plein. Apparemment, Huck se souciait beaucoup plus de sa santé qu'auparavant – ce qui expliquait la perte de ses adorables rondeurs de bébé et le corps musclé. Je rassurai Vernon : je ne dérangerais pas et en général je me contentais d'avaler un petit quelque chose entre les cours. Je gagnais à peine de quoi payer ma part du loyer chaque mois. J'étais loin d'être à même de nourrir trois garçons, dont deux étaient bâtis comme des athlètes professionnels.

Après avoir posé le carton que je portais, je poussai un soupir et parcourus la chambre du regard. Fisher avait laissé un lit double, un bureau en bois usé, et des étagères qui avaient connu des jours meilleurs. C'était sommaire, mais pile ce qu'il me fallait. Il faudrait que je taxe des draps à Mercer, et peut-être des rideaux, mais cette chambre était une parfaite petite alcôve où me tapir. Cela m'était même égal de devoir m'accroupir ou me mettre à genoux pour accéder à la partie de la chambre faisant office de placard. Avec son plafond mansardé, il ne faisait aucun doute que cette pièce était autrefois un grenier.

— Huck était un farceur quand il était petit. Il aimait jouer des tours et mettre le bordel. Il était intrépide et essayait de tout rendre amusant.

Je touchai distraitement la cicatrice sur ma joue. C'était une habitude que j'avais quand je pensais au passé. Quand je me rappelais à quoi ressemblait ma vie avant que je porte sur mon visage le rappel constant de la nuit où tout avait basculé.

— Je le suivais partout parce que ma mère travaillait pour sa famille et que nous habitions chez eux. C'était comme ça depuis des générations, bien avant la naissance de ma mère. Ni Huck ni moi n'y trouvions notre place, alors on se serrait les coudes. Quand on est devenus ados, je pensais qu'il en aurait marre que je lui colle aux basques tout le temps. Lorsqu'il a commencé à s'intéresser aux filles et inversement, je m'attendais à ce qu'il m'envoie bouler. Mais il ne l'a jamais fait.

Il était toujours là quand j'avais besoin de lui. Il me protégeait toujours du reste du monde. Je souris et remarquai que Vernon m'observait avec attention.

— Et aussi, il était grassouillet et maladroit à l'époque. Rien à voir avec aujourd'hui.

Un léger sourire étira les lèvres de Vernon.

— Non. Rien de tout cela ne ressemble au Huck que je connais.

Je calai une mèche de cheveux derrière mon oreille et demandai, sachant parfaitement que je n'obtiendrais peut-être pas de réponse :

— Comment as-tu rencontré Huck ?

Il pencha la tête et m'observa en silence pendant un long moment de ses étranges yeux brillants. Quand il prit enfin la parole, je n'étais pas préparée à l'impact que ses mots auraient sur moi.

— Il m'a sauvé. Il nous a tous sauvés, dans notre petit groupe, d'une manière ou d'une autre.

J'inspirai subitement et détournai le regard. Vernon avait été sympa avec moi – enfin, plus sympa que les deux autres – mais il me faisait clairement comprendre que Huck passait en premier, quoi qu'il arrive, et qu'il ne fallait pas que je me laisse bercer par un faux sentiment de sécurité avec lui.

— Je me suis enfui de chez moi quand j'avais douze ans.

Je ne pus retenir un cri de surprise. Huck avait été chassé de la maison quand il n'avait que seize ans, ce qui était terrible, mais cela semblait très vieux comparé à l'âge de Vernon quand il s'était aventuré seul dans le monde. Ses yeux se perdirent dans le lointain alors qu'il continuait :

— Ça faisait à peu près un an que j'étais à la rue quand j'ai rencontré Huck. J'ai essayé de lui faire les poches. Je voulais son téléphone et son portefeuille. Seulement, Huck n'était pas un pigeon : il savait ce que c'était d'être à la rue et il m'a vu arriver à des kilomètres. Il m'a dit qu'il me donnerait à manger et me trouverait un endroit où dormir cette nuit-là plutôt que d'appeler les flics ou me botter les fesses.

Vernon secoua légèrement la tête, faisant tomber ses cheveux blancs devant ses yeux.

— Il a trouvé un centre qui a accepté d'accueillir un mineur isolé pendant quelque temps, et quand il a découvert à quel point j'étais intelligent, il m'a trouvé un programme de formation et une bourse pour enfants surdoués qui m'ont sorti de la rue pour de bon jusqu'au bac. J'ai fait tous les programmes accélérés qu'il pouvait trouver. Il a fait signer les papiers à ma famille pour me faire intégrer les formations quand je lui ai dit qu'ils ne voulaient pas. Il a aussi réussi à leur faire signer ma demande d'émancipation. J'ignore comment il a fait, mais il fait tout le temps des miracles. Un peu comme toi, je me suis inscrit dans cette fac parce que Huck était là. Commencer la fac si jeune n'a pas été facile, mais les mecs ont facilité les choses. Harlen m'a aidé à trouver mes marques ; c'est le premier véritable ami que j'ai jamais eu. Huck a toujours gardé un œil sur moi, et Fisher était la figure paternelle dont j'ignorais avoir besoin. Tu sais pourquoi je te raconte mon histoire avec Huck ? demanda-t-il en pointant mon expression choquée du doigt.

Gênée, je me balançai d'un pied sur l'autre sous son regard insistant avant de répondre :

— Parce que tu veux me faire clairement comprendre combien il compte pour toi.

Ce n'était pas une question. Je comprenais parfaitement.

Vernon hocha lentement la tête, et je compris que sous ses airs éthérés, il pouvait être tout aussi effrayant, si ce n'est plus, que les deux autres jeunes hommes avec qui je vivais à présent.

— Je dois *tout* à Huck. Comme Harlen et Fisher. On est prêts à tout, je dis bien tout, pour le protéger. Si tu comptes foutre sa vie en l'air, si tu comptes le rendre malheureux ou lui faire du mal de quelque façon que ce soit, aucun de nous ne te laissera vivre en paix. On te fera regretter le moment où tu es revenue dans sa vie. Tu sembles déterminée à rester ; j'espère juste que tu comprends toutes les ramifications de ce que tu es en train de faire.

Je brûlais d'envie de lui dire que je n'avais aucune idée de ce que j'étais en train de faire, que j'avançais à l'instinct et à la peur ces derniers temps, et que j'avais oublié ce que c'était d'avoir une direction autre que fuir le monstre qui me poursuivait constamment. Avais-je songé aux conséquences que cela aurait sur Huck lorsque je débarquerais dans sa vie ? Pas suffisamment. Honnêtement, j'étais heureuse que ces garçons veillent sur lui. Il avait toujours cru qu'il devait assumer seul la tâche de porter le monde sur ses épaules. Désormais, il était entouré d'anticonformistes aux valeurs semblables aux siennes et prêts à l'aider à mener ses combats.

Avant que je puisse répondre, une voix grave gronda depuis la porte.

— N'essaye pas de lui faire peur, Vernon.

Nos deux têtes pivotèrent brusquement au son de la voix de Huck. Il avait un bras levé, posé contre le chambranle de la porte. Il portait un short en nylon et un T-shirt délavé qui ne cachait rien du fait que la transformation de ses bras était allée bien au-delà de la simple présence de tatouages. Il portait des baskets et ses cheveux étaient mouillés, assombris par la sueur. Il devait rentrer de la salle de sport, et Vernon et moi étions tellement pris par notre conversation que nous ne l'avions pas entendu monter l'escalier.

Huck riva ses yeux dorés sur moi, le visage dur et fermé.

— Essayer de lui faire peur ne servirait à rien. Elle a grandi avec un fou furieux dans les pattes, tes menaces sont des jeux d'enfant pour elle. Elle sait ce qu'elle fait et elle sait qu'elle n'est pas la bienvenue ici. Cela n'a pas d'importance. Elle a insisté sans relâche jusqu'à ce qu'elle obtienne ce qu'elle voulait. Je me demande de qui tu tiens ça, Ollie.

Je voulais m'excuser. Je voulais lui dire que s'il existait une autre échappatoire, je l'aurais prise. Je voulais promettre de rester hors de son chemin et de sa vie à condition qu'il me laisse m'excuser. Mais les mots refusaient de sortir. Ce n'étaient pas des promesses que je pouvais tenir à ce stade dans ma vie.

Vernon voulait clairement rebondir sur cette histoire de « fou furieux » mais s'arrêta quand Huck se remit en mouvement.

Toute pensée s'envola et les mots déjà difficiles devinrent impossibles quand il s'écarta de la porte et attrapa son T-shirt par le col pour l'enlever, ses muscles tatoués bougeant de manière sexy.

Il avait des tatouages sur les côtes, des deux côtés, et un sur le bas de son ventre musclé, disparaissant sous l'élastique de son short. Il avait des anneaux en argent aux tétons. Il ne ressemblait pas à l'image que je me faisais d'un avocat.

Oh non.

Ce n'était plus le gamin mignon et potelé avec qui je jouais dans la terre et cachais des sucreries.

Huck était un homme.

Un homme canon, mais dangereux, à l'évidence.

La lueur dans ses yeux me dit qu'il savait exactement ce à quoi je pensais. Je détournai le regard et triturai ma lèvre inférieure. Au cours de ma vie, j'avais ressenti beaucoup de choses pour Huck Snyder. Mais la douce chaleur qui afflua dans mon sang après l'avoir vu à moitié nu était toute nouvelle. Notre relation était déjà trop compliquée et entremêlée aux fantômes du passé. Pas besoin d'en rajouter une couche.

— Viens, gamin. Laissons-la s'installer, et laissons-la tranquille. Du moment qu'elle reste dans son coin, ça devrait bien se passer. Comme l'ancien n'arrête pas de me le répéter, ce n'est que pour un an. Nous avons survécu à pire.

Il y avait un avertissement dans le ton de Huck, mais aussi autre chose, sans que je sache dire quoi. Je sentais le poids de son regard, mais je refusais de lever les yeux dans sa direction tant qu'il était habillé – ou déshabillé – comme ça. C'était trop pour moi.

Vernon avança vers Huck. Sans réfléchir, je tendis la main pour effleurer son avant-bras du bout des doigts. Il s'arrêta et me regarda avec des yeux curieux.

— Merci, dis-je en m'efforçant de lui sourire. Merci d'avoir gardé un œil sur mes affaires pendant qu'elles étaient remisées ici, et merci de m'avoir aidée à les monter jusqu'ici.

Il n'avait pas à faire preuve de la moindre gentillesse, mais il l'avait fait.

C'était un bon gosse, et j'étais contente que Huck ait vu en lui quelque chose qui vaille la peine d'être sauvé. Cela me donnait l'espoir que Huck finisse un jour par voir la même chose en moi.

Vernon pencha la tête comme un chiot et m'adressa un sourire sincère.

— Pas de problème. Je suis le seul ici à être prêt à t'accorder le bénéfice du doute, alors ne me fais pas passer pour un imbécile.

Lui arrivait-il de passer pour un imbécile ? C'était un génie, après tout.

— J'ai des couvertures en plus dans un coin quelque part. Je vais te les retrouver et te les filer le temps que tu sois bien installée.

J'allais protester mais il évacua mes éventuelles remarques d'un geste, puis il sortit en donnant une tape du revers de la main sur les abdos bien dessinés de Huck, lui lançant avec dédain :

— Selon les circonstances, un an, ça peut passer en un clin d'œil ou durer une éternité. Gardons tous ça en tête puisqu'on est coincés les uns avec les autres.

Il plissa le nez alors que Huck se retournait pour le suivre hors de ma chambre.

— Tu pues. Va prendre une douche. Et aussi, comment tu as fait pour monter ces escaliers bruyants sans faire un seul bruit ?

La réponse de Huck se perdit comme Vernon fermait la porte derrière eux pour me laisser seule avec mes pensées tourbillonnantes.

J'allai jusqu'au lit dépouillé et me laissai tomber tête la première. Il grinça sous mon poids. Je fermai les yeux et m'intimai de respirer.

Je m'en sortirais. Il n'y avait pas à perdre espoir, même si Huck décidait d'être hostile et difficile. Après tout, j'étais préparée pour résister à tout ce qu'il ferait pour me faire partir, parce que même si nous étions séparés depuis longtemps, je croyais encore connaître Huck mieux que personne. Il n'allait pas me laisser entrer dans son refuge sans se battre. Il n'allait pas simplement me laisser obtenir ce que je voulais alors qu'il visait tout le contraire. Il fallait que je sois prête à tout affronter, parce que ce garçon ne jouait pas selon les règles à l'époque ; et je doutais que cela ait changé.

6

Huck

J'étais en train de me frotter vigoureusement la tête avec une serviette, les cheveux mouillés devant les yeux, ce qui voulait dire que je ne voyais pas Vernon et Harlen. Mais je savais qu'ils étaient dans ma chambre. Et puisqu'ils n'avaient pas attendu que je sorte dans le salon ou la cuisine, je savais qu'ils voulaient me parler de notre nouvelle colocataire, ou plutôt, de mon comportement envers notre nouvelle colocataire.

Je jetai la serviette mouillée en direction de mon lit et entendis Vernon grogner de dégoût quand elle le heurta par inadvertance. Je chassai mes cheveux mouillés de mon visage en riant et regardai mes deux meilleurs amis, qui me fixaient du regard comme si j'étais un étranger.

Je posai mes mains sur les hanches, faisant dangereusement descendre la serviette enroulée autour de ma taille. Non pas que j'avais peur qu'ils se rincent l'œil. Franchement, l'une des meilleures choses avec la règle « interdit aux filles », c'était de pouvoir se balader à demi nu dans la maison sans se soucier de choquer qui que ce soit. C'était aussi pour cette raison que nous avions tendance à ne laisser personne ou presque dormir ici. Quand Fisher était encore là, il se trimballait à poil à toute heure du jour et de la nuit. Il en avait mis plein la vue à un certain nombre de filles qui n'avaient rien demandé.

— Allez-y. Dites ce que vous avez à dire.

Je secouai la tête comme un chien mouillé et les éclaboussai tous les deux. Vernon poussa un cri perçant en levant les mains en l'air, et Harlen jura et me dit de faire gaffe ou il me botterait le cul.

— Il faut que je me prépare pour le boulot, je n'ai pas le temps de vous laisser tourner autour du pot.

Sur le matelas, Vernon roula sur le ventre, ses pieds dressés dans les airs derrière lui. Il posa le menton sur une de ses mains et me regarda durement.

— À quoi tu joues avec Ollie ? C'est toi qui as dit que M. Peters allait nous mettre dehors si on l'emmerdait ou si on lui en faisait baver. Tu mijotes quelque chose, et n'essaye pas de me dire le contraire. Ce petit strip-tease devant sa chambre hier était calculé.

Je pouffai et allai dans mon placard prendre un T-shirt noir. Parfois, vivre avec un génie était franchement casse-couilles. Vernon ne loupait jamais rien. Ce serait sympa qu'il applique cette capacité d'analyse à lui-même et ne ferme pas les yeux sur les indices concernant sa propre situation.

— Je ne vais pas lui en faire baver.

J'enfilai le T-shirt, et mes cheveux se dressèrent dans tous les sens.

— Je vais plutôt la faire saliver.

Je laissai tomber la serviette et fouillai dans mes affaires à la recherche d'un jean noir propre. Il fallait que je fasse une lessive. Ce serait donc une soirée sans caleçon. Une fois habillé, je me retournai vers mes amis. Vernon avait l'air perplexe, Harlen l'air furax.

— Tu vas coucher avec elle, c'est ça ? grogna-t-il.

— Quoi ? lança Vernon en relevant brusquement la tête, les yeux écarquillés de manière presque comique. Non. Tu ne peux pas faire ça, Huck. Tu peux être un sale con, mais coucher avec elle puis l'ignorer te ferait passer à un niveau de connardise supérieur d'où tu ne reviendras peut-être jamais. Ne deviens pas ce mec irrécupérable parce que tu n'es pas parvenu à tes fins sur ce coup-là.

Harlen poussa un autre grognement irrité et se passa une main sur le visage.

— Sérieusement. Tu franchis une limite morale périlleuse, Snyder.

Je m'approchai du lit pour ébouriffer les cheveux blanc givré de Vernon.

— Vous vous inquiétez trop, les gars. Je connais Ollie depuis longtemps. Il n'y a que cinquante pour cent de chances qu'elle me laisse la séduire, de toute façon. Je l'ai toujours considérée comme une petite sœur, et c'est probablement ce qu'elle cherche à retrouver aujourd'hui. Si elle choisit de coucher avec moi, elle en connaît mieux que personne les conséquences. Pourquoi ne pas laisser la nature suivre son cours et voir si les choses tournent en ma faveur ? demandai-je avant de hausser les épaules. Je la connais mieux que la plupart des femmes avec qui je couche en ce moment. Elle ne se fait pas d'illusions sur le genre de mec que je suis.

Vernon soupira et pivota pour s'asseoir en tailleur sur le lit.

— Mais tu vas essayer de coucher avec elle avec une idée derrière la tête. Ce n'est pas sympa, et ça ne te ressemble pas. Je sais que tu ne veux pas d'elle ici, mais ce que tu projettes est une mauvaise idée, me dit-il avant de pointer son doigt sur moi. Je te vois te creuser la tête. Tu réfléchis à comment elle va réagir, tu veux la blesser et la mettre mal à l'aise pour qu'elle s'en aille. Mais tu ne penses pas à ce que tu vas ressentir quand tu vas devenir un vrai méchant.

Il secoua la tête.

— Je sais que c'est une extrémité à laquelle tu n'as plus peur d'arriver, mais je ne peux pas te laisser devenir un vrai sale type sans rien faire, Huck. Si tu la jettes après l'avoir baisée, il y a de grandes chances qu'elle coure chez M. Peters lui dire ce que tu as fait. Et on n'aura plus de maison, et tu auras entaché ton âme sans raison. Ta tête te dit peut-être que c'est la seule façon de remporter cette confrontation, mais je refuse de croire que ton cœur est sur la même longueur d'onde.

Je m'écartai du lit pour aller vers le miroir accroché au mur. C'était une tenue basique mais parfaite : mes pourboires triplaient quand je portais des vêtements laissant apparaître mes tatouages et assez moulants pour laisser deviner mes piercings aux tétons. Il fallait que je me sèche les cheveux et que je me lave les dents ; je me dirigeai vers la salle de bains, espérant mettre fin à la conversation.

Je comprenais qu'ils s'inquiètent pour ma santé mentale, mais quand j'étais acculé, ma rage et ma défiance ne connaissaient aucune limite. Je pensais qu'ils me connaissaient mieux que ça, mais visiblement, malgré tout le temps passé ensemble et les épreuves affrontées côté à côte, il nous restait des secrets à découvrir les uns sur les autres. Ils ne savaient pas à quel point la vengeance semblait douce quand je me remémorais combien Ollie m'avait déçu.

Dans le miroir, je vis Vernon entrer dans la petite salle de bains. Il ferma la lunette des toilettes et s'assit, m'observant de ses yeux perçants tandis que je me coiffais avec les doigts. Poussant un soupir agacé, je pris le sèche-cheveux et lui dis :

— Je sais que tu l'aimes bien et que tu penses pouvoir être ami avec elle, mais tu ne peux pas lui faire confiance, gamin. Tu ne sais pas qui elle est en réalité. Tous ceux qui l'approchent sont contraints de s'occuper d'elle, de s'inquiéter pour elle, de la protéger. Elle va te manger tout cru et te recracher sans même que tu t'en rendes compte. Tiens-la à distance. Ne la laisse pas te faire du mal. Crois-moi quand je te dis qu'elle ne culpabilisera pas quand elle le fera. Car elle le fera. Quand il faudra faire un choix entre toi et elle, elle se fera toujours passer en premier.

Vernon se frotta les mains sur les cuisses.

— C'est quoi l'histoire entre toi et cette fille ? Et qu'est-ce que tu voulais dire quand tu as mentionné qu'elle avait grandi avec un fou furieux ? Vous avez grandi ensemble, non ? Alors toi aussi tu devais être proche de cet homme, non ? On ne peut pas t'aider si on ne sait pas à quoi on a affaire, Huck.

Je jurai à mi-voix et allumai le sèche-cheveux. Tout était si compliqué, si difficile à expliquer. C'était bien la dernière chose que j'avais envie de raconter. Sawyer, c'était un personnage tout droit sorti d'une BD ou d'un polar. Difficile pour quelqu'un de normal de comprendre comment il fonctionnait. Criant pour être entendu malgré le bruit, je demandai :

— Des filles qui font une fixette sur toi, ça te connaît, non ? Qui sont convaincues que tu es l'homme de leur vie ? Qui disent qu'elles ne peuvent pas être heureuses si tu ne les aimes pas en retour ?

Il hocha la tête et grimaça.

— Filles et garçons.

Je ris, parce que je n'en doutais pas. Il était assez mignon pour être irrésistible aux yeux de tous.

— Quand nous étions petits, Ollie avait quelqu'un comme ça dans sa vie. Quelqu'un qui était là chaque fois qu'elle se retournait. Qui infiltrait les moindres recoins de ses journées et de ses nuits, et qui essayait d'influer sur toutes ses décisions. C'était plus qu'une obsession, c'était de l'oppression. Et petit à petit, cette personne s'est mise à prendre des petits morceaux de l'Ollie que je connaissais, celle qui était ma meilleure amie au monde, et à les corrompre. Sa façon de penser a commencé à changer. Tous ses mécanismes de défense et de rébellion contre le contrôle que les autres exerçaient sur elle ont commencé à s'estomper. J'avais l'impression qu'elle devenait peu à peu une coquille vide. Personne autour d'elle – ni sa mère, ni ses professeurs, ni ses camarades de classe, ni aucun de ses amis à part moi – ne semblait se préoccuper de ce qu'il se passait, parce que ce sale type avait un visage d'ange. Il semble trop beau pour être vrai, parce que c'est le cas, putain.

Je clignai des yeux, les souvenirs pénibles tourbillonnant dans mon esprit.

C'était une chose de combattre un monstre de loin, mais j'avais dû lutter tous les jours contre cette bête qui vivait sous le même toit que moi. J'avais fait de mon mieux pour protéger Ollie et agir comme une barrière entre elle et la démence qui s'infiltrait dans chaque aspect de sa vie. Mais je n'étais qu'un gamin. Un gamin sanguin, grande gueule, et à l'époque, alors que les adultes autour de nous répétaient que tout allait bien, que c'était juste une amourette « adorable », je ne savais pas quoi faire de plus pour protéger Ollie.

— Ça a dû être angoissant pour elle, souffla Vernon alors que je finissais de me coiffer et passais à l'application de déodorant et de parfum.

Je croisai ses yeux inquiets dans le miroir et hochai la tête.

— Ça l'était. Et c'était terrifiant pour tous ceux qui tenaient à elle. Je ne sais pas ce qui l'a finalement décidée à partir. Je ne sais pas comment elle s'est enfuie. Mais je sais que, où qu'elle soit, la personne qui pense qu'Ollie lui appartient, la personne qui est obsédée par elle, ne tardera pas à suivre. Et je sais qu'il sera prêt à *tout* pour la récupérer.

Vernon garda le silence. Je passai un anneau en argent dans mon lobe d'oreille et enfilai une grosse bague à mon pouce. Quand il reprit la parole, sa voix était douce et sérieuse.

— Qui est cette personne, Huck ? Qui est-elle pour toi ? Pourquoi n'apprend-on tout ça que maintenant ? Tu connais nos moindres secrets à Harlen, Fisher et moi. Tu nous as vus au plus bas, et pourtant, tu as gardé ce truc énorme pour toi. Ça ne semble pas juste, si ?

Je m'attendais à cette question à laquelle je ne voulais pas répondre. Cependant, si je ne répondais pas, je savais que Vernon irait fouiller chaque aspect de mon passé avec son ordinateur. Il trouverait beaucoup d'informations. Je n'avais pas besoin qu'il rouvre de vieilles blessures sans raison.

Je me retournai et m'appuyai contre la coiffeuse. Je croisai les bras et son regard sans ciller.

— La personne obsédée par Ollie est mon demi-frère Sawyer.

Cette bombe fit pousser un cri de surprise à Vernon, et Harlen, appuyé contre le chambranle de la porte, jura.

— Depuis quand t'as un frère ? cracha-t-il en me lançant un regard furieux. C'est nous, tes frères.

Je lui souris, parce que c'était vrai. Tous les quatre, nous nous étions mutuellement trouvés aux pires moments de notre vie respective, et nous partagions un lien qui semblait souvent aller au-delà de la fraternité. Ils étaient devenus ma famille dès l'instant où je les avais rencontrés, et ils avaient fait plus pour moi que les gens avec qui je partageais mon ADN.

Un silence choqué régnait dans la petite pièce.

— Sawyer est mon frère aîné dans les faits. Même père, pas la même mère. La mienne était une criminelle qui est tombée enceinte pour récupérer un chèque. La sienne était plus ou moins promise à mon père depuis sa naissance parce que l'héritière d'une fortune immobilière de plusieurs millions de dollars.

Je haussai les épaules.

— Les liaisons de mon père étaient le secret le moins bien gardé de la ville où j'ai grandi. Malheureusement pour Sawyer, je ressemble à notre paternel comme deux gouttes d'eau, donc personne ne pouvait nier que j'étais son fils. La mère d'Ollie était la gouvernante de la propriété. Elle s'occupait de Sawyer et moi, puis d'Ollie quand elle est arrivée, un peu plus tard. Dès que Sawyer a vu Ollie, il a décidé qu'elle lui appartenait. Ce fut une décision instantanée et féroce, avant même qu'elle puisse parler ou marcher. Il n'était pas tout à fait net, mais sa mère le chouchoutait et le laissait faire tout ce qu'il voulait. La mère d'Ollie était prise entre deux feux ; elle essayait de contenir Sawyer mais ne voulait pas risquer de se faire renvoyer alors qu'elle avait un bébé. Ollie n'avait que moi pour la protéger de lui.

Je m'écartai du lavabo et contournai un Harlen silencieux et boudeur pour enfiler une paire de rangers et attraper mon portefeuille et ma veste en cuir avant d'aller au bar.

— Sawyer me détestait pour tout un tas de raisons, mais

son plus gros problème, c'était que j'étais la seule personne qui poussait Ollie à se demander pourquoi il avait autant de contrôle sur elle. Sans moi, elle aurait certainement été docile et tempérée. Elle aurait accepté son rôle de joujou de Sawyer sans se poser de questions. Mais comme elle me suivait partout comme un petit chiot perdu et s'est accrochée à moi comme un koala pendant toute notre enfance, j'ai réussi à la convaincre que quelque chose ne tournait pas rond chez Sawyer, surtout dans son obsession pour elle. J'étais une mauvaise influence, mais j'étais la seule raison pour laquelle elle avait un peu de liberté. Résultat, Sawyer faisait de ma vie un enfer dès qu'il le pouvait.

Et il avait finalement réussi : il m'avait contraint à tourner le dos à cette fille pour toujours.

Harlen se passa la main dans ses cheveux en bataille et baissa les yeux au sol.

— Est-ce que ta propre famille t'a chassé de chez toi, Huck ?

Je secouai la tête.

— Pas vraiment. Mais ils m'ont forcé à choisir entre passer deux ans en centre de détention pour mineurs ou dans un internat pour enfants à problèmes après un terrible accident nous impliquant tous les trois. Je n'ai pas le temps d'entrer dans les détails maintenant, mais je vous raconterai plus tard. Cette cicatrice sur la joue d'Ollie, elle la tient de cette nuit-là. La prison ou la maison de correction, c'était une option attrayante, mais c'était loin des yeux, loin du cœur – pile ce que Sawyer avait toujours voulu. Je ne parle pas de mon passé parce que Sawyer est toujours aussi cinglé. Je ne veux plus entendre parler de lui, et je ne veux pas qu'il s'approche des gens auxquels je tiens, dis-je en les regardant avec le plus grand sérieux. C'est pourquoi il vaut mieux qu'Ollie reste loin, très loin de nous. Ça fait des années, mais j'ai enfin cessé de regarder par-dessus mon épaule chaque fois que je sors de la maison, de peur qu'il surgisse et s'en prenne à moi. Je refuse de recommencer à vivre sous la menace constante d'une attaque.

Je tendis la main pour la poser sur l'épaule de Vernon, qui semblait sur le point de dégobiller.

— Écoute, je suis content qu'Ollie ait fini par lui échapper, mais le premier endroit où Sawyer va la chercher, c'est à l'endroit où je me trouve.

À l'époque, j'étais la seule personne au monde que Sawyer Richman craignait. Il avait eu le droit de porter le nom de famille de notre père ; pas moi. J'étais le seul à lui tenir tête, et j'étais le seul qui avait osé monter Ollie contre lui. C'était un taré, mais il n'était pas stupide. J'étais certain qu'il trouverait où j'étais maintenant qu'Ollie avait disparu. Il penserait tout de suite qu'elle s'était réfugiée chez moi. Comme toujours.

— Faut que j'aille au travail. Je comprends vos inquiétudes, et je vous suis reconnaissant de vous inquiéter de l'état de mon âme. Je maîtrise la situation. Vous n'imaginez pas ce que nous pourrions avoir à affronter si Ollie reste. Il faut que vous me croyiez quand je vous dis que c'est mieux pour tout le monde si elle s'en va.

J'étais prêt à me sacrifier pour les sauver s'il le fallait. Non pas que coucher avec Ollie était un gros sacrifice. Elle était toujours aussi mignonne, même avec cette petite imperfection au visage qui me hanterait jusqu'à ma mort. La mettre dans mon lit ne serait pas une épreuve en soi et couperait même court à une curiosité qui me tenaillait depuis longtemps. Je quittais les filles que je baisais sans leur accorder un dernier regard. Elle ne ferait pas exception.

C'était du moins ce dont j'essayais de me convaincre malgré la voix lancinante au fond de mon esprit qui m'avertissait que j'étais sur le point de commettre une *grosse* erreur.

7

Ollie

Je fis de mon mieux pour ne pas crier quand la chambre mansardée fut soudain baignée d'une étrange lumière bleue alors qu'un éclair zébrait le ciel, suivi d'un coup de tonnerre si retentissant qu'il me fit siffler les oreilles. Saisie de panique, je plaquai un oreiller sur ma tête et m'efforçai de respirer. Le bruit de la pluie frappant le toit et les vieilles fenêtres était assez fort pour noyer les battements frénétiques de mon cœur et ma respiration haletante. Mais le « boum » suivant me fit japper comme un animal sauvage. Je me redressai dans le lit et jetai l'oreiller à l'autre bout de la pièce. Il y eut un autre éclair de lumière aveuglant dehors, et je fermai les yeux quand la pièce fut soudain plongée dans le noir total. C'était le beau milieu de la nuit, pourtant j'avais allumé toutes les lampes de la toute petite chambre. J'avais toujours eu peur des orages, mais depuis la nuit où tout avait viré au cauchemar, chaque fois que la météo se dégradait, je devais affronter des crises de panique et des angoisses assez fortes pour me faire pleurer et vomir. En général, j'arrivais à supporter cette peur irrationnelle si les lumières étaient allumées et que le tonnerre n'était qu'un grondement lointain. Il me suffisait de me cacher sous les couvertures et de respirer.

Mais rien n'y ferait ce soir. Pour ne rien arranger, le vent se mit à souffler, faisant grincer la vieille bâtisse. C'était si angoissant que j'étais presque tentée de descendre pour voir si les garçons étaient à la maison. Mais j'avais fait de mon mieux pour être la plus discrète possible. Je m'étais dit que c'était mieux de ne pas enquiquiner Huck, et même s'il me semblait que je pouvais faire de Vernon mon allié, je ne voulais pas faire couler le navire à présent que j'étais à bord.

J'avais tout juste un an pour trouver un moyen de me faire pardonner. Un an jusqu'à ce que Huck obtienne son diplôme et passe à la phase suivante de sa vie. Un an où j'allais me sentir relativement en sécurité et mener une vie plus ou moins normale. Jusqu'à nouvel ordre, je marchais sur des œufs pour éviter d'énerver la maisonnée plus que je ne l'avais déjà fait. Ce qui voulait dire que j'allais devoir survivre seule à cette tempête – à celle qui soufflait dehors et à celle qui s'abattait sans cesse sur ma vie.

Rampant dans le lit, je tâtonnai à la recherche de mon téléphone dans un noir d'encre et soupirai de soulagement lorsque je pus enfin activer la fonction lampe torche. Je sortis du lit, prenant la couette et l'oreiller restant avec moi, et allai prudemment jusqu'à la salle de bains. Il ne me fallut pas plus d'une seconde pour me confectionner un petit nid dans la baignoire sur pattes. Je me roulai en boule et me rappelai de prendre de longues et profondes inspirations. J'envoyai plusieurs SMS à Mercer, espérant en recevoir d'elle en retour pour avoir une distraction jusqu'à la fin de l'orage, mais je n'eus pas de réponse. Elle n'était pas très rapide pour répondre en général, et encore moins en ce moment ; la dernière fois que nous avions papoté, elle m'avait annoncé qu'elle avait rencontré un mec. Et quand elle sortait avec quelqu'un, je pouvais toujours me brosser pour qu'elle me réponde. Personne ne connaissait ma peur panique du mauvais temps… enfin, personne à part Huck. Qui devait s'en ficher comme de l'an quarante que je sois en train de perdre la tête alors que Mère Nature se déchaînait.

Je doutais même qu'il soit rentré du bar où il travaillait. Je ne savais pas comment il faisait pour rester le meilleur de sa classe et obtenir des notes parfaites alors qu'il était debout toute la nuit. Il ne devait dormir que quatre heures en moyenne, car quelle que soit l'heure à laquelle il rentrait du travail, il était toujours debout le lendemain pour aller courir avec Harlen. J'avais beau être au dernier étage, j'entendais la porte d'entrée grincer chaque fois qu'elle s'ouvrait et se fermait. J'avais pris l'habitude de regarder par la fenêtre pour zieuter discrètement Huck avant qu'ils partent courir. Les deux garçons étaient en excellente forme et c'étaient de vrais tombeurs, mais Huck avait quelque chose de magnétique et d'irrésistible qui vous empêchait de détourner le regard. Quand il faisait assez chaud, il débutait sa routine sans son T-shirt, et je me demandais si j'étais la seule à l'épier à travers les volets. Quelques fois, j'aurais juré que Huck avait levé les yeux vers le grenier avant de partir, comme s'il savait que je l'observais. Quand j'apercevais ce rictus que je connaissais par cœur, l'idée de le croiser par hasard dans la maison que nous partagions désormais devenait follement intimidante. Ce sourire me donnait l'impression qu'il mijotait quelque chose et que ça ne finirait pas bien pour moi.

Huck avait toujours été rusé, petit. Adulte, il était fourbe et sournois.

Un autre coup de tonnerre me fit tirer la couverture sur ma tête et compter à rebours à partir de cent pour essayer de faire ralentir mon cœur et de calmer la peur qui me serrait la gorge, menaçant de m'étouffer.

Toutes les tempêtes se confondaient dans mon esprit.

Elles me ramenaient à une autre nuit, dans un autre lieu, et ravivaient dans mon esprit éreinté des souvenirs enfouis que j'aurais préféré oublier.

Tapie sous la forteresse de pacotille de ma couette, je me souvins clairement des routes lisses et glissantes. Des éclairs blancs déchirant le ciel d'été alors que les essuie-glaces s'acharnaient, en vain, pour tenir le rythme du déluge qui s'abattait sur la voiture de sport que je n'aurais pas dû conduire.

C'était la recette parfaite pour un désastre.

Je me souvenais de l'éclat des yeux de l'autre côté du pare-brise. Je ne sus jamais si c'était une biche, un chien, ou un autre animal qui avait soudain surgi devant la voiture, me faisant perdre le contrôle. La voiture avait dérapé à toute allure pour finir sa course contre un arbre gigantesque au bord de la route. J'entendais encore le bruit du métal qui se froissait comme une boîte de conserve autour de moi, le crissement des pneus qui perdaient toute adhérence sur l'asphalte mouillé. L'écho du verre qui explosait pour faire pleuvoir sur nous une averse de tessons douloureux avait encore aujourd'hui le pouvoir de me tirer d'un profond sommeil. C'était la bande-son de chacun de mes cauchemars.

Je me réveillais en général le visage baigné de larmes et les doigts tremblants posés sur ma cicatrice. C'était toujours une réaction profondément viscérale.

Mêlée au bruit de la voiture en train de se disloquer, j'entendais la voix de Huck criant mon nom. Et une autre voix, celle que je fuyais constamment, que je sois éveillée ou endormie, et son rire hystérique, comme si le terrible accident était un tour de grand huit dans un parc d'attractions. La situation était toujours critique quand Huck et Sawyer étaient en présence l'un de l'autre, mais ce soir-là avait été pire que tout.

Si j'avais su que cette soirée me ferait perdre Huck et me piégerait plus encore dans les jeux vicieux de Sawyer, jamais je n'aurais quitté la maison. Mais à l'époque j'étais incapable de dire non à ces deux garçons. À l'un par choix, à l'autre sous la menace. Alors quand ils m'avaient tous les deux ordonné de conduire ce soir-là, bien que je n'aie pas le permis et que je n'aie conduit la voiture de sport de Sawyer que sur un parking désert lorsqu'il avait décidé que je devais apprendre à conduire, au lieu de prendre la bonne décision, j'avais fait ce qu'ils attendaient tous les deux de moi. J'étais allée chercher Huck parce que j'étais inquiète, et Sawyer m'avait convaincue de l'emmener et de prendre sa voiture plutôt que d'emprunter le vieux tacot de ma mère.

Perdue dans de lointains souvenirs, je levai distraitement une main pour toucher la marque légèrement boursouflée sur mon visage. Sawyer voulait que je fasse de la chirurgie esthétique pour m'en débarrasser. Il voulait aussi que j'oublie Huck et que j'endosse sans discuter le rôle qu'il désirait que je joue.

J'avais refusé de la faire disparaître.

C'était un rappel constant que cet accident aurait pu être évité si j'avais été plus maligne, plus rapide, et meilleure que ce garçon qui voulait me posséder, et si j'avais compris plus tôt combien il était dangereux de tenir à Huck. Elle me forçait à me rappeler que tout ce qui avait suivi l'accident aurait également pu être évité si j'avais été plus courageuse. Si j'avais été plus honnête – avec tout le monde, y compris moi-même.

Mais j'avais menti, et cela m'avait presque tout coûté. Je n'avais pas même réussi à sauver la seule personne que je voulais protéger. Certes, le mensonge m'avait permis de maintenir ma mère en vie un peu plus longtemps après la grave crise cardiaque qu'elle avait faite le soir de l'accident, mais cela n'avait pas suffi pour la ramener à la maison ou l'aider à se remettre totalement. Elle était décédée malgré mes sacrifices et malgré tout ce que j'avais fait subir à Huck.

Toujours prostrée dans la vieille baignoire, j'avais du mal à respirer et suais à grosses gouttes. Mes mains tremblaient, crispées sur la couverture, et j'entendais le sang pulser dans mes tempes. J'avais l'impression que j'allais tourner de l'œil, et franchement, l'inconscience était préférable à cette sensation de terreur.

Je ne pus retenir un cri d'effroi quand un coup de tonnerre fit trembler toute la maison. Je plaquai les mains contre mes oreilles et essayai de tenir à distance passé et présent.

Quand on arracha soudain la couverture et qu'une silhouette sombre se matérialisa au-dessus de moi, je craquai. Je hurlai à pleins poumons en agitant frénétiquement les bras et les jambes. Je me cognai l'arrière du crâne contre le rebord de la baignoire, et les larmes se mirent aussitôt à rouler sur mes joues. J'avais la poitrine comprimée et chaque respiration me brûlait de la gorge.

— Holà. Du calme, Ollie.

Dans un bruit sourd, Huck se laissa tomber à genoux sur le sol carrelé, tenant une lampe tempête devant son visage.

— La maison est très vieille, les lumières s'éteignent tout le temps quand il fait mauvais. Il y a des lampes tempête et des bougies planquées un peu partout. J'allais demander à Vernon de t'en apporter quand il m'a envoyé un message pour me dire que le courant avait sauté, mais je me suis dit que le faire monter dans le noir te ferait encore plus peur que l'orage.

Je tremblais si fort que mes dents s'entrechoquaient et que j'étais incapable de retenir la couette. Huck soupira et tendit la main pour la tirer jusqu'à mon menton. La faible lueur provenant de mon téléphone et de sa lampe jetait d'étranges ombres sur son visage à la beauté frappante, lui donnant un air presque sinistre.

Il pencha la tête sur le côté et demanda :

— Tu vas passer la nuit dans la baignoire s'il n'arrête pas de pleuvoir ?

Je hochai la tête et enroulai mes doigts autour de la couette pour la maintenir en place, ne laissant dépasser que mes yeux et mon nez.

Huck soupira de nouveau et changea de position, s'asseyant sur le sol de la salle de bains. Il posa un de ses poignets sur son genou plié et de l'autre main, il se mit à pianoter sur le rebord de la baignoire. Je ne savais pas si c'était un signe d'impatience ou de frustration, mais il était évident qu'il avait du mal à rester impassible alors que je tremblais de tous mes membres sous ses yeux.

— Je suis rentré plus tôt à cause de l'orage, le courant a sauté aussi au bar, expliqua-t-il avant de me regarder avec curiosité. Je me demandais si ce serait toujours aussi dur pour toi. Ça ne me surprend pas que tu sois encore si chamboulée quand il y a de l'orage.

Après la nuit de l'accident, la météo était restée très mauvaise pendant des semaines. Elle correspondait à l'humeur ambiante : j'avais été hospitalisée pendant plusieurs jours, tout comme Huck. Je n'oublierais jamais la première nuit que j'avais passée seule à l'hôpital, quand il s'était mis à tonner et gronder. Seules les intraveineuses m'avaient empêchée de sortir de mon lit pour trouver un endroit où me cacher. Heureusement, Huck se trouvait dans une chambre voisine ; il m'avait entendue crier et était venu me trouver. Il était resté à mon chevet toute la nuit, un peu comme aujourd'hui. Seulement, quand la tempête suivante était venue, Huck n'était plus là, et j'avais découvert que j'avais bien pire à craindre que la météo.

Je m'éclaircis la gorge, fébrile.

— Ça va aller. Pas besoin que tu restes.

Je baissai la couverture pour le regarder, sourcils froncés.

— J'avais verrouillé la porte. Comment es-tu entré ?

Il haussa les épaules et m'adressa un regard las.

— J'ai le passe de toutes les pièces de cette maison. Quand on était plus jeunes, il n'était pas rare que l'un de nous s'enferme accidentellement à l'extérieur de sa chambre ou de la salle de bains. Le vieux en a eu marre de venir nous ouvrir à chaque fois, alors il m'a donné les clés de toutes les serrures.

Je tendis une main tremblante et lui dis :

— Tu peux me donner la mienne. Tu n'as pas besoin d'une clé de cette chambre tant que je vis ici.

Il haussa les sourcils, et les coins de sa bouche se soulevèrent.

— Tu peux toujours rêver. À moins que le vieil homme m'ordonne de te la donner.

Je notai mentalement d'appeler M. Peters le lendemain matin. Je n'avais pas envie de me disputer avec Huck dans l'immédiat. Je fermai les yeux et me frottai le front à l'endroit où une migraine commençait à pointer.

— Franchement. Ça va. J'apprécie que tu sois venu voir si

tout allait bien puisque tu m'as clairement fait comprendre que tu ne voulais pas de moi ici. Si ça ne te dérange pas de laisser la lumière, je vais attendre que le courant revienne.

Huck pouffa et passa une main dans ses cheveux impeccablement coiffés. Quand il retira sa main, ils pointaient dans tous les sens. C'était plutôt mignon, ou ça le serait si son visage n'avait pas été si dur et inflexible.

— Ollie, tu es recroquevillée dans la baignoire. Tu es loin d'aller bien, dit-il, avant de prendre une expression plus féroce encore pour demander : Pourquoi t'accroches-tu encore à cette nuit-là ? C'était il y a longtemps. Ce qui est fait est fait. Ce n'est pas comme si on pouvait y retourner pour recommencer, conclut-il avec un rire horrible.

Je me redressai comme si j'avais été électrocutée. Je me tournai et agrippai le rebord de la baignoire. J'étais surprise qu'il semble aussi pragmatique et conciliant, presque. Ce n'était pas en accord avec la façon dont les choses s'étaient passées à l'époque.

Je poussai un soupir et lui adressai un regard agacé.

— Mais c'est moi qui conduisais, et c'est moi qui ai perdu le contrôle de la voiture. Peu importe ce que les gens croient, je connais la vérité, et toi aussi. Je suis désolée d'avoir menti et dit à tout le monde que c'était toi qui conduisais ce soir-là. Je suis désolée de leur avoir dit que tu étais ivre et que tu avais perdu le contrôle de la voiture. Je ne voulais pas t'accuser. Je n'avais pas le choix. Ça fait tellement longtemps que je veux m'excuser.

J'avais été inconsciente pendant plusieurs jours après

l'accident, souffrant d'une commotion cérébrale, et le stress d'avoir failli perdre sa fille unique avait presque tué ma mère. Profitant de mon état de faiblesse et de vulnérabilité, Sawyer avait pris l'initiative de dire à qui voulait l'entendre que c'était Huck qui conduisait. Comme nous avions tous été éjectés de la voiture, les autorités ne pouvaient s'appuyer que sur notre récit des faits. Quand j'avais repris connaissance, j'avais été prête à porter le chapeau, jusqu'à ce que la mère de Sawyer me dise, en termes non équivoques, que leur famille cesserait de payer les frais médicaux de ma mère si je n'appuyais pas la version inventée de toutes pièces par son fils.

À l'époque, j'avais été persuadée que je n'avais pas le choix. J'avais quatorze ans et la vie de ma seule famille ne tenait qu'à un fil. Je ne savais pas qu'ils se serviraient de mes mots pour chasser Huck, ni que Sawyer deviendrait encore plus dérangé et exigeant au fil du temps.

Ça me mettait hors de moi, la facilité avec laquelle tout le monde acceptait sans discuter que Huck soit le sale type, que ce soit lui qui avait imprudemment mis notre vie en danger ce soir-là. Et je crus devenir folle quand la mère de Sawyer laissa hargneusement entendre que Huck avait causé l'accident exprès pour nous blesser, Sawyer et moi, quand on découvrit que son fils avait subi des lésions à la moelle épinière et pourrait ne plus jamais marcher.

Les jeux étaient faits. Huck était dans le pétrin jusqu'au cou sans aucune issue ni personne pour le sauver. Il avait passé un marché avec son père et la mère de Sawyer. S'il disparaissait pour de bon, renonçait à sa part de l'héritage et acceptait d'aller dans un pensionnat militaire à l'autre bout du pays jusqu'à son diplôme, ils ne porteraient pas plainte contre lui. Ce n'était qu'un enfant, et j'étais terrorisée pour lui. Et puis, personne ne savait si Sawyer serait capable de remarcher un jour, et cette culpabilité était insupportable. Tout comme la frustration que Huck soit puni à ma place, et la peur de ne pas savoir si ma mère irait mieux un jour. J'étais une loque et je n'avais personne sur qui me reposer ni vers qui me tourner. J'avais ce que je méritais pour avoir été malhonnête.

Huck laissa échapper un son guttural et, avec une expression que je ne pus déchiffrer, répondit d'un ton monocorde :

— Des excuses ne sont pas aussi importantes que la personne qui les formule ou celle qui les reçoit.

Il tendit la main et tapa sur le rebord de la baignoire avant de se relever. Il baissa les yeux vers le sabot, où j'étais toujours pelotonnée.

— Ne passe pas la nuit ici, Ollie. Tu es assez grande pour savoir que ce n'est pas l'orage qui t'a fait du mal cette nuit-là. Retourne dans ton lit. Je suis sûr que les lumières vont revenir d'un moment à l'autre, et si tu ne supportes pas de rester seule jusque-là, va traîner avec Vernon. Il joue à la console jusqu'à ce que le soleil se lève. Ça ne le dérangera pas d'avoir de la compagnie.

Huck quitta la pièce sans se retourner, me laissant la lampe.

Je me laissai retomber dans la baignoire et tirai la couverture sur ma tête.

J'avais peur – de tant de choses.

Je regrettais tant de choses de ma vie d'avant.

J'aurais aimé que les choses soient différentes ; j'aurais aimé avoir fait de meilleurs choix à l'époque.

Je remarquai qu'il n'avait pas accepté mes excuses… et qu'elles ne l'intéressaient pas.

Je ne pouvais pas le lui reprocher. Pas alors que j'étais trop occupée à m'en vouloir d'avoir tout gâché.

8

Huck

D'habitude, quand j'allais courir avec Harlen le matin, je mettais mes AirPods et j'ignorais le monde extérieur pendant une heure ou deux. Aujourd'hui, j'étais si fatigué que j'avais l'impression que mes chaussures étaient en ciment et que chacune de mes jambes pesait cent kilos. Je n'étais jamais très vif quand nous allions courir, puisque mon service au bar finissait tard et que nous courions tôt le matin, mais hier soir j'étais rentré tôt et je n'avais pas fermé l'œil de la nuit. Il était impossible de faire taire le bruit dans ma tête, ni cette nuit ni maintenant.

Quand on tourna à un coin de rue et que l'université apparut, je ralentis le rythme effréné que je m'étais efforcé de tenir et finis par m'arrêter, penché en avant, mains sur les genoux, haletant pour reprendre ma respiration, tandis que Harlen trottinait en rond autour de moi.

— Je te comprends pas, mec.

Je levai les yeux, le front en sueur, agacé.

— Comment ça ?

Harlen pesta et s'immobilisa. Il posa ses mains sur ses hanches et me fusilla du regard tandis que je restai plié en deux, épuisé.

— Si tu veux qu'elle parte, pourquoi tu t'es précipité à son secours hier soir ? J'ai été presque obligé de m'asseoir sur Vernon pour l'empêcher de se ruer à l'étage quand les lumières se sont éteintes. Il mourait d'envie d'aller voir comment elle allait. C'est une vieille maison qui fait flipper quand la météo est mauvaise. Clairement, tu savais qu'elle allait passer un mauvais quart d'heure. Pourquoi ne pas l'avoir laissée souffrir toute seule ? Peut-être qu'elle aurait décidé de partir si elle avait eu trop peur. Même Fisher se plaignait que la chambre du grenier était atroce quand il pleuvait – et il n'était pas du genre à flipper.

Je fronçai les sourcils et baissai les yeux.

Cela faisait longtemps que je n'avais plus eu aucun lien avec Ollie, mais impossible d'oublier sa crise de nerfs pendant l'orage, à l'hôpital, après l'accident. Elle avait semblé terrifiée et brisée à la fois. C'était plus fort que moi, j'avais voulu la réconforter… tout comme hier soir. Quand il s'était mis à pleuvoir et que la foudre et les éclairs avaient frappé, j'avais été incapable de me concentrer sur quoi que ce soit au travail. Tant et si bien que mon patron avait fini par me renvoyer chez moi parce que je renversais plus de verres que je n'en servais. Mais hors de question de l'avouer à Ollie. J'avais menti en lui racontant que la coupure de courant au bar m'avait fait rentrer plus tôt.

Je me redressai et passai les mains dans mes cheveux

trempés de sueur. L'air était encore humide à cause de la pluie de cette nuit, mais ce n'était pas ça qui me donnait la sensation d'étouffer.

— Je vous ai dit que je vous raconterais d'où vient la cicatrice sur la joue d'Ollie, n'est-ce pas ? demandai-je à Harlen, qui faisait rouler ses épaules et sautillait sur place pour que ses muscles restent chauds.

— Difficile de la rater.

— C'est à cause de moi qu'elle l'a.

Je soupirai et renversai ma tête en arrière pour regarder le ciel clair du petit matin.

— Quand j'avais seize ans, un soir, j'ai un peu trop fait la fête avec des jeunes de la ville d'à côté avec qui je n'étais pas censé traîner. J'étais ivre, certainement défoncé, et je n'avais pas les idées claires. Je n'étais pas en état de conduire pour rentrer, et la météo était dégueulasse. J'ai appelé Ollie pour qu'elle vienne me chercher. Je lui ai dit d'emprunter la voiture de sa mère et de venir en douce. Je ne voulais pas avoir à me prendre le savon que me passerait la mère de Sawyer si je rentrais bourré à la maison, voire si je ne rentrais pas du tout. Et je ne voulais pas mettre la mère d'Ollie dans le pétrin en lui demandant de venir me chercher. Sawyer avait insisté pour qu'Ollie apprenne à conduire parce qu'il avait acheté cette stupide voiture de sport pour épater la galerie, donc je savais qu'elle en était capable, dis-je, avant de soupirer. J'aurais dû savoir qu'il allait la surprendre en train de faire le mur et qu'il insisterait pour venir avec elle.

Il la surveillait comme un rapace sa proie, et il était prêt à n'importe quoi pour m'attirer des ennuis.

Je serrai les dents ; Sawyer s'était immiscé dans les moindres recoins de la vie d'Ollie, mais tout le monde était prêt à la lui confier sans se poser de questions.

— Je ne me souviens pas de grand-chose cette nuit-là parce que j'étais défoncé. Je me rappelle qu'Ollie s'est pointée avec lui, et que j'étais furieux. Je le détestais et je n'aimais pas quand ils étaient ensemble. Je sais que j'ai piqué une crise et refusé de monter si c'était lui qui conduisait. Je suis rentré dans son jeu.

J'avais été si bête, si irréfléchi.

Harlen s'immobilisa et me regarda, l'air perplexe.

— Qu'est-ce que tu veux dire ?

Je grognai et poursuivis mon voyage dans le passé.

— Après une grosse dispute, Ollie m'a installé sur la banquette arrière et s'est mise au volant. Je crois que je lui ai demandé de faire un choix entre lui et moi, de dire qu'elle me préférait, un truc bien immature qui n'aurait eu aucune importance en temps normal, mais pour Sawyer…

C'était plus ou moins une déclaration de guerre.

— J'ai dû perdre connaissance, parce que tout ce dont je me souviens ensuite, c'est d'Ollie en train de hurler assez fort pour réveiller les morts. La voiture dérapait sur la route, faisant de telles embardées que j'ai été projeté au sol. Je pourrais jurer que Sawyer, qui était sur le siège passager, avait les mains sur le volant. La voiture est partie en vrille, a fait une sortie de route, et a percuté un arbre. Elle était complètement fracassée, et on a tous les trois été gravement blessés. Le visage d'Ollie était entaillé et elle s'est cassé le bras. Elle est restée inconsciente pendant presque une semaine. Sawyer a été éjecté ; ils ont dit qu'il s'était brisé le dos. Aux dernières nouvelles, il était en fauteuil roulant. Comme j'étais à l'arrière, je m'en suis sorti presque indemne. Aujourd'hui encore, je suis prêt à jurer que c'est Sawyer qui a causé l'accident.

Les routes étaient pourries, et Ollie n'avait pas d'expérience au volant, mais ce n'était pas la question. Malgré ma torpeur, je savais ce que j'avais vu : Sawyer se saisissant du volant. Bien sûr, je savais que personne ne me croirait si moi, le bâtard non désiré, je dénonçais l'enfant chéri.

Je regardai Harlen, qui me dévisageait.

— C'est moi qui ai trinqué. Sawyer a dit à tout le monde, à nos familles, à la police, à quiconque posait la question, que c'était moi qui conduisais et que j'avais perdu le contrôle à cause de l'état de la route et parce que j'étais défoncé ce soir-là. Quand elle s'est réveillée, Ollie a confirmé son histoire. Elle a menti pour lui.

L'espace d'un instant, j'avais vraiment eu l'impression que j'allais passer le reste de ma vie en maison de correction. Heureusement, mon père, qui n'en avait jamais été vraiment un, était monté au créneau pour la première et dernière fois.

— Mon père a proposé de m'envoyer loin de la maison avant que les choses se gâtent pour de bon.

Je lâchai un rire amer et secouai la tête.

Je me détournai du visage choqué de mon ami.

— Elle s'en veut que Sawyer ait fini en fauteuil roulant. Elle a dit qu'elle était seule responsable de l'accident et qu'elle ne pouvait pas le laisser seul. Elle était prête à se sacrifier pour toute cette histoire. J'étais tellement en colère contre elle, tellement blessé par sa trahison, que je suis parti sans lutter. Hier soir, elle a dit qu'elle avait toujours voulu s'excuser, mais je n'ai pas voulu l'écouter.

Harlen laissa échapper un son étranglé et se mit à faire les cent pas devant moi.

— Et tu es venu ici recueillir les autres âmes égarées depuis que tu as été déshérité et chassé ?

C'était proche de la vérité.

— Je savais ce que c'était d'être abandonné, seul. Je ne pouvais pas ne rien faire pour ceux qui comme moi savaient à quel point c'était dur de s'en sortir sans système de soutien ni famille.

Je mis cette conversation plombante en pause quand deux étudiantes très mignonnes passèrent en courant à côté de nous. Je fis un signe de menton pour répondre à leur petit geste de la main – elles espéraient manifestement qu'on reprenne notre course pour les suivre.

Harlen leva les yeux au ciel, me donna une tape sur l'épaule, et marmonna qu'il fallait qu'on y aille parce qu'il avait entraînement. On ne suivit pas les filles, et on reprit une cadence qui ne me donna pas l'impression que mes poumons étaient en feu. Cela ne faisait que quelques minutes que nous avions recommencé à courir quand mon ami demanda :

— Si le mec qu'Ollie fuit est en fauteuil roulant, pourquoi a-t-elle si peur de lui ? Ça doit être plutôt facile de l'éviter.

Je secouai la tête et accélérai pour le rattraper.

— Rien n'est facile avec Sawyer. Il est sournois et manipulateur. Il ne se salit pas les mains à moins de ne pas avoir le choix. Tant qu'Ollie est ici, impossible de dire dans qui ou dans quoi il a planté ses griffes pour la rendre malheureuse et rendre malheureux tous ceux qu'elle aime. Et il fera tout ce qu'il peut pour la récupérer. Il a une mère qui ne lui dit jamais non et un père aux poches profondes. Fauteuil roulant ou pas, il est dangereux et malfaisant, et je sais qu'il n'y a aucune chance pour qu'il laisse Ollie le quitter. Il préférerait mourir plutôt que d'admettre qu'il ne la contrôle plus. Tu crois que je veux laisser une personne pareille vous approcher, Vernon et toi ? Et s'il s'en prend à vous pour me faire du mal, ou pour forcer la main d'Ollie ? Il sait qu'elle a un cœur tendre et qu'elle finira par tenir à vous. Pour lui, il n'existe aucune différence entre amour et guerre.

Je n'avais aucun doute que Sawyer avait eu l'intention de nous tuer, cette nuit fatidique. Il était fou, et peu importait que je sois le seul à avoir jamais pu lui tenir tête. Il me foutait encore la trouille, et c'était pourquoi je voulais qu'Ollie s'en aille.

Mais j'avais été incapable de refouler mon envie d'aller la voir la veille au soir. Je savais que j'allais la trouver roulée en boule et complètement paniquée. Je savais qu'elle serait si pâle que sa peau en serait presque blanche. Je savais qu'elle aurait les larmes aux yeux et qu'elle tremblerait si fort que j'entendrais ses dents s'entrechoquer. Je savais que le noir lui semblerait immense et oppressant dans un nouvel endroit, surtout dans une maison aussi vieille que la nôtre. Harlen avait raison. J'aurais dû la laisser souffrir et espérer qu'elle serait assez flippée pour partir, mais je ne pouvais pas.

Raison de plus pour la faire sortir de ma vie une bonne fois pour toutes.

Je ne voulais ni ses regrets ni ses remords.

Je voulais qu'elle, et le chagrin dans ses yeux, disparaissent pour de bon.

Que je sois irrésistiblement attiré par elle quand elle était vulnérable alors même que je ne devrais pas était presque aussi flippant que la perspective du chaos que Sawyer me réservait.

9

Ollie

— T'es mignonne. Je peux avoir ton numéro ?

Je me rendais d'un cours à un autre quand je fus interceptée, et je m'arrêtai en vacillant, avec en équilibre précaire mon téléphone dans une main, une boisson Starbucks mousseuse dans l'autre, et un *tote bag* contenant des livres et mon ordinateur à l'épaule.

Je clignai des yeux en regardant bêtement le jeune homme planté devant moi, remarquant que ses yeux s'arrêtaient sur ma cicatrice malgré son compliment désinvolte sur mon physique. S'il ne m'avait rien dit, je lui serais rentrée dedans et je porterais ma boisson sur mon haut.

— Pardon ? marmonnai-je.

Il me regarda dans les yeux et m'adressa un sourire si parfait que je fus persuadée qu'il s'exerçait souvent à courber ainsi ses lèvres devant le miroir. J'ignorais pourquoi j'étais sa cible ou pourquoi il avait pu croire que j'étais ouverte à la conversation. Mon comportement n'avait rien d'abordable ou d'avenant. J'avais érigé des murs d'un kilomètre de haut autour de moi, et ça me convenait très bien : hors de question d'être de nouveau la cible de quelqu'un.

— Ton numéro. Je peux l'avoir ? Je te trouve mignonne. J'aime tes cheveux bouclés.

Je n'avais pas l'habitude de discuter avec des étrangers, car je n'avais confiance en personne, à part Huck. Au moins, avec lui, je savais à quoi m'en tenir, même si je lui cassais les pieds.

— Hum…

Je ne voulais pas faire une scène ou m'empêtrer dans une situation embarrassante ; j'essayais de me fondre dans la masse. Ce n'était pas le premier étudiant à me demander mon numéro depuis que j'étais arrivée ici, mais il y avait quelque chose dans sa façon agressive de me bloquer la route et dans sa façon de me regarder droit dans les yeux qui me mettait mal à l'aise. Cela me faisait sérieusement douter de l'authenticité de son intention.

Le type me tendit son iPhone et haussa un sourcil en voyant que je ne le saisissais pas.

— Rentre ton numéro, et je t'appelle direct.

Je continuai de cligner des yeux bêtement et il m'adressa un petit sourire satisfait.

— Je veux être sûr que tu ne me donnes pas un faux numéro. Je déteste quand les filles font ça.

Si c'était sa tactique habituelle pour choper, pas étonnant qu'il reçoive de faux numéros assez souvent pour avoir établi une stratégie de contournement. Je réprimai l'envie de lever les yeux au ciel en essayant de trouver la meilleure façon de me sortir de cette situation. Répondre non n'aurait pas dû être quelque chose qui me fasse craindre pour ma vie, mais après tout ce qu'il s'était passé avec Sawyer, je savais combien il pouvait être dangereux de dire non à la mauvaise personne.

Le type perdait patience, son téléphone toujours entre nous deux. J'étais sur le point de mentir et de dire que j'avais un petit ami, lorsqu'un bras atterrit lourdement sur mes épaules et que des lèvres chaudes se posèrent sur ma tempe.

Je poussai un cri de surprise mais ne m'écartai pas, car je n'avais pas besoin de regarder le grand corps musclé collé à moi pour savoir que c'était Huck. Avant, il était tout doux et moelleux quand je m'appuyais contre lui. Aucune mollesse dans le corps pressé au mien à présent, que du muscle. Il toisa le mec debout devant moi.

— Je croyais qu'on s'était donné rendez-vous au café. Je me demandais où tu étais passée.

Sous ses airs anodins, la menace était sans équivoque dans sa voix.

— Tu me présentes ton ami ?

Mon prétendant agressif fit un pas en arrière et leva les deux mains devant lui.

— Je ne faisais que demander mon chemin. Je viens d'arriver sur le campus, je suis un peu perdu.

Il me sourit encore ; ce sourire-là était trop large et me donna la chair de poule. Mais il rangea enfin son téléphone.

— Désolé de t'avoir dérangée.

Un genre de grognement s'échappa de la large poitrine

de Huck alors que nous regardions le mec s'éloigner. Quand il laissa retomber son bras de mes épaules, je pris une seconde pour reprendre en main tout ce que je portais et regarder Huck du coin de l'œil. Je ne l'avais pas beaucoup vu depuis la nuit de l'orage et le début du semestre. Je prenais sa disparition comme un bon signe : si je n'avais pas à lui faire face, je n'avais pas à l'écouter me dire que j'avais gâché sa vie et que j'étais la personne qu'il détestait le plus au monde. Je n'avais pas à me rappeler qu'il ignorait mes excuses et anéantissait mes espoirs d'arranger les choses.

— D'où tu sors ?

Je pris une gorgée de mon café sucré et fourrai mon téléphone dans ma poche. J'essayais encore de joindre Mercer. Elle n'avait jamais répondu aux SMS que je lui avais envoyés le soir de l'orage, et ne m'avait pas renvoyé de message quand je l'avais contactée au sujet de mon planning maintenant que les cours avaient commencé. Je l'avais aussi appelée plusieurs fois, sans obtenir de réponse.

Huck grimaça. Il s'écarta de moi et secoua sa main comme si elle était sale avant de la glisser dans la poche de son jean.

— Je t'ai vue de loin. Je comptais aller en cours et te laisser te défendre toute seule, mais j'ai reconnu ce mec, je l'ai déjà vu au bar. C'est un connard qui a du mal à accepter qu'on lui dise non.

De ma main libre, je touchai du bout des doigts ma tempe, où je sentais encore l'empreinte des lèvres de Huck. Ce baiser était un geste familier qu'il faisait souvent quand nous étions petits.

Je m'éclaircis la gorge et réajustai mon sac sur mon épaule.

— Je maîtrisais la situation. Je ne laisse plus les mecs autoritaires me donner des ordres ou m'intimider.

J'avais emménagé et trouvé du réconfort dans sa maison précisément pour ça.

— Mais merci d'être intervenu, ça m'a facilité la tâche.

Huck répondit par un grognement, puis il regarda les bâtiments en brique de l'université derrière moi.

— Je dois y aller. À plus tard.

Avant qu'il puisse s'en aller, je tendis la main pour attraper son avant-bras tatoué. Il s'arrêta net et baissa les yeux vers ma main comme s'il voulait décoller mes doigts de sa peau, un par un.

— Euh… Je voulais juste te remercier pour l'autre soir. Je ne t'ai pas vu depuis, mais je t'en dois une. Je n'aurais pas survécu à cet orage sans toi.

Il y avait trop de situations dans ma vie où je ne m'en serais pas sortie sans lui. Je me demandais souvent s'il savait toute l'importance qu'il avait pour moi.

Huck secoua le bras pour se libérer et leva la main afin de saluer un groupe de filles qui l'appelaient. Il leur fit signe qu'il arrivait avant de se reconcentrer sur moi.

— Si tu as l'impression de m'être redevable, alors rends-nous service à tous les deux et disparais. Dégage de chez moi et sors de ma vie avant de me forcer à faire quelque chose que nous regretterons tous les deux.

Il avait l'air très sérieux, et je ne pus réprimer le frisson qui me parcourut l'échine.

J'affichai un sourire tremblant et lui dis :

— Je me fiche du temps qui a passé. Le Huck que je connais ne me ferait jamais de mal. Il ne me ferait jamais rien que nous puissions regretter.

Je refusais de croire qu'il avait autant changé – et en pire – depuis notre séparation.

Il agit avant que je puisse réagir.

Je hoquetai, choquée, quand il se retrouva soudain face à moi, me tenant fermement la mâchoire d'une de ses mains rêches, si fort que c'en était douloureux. Ses yeux ambrés brillaient comme s'ils étaient illuminés de l'intérieur par les feux de l'enfer. Il approcha son visage tout près du mien, ses doigts tenant ma mâchoire assez fermement pour y laisser des marques, et parla d'une voix grave et terrifiante.

— Tu ne sais rien, Olivia. Tu n'as jamais rien su. Ne fais pas l'erreur de penser que je suis le même gamin que tu prenais pour un paillasson et qui te laissait faire ce que tu voulais. Je ne suis plus ce gamin. Je ne suis pas quelqu'un que tu devrais sous-estimer.

Son souffle me brûla les lèvres quand il cracha ces mots. Sous le choc, je lâchai ma boisson qui tomba au sol, éclaboussant ses baskets noires et blanches et mes rangers usées. Il ne m'appelait jamais par mon prénom. Jamais. Je posai une main sur son poignet, pour le chasser ou le retenir, je l'ignorais. Son pouls battait sous mes doigts.

Impossible de ne pas sentir la tension dans son corps imposant alors qu'il tremblait presque de se retenir. Si l'un de nous deux bougeait, nos lèvres se toucheraient, et je fus sidérée par ma folle envie de me pencher en avant. Notre relation n'avait jamais été de nature romantique, mais maintenant qu'il était adulte et plus ou moins la seule personne au monde sur laquelle je pensais pouvoir compter, quelque chose avait changé. Mon esprit comprenait que ce geste était une menace, mais le reste de mon corps n'avait manifestement pas envie de comprendre les signaux pourtant clairs que Huck envoyait.

Il me relâcha et se libéra de mon emprise. Puis il tourna les talons et s'éloigna sans un mot ni un regard.

Il me fallut une seconde pour reprendre le contrôle de ma respiration, et je baissai tristement les yeux à mes pieds. Quel gâchis. Je n'avais pas d'argent à gaspiller ces temps-ci, et le café avait été une petite folie pour me récompenser d'avoir tenu le coup jusque-là, dans une nouvelle fac que j'avais moi-même choisie et qu'on ne m'avait pas imposée. Pendant longtemps, j'avais été convaincue que je ne pourrais jamais faire aucun des choix basiques de la vie. Là où j'habitais, ce que je portais, ce que je mangeais, avec qui je parlais, où j'allais en cours, ce que j'étudiais, toutes ces choses avaient été décidées pour moi après l'accident. Si j'osais contester, Sawyer menaçait d'arrêter de payer le traitement médical de ma mère, et alors je filais doux. Après sa mort, j'appris qu'elle avait mis de l'argent de côté pour moi, qu'elle avait placé chaque centime sur un compte d'épargne secret accessible uniquement après son décès. La somme n'était pas faramineuse, mais c'était suffisant pour m'enfuir et accéder à l'éducation qu'elle voulait pour moi du moment que je ne visais pas une université renommée. Elle avait fait de son mieux pour veiller à m'offrir tout ce qu'il fallait même après sa mort. Comme si elle avait su que j'avais besoin d'une échappatoire ; et pour cela, il fallait qu'elle cesse d'être ma plus grande faiblesse.

Je secouai le pied avec agacement et me rendis au cours suivant. J'étais presque arrivée au bâtiment quand mon téléphone se mit à sonner. Seules quelques personnes avaient mon numéro, et puisque cela faisait des jours que j'essayais d'avoir Mercer au téléphone, je sus que c'était elle.

Je décrochai.

— J'ai cours dans deux minutes, je n'ai pas beaucoup de temps pour parler.

Mercer gloussa et s'excusa de ne pas m'avoir rappelée plus tôt.

— Je suis teeeeeellement amoureuse, Ollie.

Son ton chantant n'était pas inhabituel. Ni sa déclaration excessive. Elle avait été teeeeeellement amoureuse cinq fois au moins depuis que je la connaissais.

— Je suis ravie de l'entendre, mais j'ai besoin de savoir si tu comptes toujours me laisser travailler pour toi le week-end maintenant que j'ai repris les cours.

J'avais besoin du peu d'heures que je pouvais faire à la boutique pour pouvoir me permettre des folies comme des cafés qui ne redécoreraient pas mes chaussures.

Mercer rit de plus belle, et je pouvais presque la voir envoyer sa chevelure multicolore par-dessus son épaule.

— Tu peux travailler quand tu veux. L'autre fille qui

faisait les soirées a démissionné sans prévenir, donc il y a des heures supplémentaires disponibles. Je serais heureuse de les faire, bien sûr, mais maintenant que j'ai un homme…, fit-elle de manière si rêveuse que c'était difficile de ne pas se moquer d'elle. J'ai hâte que tu le rencontres. Ce n'est pas mon genre, mais il est si beau, si charmant.

Je m'arrêtai devant la porte de ma classe.

— Envoie-moi un message quand tu as besoin que je vienne travailler. Je dois y aller, mais n'ignore pas mes appels aussi longtemps la prochaine fois. Sinon je m'inquiète.

Elle était trop gentille pour son bien. Elle ne considérait jamais les mecs pour qui elle avait un coup de foudre comme une menace. Moi, c'était tout ce que je voyais.

— D'accord, d'accord. Je suis désolée d'avoir eu la tête dans les nuages dernièrement. C'est l'amour. Comment ça se passe à la maison ? Vous avez fait la paix, tous les deux ?

Du Mercer tout craché. Elle était injoignable quand j'avais tout le temps du monde et besoin d'entendre une voix amie, mais dès que j'avais autre chose à faire, elle devenait super bavarde.

— Loin de là. Je crois qu'il m'a même déclaré la guerre, mais je ne peux pas le laisser gagner, j'ai trop à perdre. Je te rappelle plus tard. N'oublie pas de me dire quand tu veux que je vienne prendre mon service.

Je mis fin à l'appel avant qu'elle puisse débiter davantage de détails sur sa vie amoureuse et me glissai dans la salle de classe bondée. Heureusement, le professeur n'était pas encore arrivé. Je m'installai sur une chaise libre au milieu de la classe et sortis mon ordinateur portable. Je considérai d'un regard noir les taches marron qui avaient séché au bout de mes chaussures et espérai ne pas avoir bousillé les baskets de Huck.

Les choses avaient bien changé depuis notre enfance. Quand nous n'étions pas en uniforme scolaire, nous portions des vêtements de seconde main ou dénichés par ma mère dans les grandes surfaces. C'était étrange que son père, pour qui l'image de sa famille comptait tant, accepte que Huck soit habillé comme la fille de la domestique, mais ce devait être pour sauver ce qu'il y avait à sauver de ses relations de couple. Il ne devait pas être question pour la mère de Sawyer que le fils illégitime ait l'air aussi bien mis que son propre fils, d'autant qu'ils étaient dans la même classe. Aujourd'hui, je portais encore des vêtements de seconde main et des trouvailles de friperie, alors que Huck se baladait avec des fringues onéreuses qui n'étaient pas à la portée d'un étudiant fauché. Il devait être très, très bon barman. Il avait dû trouver un moyen de se faire de l'argent avec ce beau visage et ce corps musclé. Ce qui expliquerait comment il parvenait à garder la motivation de se lever si tôt chaque jour pour faire du sport avec Harlen.

Perdue dans mes pensées, je sursautai quand la fille assise à côté de moi me donna un coup de coude, faisant trembler mon ordinateur que je dus attraper des deux mains pour qu'il ne tombe pas par terre.

— Tu es amie avec Huck Snyder ? Je vous ai vus parler dehors avant le cours.

La fille me regardait avec une lueur avide dans les yeux, les joues rougies par l'excitation.

Son expression et sa question n'étaient pas nouvelles pour moi. Quand j'étais plus jeune, j'avais l'impression que toute mon identité se résumait au fait que je connaissais Huck et Sawyer. Comme si je n'étais rien d'autre qu'une rampe d'accès aux deux frères. À une période, j'avais fait comme si je ne les connaissais ni l'un ni l'autre, mais ils n'avaient pas laissé passer. Nous étions liés, pour le meilleur et pour le pire, ce qui voulait dire que je jouais souvent l'intermédiaire pour les prétendantes énamourées.

Lui adressant un sourire bête, je fis l'innocente.

— Qui ça ?

Ma réponse ternit quelque peu son enthousiasme, mais, ne se laissant pas décourager, elle embraya.

— Le grand brun avec qui tu parlais dehors. Il s'appelle Huck. Il est barman dans un des bars les plus fréquentés du campus. Tout le monde sait qui il est, tout le monde connaît son groupe d'amis. Ils sont populaires mais ils ont tendance à rester entre eux. Je me suis dit que c'était bizarre qu'il te parle, comme tu es nouvelle ici, et que je ne l'avais jamais vu être aussi familier avec une fille sur le campus.

Bon sang, elle devait l'observer de près pour remarquer un truc pareil. Mais je ne m'y appesantis pas, puisque après tout, il existait sur les réseaux sociaux des pages entières uniquement dédiées à la traque de ses moindres mouvements.

— Désolée. Je ne vois pas de quoi tu parles.

La fille me regarda comme si j'avais perdu la boule, alors que je ne m'étais jamais sentie aussi proche de la vérité. Me frotter à Huck Snyder m'avait fait comprendre que je ne le connaissais peut-être pas aussi bien que je le pensais. Il essayait de me faire peur, et il avait presque réussi.

10

Huck

Mon plan pour séduire Ollie se révéla être un échec cuisant : j'avais trop bien réussi à la convaincre de rester hors de mon chemin. Si j'entrais dans une pièce où elle se trouvait, elle en sortait immédiatement. Si j'inventais une raison pour que nos routes se croisent, aussi bien à la maison que sur le campus, elle trouvait aussitôt une excuse pour partir dans le sens opposé. Sans parler du fait que nous travaillions tous les deux et croulions sous les devoirs. Je n'avais pas dû la voir plus de dix fois depuis le début du semestre quelques semaines plus tôt, et chaque interaction avait duré à peine quelques minutes. Elle prenait l'adage « loin des yeux, loin du cœur » au pied de la lettre. Mais même en son absence, je sentais quelque chose vibrer sous ma peau, et je n'arrivais pas à me débarrasser de cette sensation. Même sans poser les yeux sur elle, je savais qu'elle était là.

Je la sentais. Je la flairais. Je l'entendais. C'était comme si sa présence s'infiltrait dans chaque coin et recoin de la vieille maison. Je n'avais pas besoin de voir son visage pour savoir qu'elle était encore sous mon toit, me troublant plus que je ne voulais l'admettre. J'aurais préféré me faire arracher toutes les dents avec une pince rouillée plutôt que d'avouer que lorsque je l'avais tirée contre moi et l'avais embrassée sur la tempe l'autre jour, j'en avais ressenti l'impact au plus profond de mon âme. Ces gestes familiers me rappelaient une époque plus simple. Mais il y avait une sensation nouvelle quand je la touchais, une conscience d'elle inédite qui faisait bouillir mon sang et fourmiller ma peau. Quand j'avais senti la douceur de sa peau et de ses cheveux, j'avais été saisi de quelque chose d'inhabituel qui avait duré longtemps après qu'elle était partie. Toutes ces nouvelles sensations me faisaient bander. Je refusais d'écouter la petite voix qui chuchotait que c'était parce que c'était ma petite Ollie, et pas juste une jolie fille à portée de main. Elle m'attirait à un niveau bien plus profond, et cela me foutait la trouille. Je n'étais donc pas mécontent de l'avoir à peine croisée ces dernières semaines.

Malgré tout cela, je n'avais pas changé d'avis : je voulais qu'elle parte pour que toute menace de Sawyer disparaisse avec elle. Je ne devais rien à Ollie. Mais je devais tout à Harlen et Vernon. Il fallait que je prenne sur moi et que je lui fasse mon numéro de charme pour la faire tomber dans le panneau – ou du moins dans mon lit. D'après mon expérience, la manière la plus efficace de briser le cœur de quelqu'un était de lui faire croire qu'il était spécial – avant de lui prouver le contraire.

J'avais tellement souffert quand Ollie s'était retournée

contre moi après l'accident. Non pas que j'étais amoureux d'elle ; nous n'étions que des enfants, après tout, et notre vie était déjà bien assez compliquée. Mais j'avais été effondré qu'elle choisisse Sawyer plutôt que moi. Je m'en tapais qu'elle se sente coupable que mon demi-frère ne puisse plus marcher. Tout ce que je voyais, c'était qu'elle avait dit aux autorités que j'étais responsable, et j'avais soudain eu l'impression d'être son second choix alors qu'elle m'avait toujours fait passer en premier. Je comptais bien me débarrasser d'elle pour ma propre tranquillité d'esprit, mais aussi, et je ne pouvais pas le nier, pour la faire souffrir à son tour.

Quand elle avait consenti à jouer le jeu de mes ennemis, cela m'avait anéanti et fait remettre en question tout ce que je pensais savoir. Longtemps, cette incertitude m'avait poursuivi et forcé à tenir à distance tous ceux que je rencontrais. Je ne laissais personne m'approcher suffisamment pour me blesser de la sorte, et cela avait fait de moi un jeune homme très seul. Ce n'était qu'après avoir rencontré les gars et m'être rendu compte qu'ils avaient autant besoin de moi que moi d'eux que j'avais fini par baisser la garde.

J'étais enfin de retour à la maison après un service qui m'avait semblé interminable ; chaque fois que nous faisions une soirée spéciale au bar avec consommations gratuites pour les filles, c'était la folie. Si ce genre de services ne garantissait pas beaucoup d'argent, j'aurais pris ma soirée. Je m'apprêtais à me coucher quand j'entendis grincer l'escalier du grenier. Il était minuit largement passé et le ciel était dégagé ; il n'y avait donc aucune raison pour qu'Ollie furète dans la maison aussi tard. Mais quelle que soit son excuse, cela me fournissait une bonne occasion de lui tomber dessus pour enfin mettre mon plan – et mon charme – en action. Il était rare qu'une femme me rejette quand je me mettais en tête d'apprendre à la connaître, et Ollie était déjà prédisposée à apprécier certaines de mes meilleures qualités. Elle savait déjà quel genre de gars j'étais au fond, même si je m'échinais à lui répéter que j'avais changé. Elle n'était pas comme toutes les filles. J'avais besoin qu'elle se laisse séduire par mon physique à présent que je n'étais plus un gamin potelé et maladroit. J'avais besoin qu'elle se montre aussi superficielle et futile que les filles que je chopais au bar pour un coup d'un soir.

J'enlevai mon T-shirt, retirai mes chaussures, baissai légèrement mon jean pour qu'il laisse deviner mes hanches, et me passai les mains dans les cheveux pour un effet décoiffé sexy. On aurait dit que je sortais tout juste d'une sauvage partie de jambes en l'air, ce qui était exactement l'effet recherché.

Voyons si Ollie pouvait encore me tourner le dos.

Quand j'entrai dans la cuisine, guidé par les faibles bruits que faisait Ollie, la seule lumière provenait du réfrigérateur ouvert. Elle fouillait dans un des tiroirs, sa tête aux boucles blondes penchée à l'intérieur du frigo. Je ne l'avais encore jamais vue manger dans la maison, et je ne l'avais pas vue rapporter de courses non plus ; même si cela ne voulait pas dire grand-chose puisque cela faisait plusieurs jours que je ne l'avais pas vue du tout. Mais je connaissais Vernon, il était impossible que ce gamin laisse notre nouvelle colocataire mourir de faim. J'étais prêt à parier qu'il avait demandé à Ollie ce qu'elle aimait et fait des réserves quand il était allé au supermarché. C'était un bon gamin, au cœur tendre, et il ne savait que trop bien ce que c'était d'être affamé. Jamais il ne laisserait quelqu'un crever de faim, surtout pas quelqu'un qu'il appréciait. Malgré toutes mes mises en garde, il était évident que notre benjamin s'était pris d'affection pour elle.

Comme j'étais pieds nus, je ne fis presque aucun bruit en arrivant derrière elle. Elle se retourna, une pomme dans la bouche et une bouteille d'eau à la main. Avec la faible lueur derrière elle qui faisait briller sa crinière ébouriffée, elle me fit penser à un tableau de la Renaissance.

Elle poussa un cri étranglé en me voyant, mais ses dents restèrent plantées dans le fruit, étouffant sa voix. Je l'interrogeai du regard et tendis la main par-dessus son épaule pour fermer le frigo, rapprochant nos deux corps.

— Qu'est-ce que tu fais debout si tard ?

J'avais opté pour un ton amical et dragueur, mais en fin de compte on y sentait plutôt une pointe d'accusation.

Elle mordit dans la pomme, mâcha lentement, et me regarda en plissant les yeux dans le noir. J'eus l'impression que des heures s'écoulèrent avant qu'elle avale sa bouchée pour répondre.

— J'ai un exam demain. Je voulais réviser avant de me coucher mais je n'ai pas fait gaffe à l'heure. Je n'ai pas vu à quel point il était tard jusqu'à ce que je t'entende rentrer. Je vais me coucher maintenant. Je te laisse tranquille.

Je me décalai, à peine, pour l'empêcher de me contourner.

— Tu as été très occupée dernièrement.

Elle s'éclaircit la gorge et détacha son regard du mien.

— Je suis surprise que tu l'aies remarqué. J'essaye d'être aussi discrète que possible. Je sais que tu ne veux pas de moi dans cette maison, alors je fais de mon mieux pour me rendre invisible.

Je me penchai vers elle, la forçant à s'adosser au frigo.

— Je croyais que tu avais tout fait pour atterrir sous le même toit que moi parce que tu voulais me montrer à quel point tu es désolée pour ce que tu m'as fait. Comment comptes-tu le faire si tu n'es jamais là ?

Elle fit la grimace et joua nerveusement avec la pomme.

— Tu m'as clairement fait comprendre que mes excuses et mes explications ne t'intéressaient pas. J'ai lutté pour une cause perdue presque toute ma vie, Huck. S'il y a bien un truc que j'ai appris, c'est reconnaître quand il est temps d'arrêter les frais.

Elle remit la pomme dans sa bouche pour la croquer, et je saisis son poignet d'un geste vif pour qu'elle ne puisse pas écarter le fruit de sa bouche. Puis je me penchai et mordis l'autre côté du fruit. Nous étions si proches que nos nez se touchaient presque, et je l'entendis retenir son souffle. Elle se pétrifia quand je posai ma main sur sa hanche et rapprochai encore plus son corps du mien. Après avoir croqué un beau morceau de la pomme, j'écartai mon visage et lui souris.

— Elle est trop sucrée.

Ma voix était deux fois plus rauque que d'ordinaire, et

je ne pus réprimer un frisson quand je sentis son corps trembler sous ma main.

Quand je lâchai le poignet d'Ollie, la pomme tomba par terre dans un bruit sourd avant de rouler au sol. Ollie porta ses mains tremblantes à sa bouche et me dévisagea, les yeux comme des soucoupes.

— Qu'est-ce que tu fais ?

Elle semblait complètement ahurie et déconcertée, mais, malgré l'obscurité, je vis ses yeux se braquer sur moi pour scruter mon visage et le reste de mon corps à peine vêtu. Il était grand temps qu'elle se rende compte que j'étais assez près pour qu'elle me touche et à moitié nu.

Je m'essuyai la lèvre inférieure avec le pouce.

— Je voulais juste la croquer. Savoir quel goût elle avait.

Le double sens était ringard et plus lourd qu'une baleine bleue, mais il ne sembla pas perturber Ollie le moins du monde. Au lieu de me lancer une réplique bien sentie ou une sottise, elle se sauva, attrapant la pomme au sol en marmonnant qu'il était plus que temps qu'elle aille se coucher.

Je ne l'arrêtai pas, mais sa hâte à s'enfuir me fit sourire. Elle était loin d'être insensible, et je pris cela comme un bon signe, même si elle n'avait pas réagi tout à fait comme je l'avais espéré. Le passif entre nous devait être trop lourd pour qu'elle cède vite, même si je mettais le paquet. Cela allait prendre du temps avant qu'elle cesse de me voir comme son ami d'enfance et son protecteur pour la forcer à me considérer comme quelque chose… *quelqu'un* d'autre.

Si elle me fuyait, j'allais devoir la pourchasser.

Impossible de prédire le genre de désastre qui se produirait quand je l'attraperais enfin.

J'étais suffisamment aveuglé pour croire que, si je parvenais à faire fuir Ollie, ça me laisserait indifférent. Après tout, j'avais déjà appris à vivre sans elle une fois. Seulement, si j'en croyais mon cœur qui battait la chamade et mon corps en état d'alerte maximum d'avoir été si près d'elle, j'étais dépassé en ce qui concernait cette fille.

Dommage que je n'aie jamais été du genre à me fier à ce type de signal d'alarme. Si je l'avais fait, peut-être aurais-je pu empêcher l'égoïsme de Sawyer de gâcher notre vie à tous.

Je n'y avais pas prêté attention à l'époque, et le monstre avait failli me gober tout cru.

Je ne reproduirais pas la même erreur.

11

Ollie

— Tu crois qu'il allait t'embrasser ? On dirait bien qu'il te draguait, ce qui est bizarre puisque tout ce que je t'ai entendu dire depuis que tu es arrivée en ville, c'est qu'il te déteste. Tu es sûre que tu n'as pas mal interprété la situation ? Ce n'est pas comme si tu avais beaucoup d'expérience avec les mecs.

Mercer fit tourner sa paille dans sa deuxième margarita. Elle avait fini par resurgir de nulle part et m'avait proposé de la retrouver pour le déjeuner. Elle avait tout de suite balayé mes inquiétudes concernant sa disparition et son attachement soudain à son nouveau petit ami. Elle m'avait répété en boucle que je dramatisais et renvoyé encore une fois mon innocence à la figure. J'étais certaine qu'elle ne voulait pas me vexer, mais l'attitude brusquement entreprenante de Huck m'avait prise de court ; j'étais à fleur de peau.

J'accompagnai du doigt une goutte d'eau coulant le long de mon verre et baissai les yeux vers la table en marmonnant :

— Je ne sais peut-être pas grand-chose des mecs, mais

je sais tout ce qu'il y a à savoir sur Huck. Il n'essayerait pas de se rapprocher de moi comme ça sans raison.

Ni sans prendre acte de mes excuses ou discuter de ce qui s'était passé entre nous autrefois.

Avec Huck, tout rapprochement physique ou émotionnel avait un objectif. Quand nous étions plus jeunes, c'était pour me protéger et énerver Sawyer et sa mère au passage, pour son plus grand plaisir. J'étais donc bien placée à présent pour savoir qu'il mijotait quelque chose. Il jouait à un jeu dont je ne connaissais pas les règles, mais j'étais certaine qu'il projetait de me faire perdre quoi qu'il arrive.

À l'époque, ses tours et ses farces étaient pour la plupart innocents et nuisaient rarement à qui que ce soit. Ce n'était plus le cas, apparemment. Il m'avait toujours semblé qu'il avait grandi au plus près du mal sans être contaminé, mais le Huck adulte me faisait remettre en question cette croyance enfantine. Parfois, il semblait avoir aussi peu de scrupules que Sawyer et être tout aussi froid et calculateur que lui.

— Alors dis-moi, puisque tu le connais si bien : pourquoi est-il soudain si enjôleur ?

La deuxième margarita disparut aussi vite que la première, et Mercer fit signe à la serveuse de lui resservir un verre. Bien qu'il ne soit pas inhabituel qu'elle prenne un cocktail à midi, une telle consommation d'alcool en journée était nouvelle, et l'inquiétude qui me rongeait depuis qu'elle avait disparu des radars revint me titiller.

Je pris des chips dans le bol entre nous et les plongeai dans la sauce, l'air sérieux.

— Je crois qu'il va essayer de me mettre dans son lit.

Et je savais que si je succombais, il renverserait la vapeur et me tournerait le dos. Il voulait me trahir comme je l'avais trahi. Il voulait me décevoir et me désenchanter, comme il l'avait été. Il voulait me faire ressentir assez de honte et de gêne pour que je quitte la maison de mon propre chef sans impliquer notre propriétaire. Il voulait détruire toute affection que je pouvais encore éprouver pour le garçon qu'il avait été.

Mercer haussa les sourcils, me considérant d'un air perplexe.

— C'est plutôt une perspective sympa, pas une menace, dit-elle avant de se remettre à siroter son cocktail.

Je poussai un lourd soupir. Cela semblait peut-être « sympa » pour quelqu'un d'autre, mais moi, je savais que cela finirait mal si je me laissais prendre au piège.

Elle pencha la tête et demanda :

— Pourquoi tu ne tentes pas le coup ? Si tu connais ses intentions, pourquoi tu ne t'amuserais pas un peu ? Si quelqu'un mérite deux, trois orgasmes époustouflants et du sexe pour se distraire, c'est bien toi. Peut-être qu'il a une bite magique qui peut guérir tout ce qui cloche dans ton monde en ce moment.

Je lui jetai une chips au visage mais elle la chassa de la main, imperturbable – et un peu pompette, si je me fiais à sa coordination approximative.

— Franchement. S'il veut coucher avec toi pour arriver à ses fins, pourquoi ne pas jouer le jeu en fixant tes propres règles ? Tu ne peux pas me dire qu'il ne te plaît pas. Ton visage tout entier change quand tu parles de lui. Et c'est comme ça depuis que tu as débarqué dans ma boutique toute seule et toute perdue. Il est ton nord magnétique. Quelle que soit la direction que tu prennes, ton aiguille pointe toujours vers Huck.

Mercer n'avait pas tort. Je pouvais tourner sur moi-même encore et encore jusqu'à en avoir le tournis, dès que le monde cessait d'être flou, la première chose que je voyais clairement était Huck. Peut-être avait-elle raison. Peut-être devrais-je céder, même si les motifs étaient loin d'être idéaux. Non pas que je considérais le sexe comme un acte sacré et pur. Je savais qu'on pouvait l'utiliser aussi bien comme une arme que comme une forme d'affection. Après des années à être utilisées contre moi, mes émotions étaient si usées, si effilochées, que j'étais certaine de pouvoir séparer le peu de sentiments que j'avais encore de l'acte sexuel en lui-même. Le problème, c'était que le peu qu'il me restait de douceur et d'émotion dans le cœur était lié à Huck. Si j'avais envisagé de coucher pour coucher avec quelqu'un d'autre afin de prouver quelque chose, ça n'aurait pas été un problème. Mais c'était lui, et je craignais que mes murs ne soient pas assez hauts ou assez épais pour me protéger et le maintenir à distance.

— Tu me conseilles de coucher avec lui et de lui montrer que ça ne veut rien dire pour moi pour qu'il ne prenne même pas la peine de me *ghoster* après coup ?

C'était moche, mais c'était peut-être ma seule façon de conserver ma dignité – et un toit au-dessus de ma tête.

— Tu n'arrêtes pas de dire que tu le connais par cœur, mais il ne te connaît pas, Ollie. Il ne sait pas ce que tu as enduré ni la façon dont tu as dû t'endurcir pour survivre après son départ. Il essaye de te provoquer pour arriver à ses fins. Il s'en fiche de te faire du mal. Il ne serait pas absurde que tu lui fasses du mal en premier.

Elle prit une longue gorgée de sa boisson givrée et tendit gauchement la main vers le bol de chips. D'habitude, elle était toute « *peace and love* » ; c'était étrange de la découvrir si cruelle tout à coup.

— En temps normal, tu me conseillerais plutôt de lui faire un câlin en espérant que tout s'arrange.

Et puis, j'étais *déjà* la première à avoir fait du mal à Huck. Jamais je n'oublierais son expression quand il avait cru que j'avais choisi Sawyer plutôt que lui. Ces souvenirs me mettaient mal à l'aise ; je m'empressai de changer de sujet.

— Qu'est-ce qui t'arrive ces derniers temps ? D'abord tu disparais pendant des jours, puis quand tu réapparais, tu as l'air à cran. Et tu bois plus que d'habitude, ajoutai-je en montrant le verre presque vide devant elle. Tu es sûre que ça va ?

Mercer fixa longuement son cocktail vert citron, ses cheveux arc-en-ciel tombant devant son visage.

— Ça va. C'est juste que j'aime vraiment beaucoup ce nouveau mec que je fréquente. Je l'aime plus qu'il ne m'aime, je crois, dit-elle avant de pousser un soupir exagéré en remuant son cocktail avec sa paille. Je veux le voir et lui parler tous les jours, mais lui est plus réservé, un peu distant. Parfois, j'ai l'impression de l'emmerder.

Elle poussa son verre sur le côté et croisa les bras sur la table pour se pencher en avant et me parler à voix basse.

— Et il est loin d'être aussi tactile et affectueux que moi. Il me laisse à peine lui tenir la main ou le prendre dans mes bras. Et… on n'a pas encore baisé. Enfin, je ne juge pas, tout le monde avance à son rythme, mais ça fait un moment qu'on est ensemble, et il n'a jamais essayé d'initier quoi que ce soit. Quand j'essaye, il trouve toujours des excuses pour s'écarter de moi. S'il n'était pas si gentil et si timide, je penserais qu'il joue avec moi le jeu opposé de Huck avec toi. Je suis frustrée, et ça commence à être vexant. Parce que, du coup, je me demande ce qui cloche chez moi.

Elle fit la moue, et je tendis la main par-dessus la table pour lui tapoter le bras. Mercer était la seule personne qui avait été là pour moi quand j'étais au plus bas. Elle avait un cœur intact en or pur. L'idée que quelqu'un ne voie pas à quel point elle était extraordinaire me faisait horreur. Mercer voltigeait de fleur en fleur telle une abeille ; il était donc étrange de la voir s'accrocher autant à un mec qui n'était pas son genre selon ses propres dires. Peut-être qu'il se faisait désirer exprès pour qu'elle passe plus de temps à penser à lui et à essayer de le séduire qu'elle n'en passerait à le faire pour quelqu'un de plus accommodant.

— C'est toi qui m'as dit de persévérer et de ne pas abandonner pour emménager dans la maison de Huck. Et tu as dit que ce mec était timide. Il ne va peut-être pas au même rythme que toi dans cette relation, donc si tu veux rester avec lui, il va falloir que tu ralentisses. S'il te plaît vraiment, tout ce que tu peux faire c'est trouver un terrain d'entente.

J'étais mal placée pour donner des conseils relationnels, mais je détestais la voir si abattue et remettre en question sa propre valeur.

Elle se redressa quand nos plats arrivèrent enfin, et on se jeta dessus goulûment. À un moment donné, elle pointa le bout de son taco sur moi en disant :

— Il a essayé de s'incruster au déjeuner aujourd'hui. J'étais tentée de le laisser venir, comme c'est la première fois qu'il semble vraiment s'intéresser à ma vie, mais je savais que tu m'en voulais d'avoir mis du temps à te répondre ces derniers temps. Et franchement, il a été un peu désagréable quand j'ai refusé de le laisser venir, dit-elle en haussant les épaules avant de prendre une grosse bouchée de son taco.

— Il ne sait pas qui je suis ni d'où je viens, si ? demandai-je.

J'essayai de ne pas paniquer ; j'attendais encore fébrilement de voir ce que Sawyer allait faire. Il était tout à fait possible qu'il ait engagé un sbire pour exécuter ses ordres, et le plus simple pour se rapprocher de moi serait de se rapprocher de Mercer. J'avais confiance en elle et voulais la protéger. C'était une faiblesse dont j'avais bien conscience. Une faiblesse que Sawyer n'aurait aucun scrupule à exploiter.

— Ne t'inquiète pas. Je lui ai seulement dit que je retrouvais une collègue. Tes secrets sont en sécurité avec moi. Tu sais que tu peux me faire confiance.

Je hochai la tête ; j'espérai pouvoir lui faire confiance

même si elle se comportait de manière étrange depuis que ce mec avait débarqué dans sa vie.

Ce fut elle qui changea de sujet à présent que l'atmosphère était chargée d'inquiétude.

— Alors, qu'est-ce que tu vas faire pour Huck ? Tu vas le mettre dans ton lit ?

— Techniquement, je l'ai déjà mis plein de fois dans mon lit.

Quand nous étions petits, et même adolescents, il n'était pas rare que nous fassions des soirées pyjama en secret. Nous étions inséparables, et après son départ, je me rendis compte que cet attachement pour lui pouvait être interprété autrement de l'extérieur. Ce ne fut que lorsque Sawyer commença à montrer son vrai visage et à m'accuser de toutes sortes de choses perverses que je compris que mon lien avec Huck ne devait pas sembler aussi innocent aux autres qu'il l'avait toujours été pour nous.

— Si tu me demandes si je vais le baiser avant qu'il me baise, la réponse est oui.

J'avais trop à perdre pour ne pas au moins y réfléchir.

Mercer lâcha un « hmm » songeur et me jeta un regard indéchiffrable.

— Ou vous pourriez juste baiser ensemble. Peut-être que ce sera si bon que vous oublierez tous les deux que vous aviez une idée derrière la tête.

Je mordis ma fourchette plus fort que je ne l'avais voulu, mes dents grinçant contre le métal. Je m'éclaircis la gorge et attrapai mon verre.

— Huck a de l'expérience, je suis sûre qu'il s'en sortira très bien si j'attaque la première. Tu connais mon histoire. Je n'ai couché qu'avec un seul mec, et ça s'est mal terminé.

Et cette seule et unique fois avait elle aussi été causée par des raisons autres que l'amour, l'affection ou la curiosité adolescente.

Ma première fois avait plus été une expérimentation qu'autre chose. Je savais que Sawyer interférait dans ma vie sans que je puisse rien y faire. Je savais qu'il contrôlait tout ce que je faisais et qu'il manipulait tous ceux qui osaient m'approcher. Je ne pouvais pas le prouver. Personne ne m'écoutait quand je disais qu'il était allé trop loin. Ma dernière tentative désespérée de récupérer un semblant de contrôle avait été de coucher avec un mec de la fac qui avait l'air sympa. Je ne voulais même pas aller dans cette école prétentieuse, au départ. J'y étais allée parce que Sawyer m'y avait forcée. J'y étais allée parce qu'il avait laissé entendre que ma mère mourrait si je n'y allais pas. J'avais conscience que mon éducation faisait partie intégrante d'un plan plus large que Sawyer et sa mère avaient fomenté. C'était comme s'ils veillaient à me donner un pedigree acceptable si j'étais amenée à côtoyer leur cercle social à l'avenir. Comme s'ils m'apprêtaient. Et j'en étais douloureusement consciente.

Je savais aussi qu'il était risqué de me rapprocher d'un inconnu avec la menace constante de Sawyer qui pesait sur moi. Malgré tout, je voulais qu'une chose dans ma vie semble normale, sous mon contrôle, et j'avais laissé un garçon avec qui j'étais en cours me draguer et flirter avec moi. Je voulais voir combien de temps durerait cette amitié. Je voulais savoir jusqu'où Sawyer irait pour m'isoler. J'avais eu ma réponse quand j'avais laissé les choses aller un peu trop loin avec le garçon et poussé mon persécuteur à un point de non-retour ; Sawyer ne s'arrêterait à rien.

J'étais à l'origine de cette amitié en sachant pertinemment que ce type était plus un appât qu'autre chose, mais en fin de compte, je ne pouvais pas m'empêcher de me sentir sale de m'être servie de lui. Je l'avais piégé pour voir ce qui se produirait si j'allais à l'encontre des règles et refusais de suivre le chemin qui avait été tracé pour moi. J'avais perdu ma virginité avec un garçon qui ne comptait pas pour moi et qui ne m'intéressait pas, parce que je voulais voir ce qu'il se passerait ensuite. Il n'était pas question de lui et moi. Il n'était pas question de prendre du plaisir, de se sentir bien ou de créer un lien. Ma première fois était liée à Sawyer et moi, à des questions de pouvoir et de contrôle. C'était loin d'être mon souvenir le plus cher, et je me sentais encore mal d'avoir jeté le garçon avec qui j'avais couché presque aussitôt après.

— Je n'en reviens toujours pas que le mec avec qui tu vivais ait caché des caméras dans ta chambre. Il doit être vraiment taré pour t'espionner comme ça.

Mercer semblait aussi horrifiée aujourd'hui que quelques mois plus tôt, quand je lui avais raconté ce qui s'était passé quand j'avais ramené mon camarade de fac à la maison : la découverte que nous étions sous surveillance, et que Sawyer n'avait jamais eu l'intention de me partager.

Faire venir cet inconnu à la maison avait plongé Sawyer dans une rage imprédictible. Il avait complètement pété les plombs, menaçant même de diffuser une vidéo de mon ami et moi dans une position compromettante. Il voulait m'humilier, me forcer à lui obéir. Cependant, son obsession avait fini par me donner un peu de poids pour me défendre. Nous résidions dans l'un des seuls États à avoir adopté des lois sur le *revenge porn*, et je pus enfin retourner les menaces de Sawyer contre lui. Je lui dis que s'il faisait quoi que ce soit pour nuire à ma mère, je porterais plainte contre lui et inciterais mon pauvre camarade de classe à faire de même. Je n'avais peut-être pas le nom de famille et l'influence nécessaires pour être une menace, mais ce garçon, si. Et ses parents faisaient presque aussi peur que la mère de Sawyer. J'avais enfin la sensation d'avoir en ma possession un moyen de le forcer à me laisser tranquille, du moins pendant un moment.

Sa mère fut furieuse quand elle apprit l'existence des caméras et lui ordonna d'arrêter de m'espionner, mais elle me prévint aussi de ce qu'il se passerait si je ramenais un autre garçon à la maison et provoquais son fils. Elle me promit qu'elle trouverait le moyen de me le faire payer, et je la crus. Sawyer avait dérapé, et la vérité sur la folie de son obsession pour moi et le contrôle qu'il exerçait sur ma vie éclatait enfin au grand jour. Personne ne savait quand il avait placé les caméras dans ma chambre, si c'était avant ou après l'accident. Mais il était indéniable qu'il m'avait observée dans les moments les plus intimes, ce qui était un tout nouveau stade de violation de ma vie privée.

Ça avait été un tournant pour moi, me montrant que je devrais faire tout ce qui était en mon pouvoir pour échapper à cette maison et à Sawyer dès que j'en aurais l'occasion.

Mercer interrompit ce désagréable retour en arrière.

— Tu mérites d'être avec quelqu'un pour qui tu as des sentiments et qui a des sentiments pour toi. Même si ces sentiments sont flous et indéfinis. Tu n'es pas obligée d'avoir des interactions belliqueuses et compliquées avec Huck. Après tout, vous étiez meilleurs amis, tous les deux. En général, ça enlève un peu de pression à l'idée que le sexe doit être parfait et romantique. Ça rend l'acte plus vrai.

C'était si simple, à l'entendre, mais c'était tout sauf ça. L'époque où il me considérait comme son amie semblait révolue.

Certes, j'avais cru défaillir quand il s'était approché de moi pour croquer dans la pomme, et j'étais loin d'être insensible à sa nouvelle habitude de porter le moins de vêtements possible. Je ne pouvais pas nier que j'étais dangereusement attirée par Huck. Comment ne pas l'être ? Il était canon. Son côté sombre s'était aiguisé et affûté avec le temps. Mais au-delà de sa façade sévère, je voyais briller en lui le garçon qui avait été toute ma vie – et c'était ce que je préférais chez lui.

12

Huck

— Qu'est-ce que tu fais ?

Ollie était à quatre pattes dans le salon, en train de regarder sous le canapé, et je ne m'attendais pas à ce qu'elle se relève aussi subitement. Le sommet de son crâne vint me percuter le menton. Ma tête partit en arrière et des points blancs lumineux emplirent mon champ de vision. Je jurai à voix haute tandis qu'Ollie hoquetait de surprise. Je reculai en titubant et elle porta une main à sa tête tout en tendant l'autre vers moi.

On se serait cru dans la scène cruciale d'une comédie romantique : alors qu'Ollie tentait de me retenir, mes pieds s'emmêlèrent dans son grand *tote bag*. Son poing se referma sur le tissu de mon T-shirt au moment où je basculais en arrière. Je ne savais pas si elle était étourdie et déséquilibrée à cause du choc, ou si j'étais assez lourd pour que l'élan de ma chute suffise à la faire basculer avec moi ; quoi qu'il en soit, une seconde plus tard, nous nous affalions sur le sol dans une symphonie de cris surpris et embarrassés. Elle m'atterrit dessus, et mon coude heurta le parquet assez fort pour me faire monter les larmes aux yeux. Ollie avait dû elle aussi mal se réceptionner, car elle poussa un cri de douleur assourdissant qui me fit bourdonner les oreilles.

D'instinct, je posai ma main à l'arrière de sa tête et lui palpai le crâne à la recherche d'une bosse dans l'enchevêtrement de ses boucles. Elle tressaillit légèrement, mais je ne sentis aucune protubérance suspecte.

— Ça va ? Qu'est-ce que tu faisais à ramper au sol ?

J'étais en retard pour les cours et pensais être seul à la maison. Je ne m'attendais pas à la voir en entrant dans le salon. Et je ne m'attendais assurément pas à ma réaction quand mes yeux s'étaient posés par mégarde sur ses fesses dressées en l'air pendant qu'elle se tortillait au sol. Elle n'avait pas été dans une posture séductrice ou sexuelle, mais pour une raison ou une autre, mon corps s'était crispé, et mon cœur s'était mis à battre comme si je regardais un porno ultra-chaud.

Elle gémit et se tortilla contre moi.

— J'ai perdu une boucle d'oreille. L'attache a dû tomber. J'étais en train de la chercher, mais je suis en retard pour les cours, j'étais distraite. Je ne t'ai même pas entendu arriver.

Elle fronça les sourcils et gigota encore. Je dus me mordre la langue pour me retenir de gémir lorsque sa cuisse frotta mon sexe dur plaqué contre la fermeture Éclair de mon jean. Je savais que ce n'était pas son intention d'être sexy ou séduisante, mais elle l'était sans même essayer.

— Tu n'as pas cours, toi ? Qu'est-ce que tu fais là ?

Comment arrivait-elle à faire des phrases complètes ? Et à se comporter comme si ça ne l'affectait pas ? J'avais l'impression d'avoir la peau en feu et j'étais incapable de reprendre mon souffle. J'étais censé la séduire, la corrompre et la convaincre que j'étais une personne horrible, mais tout ce que je voulais, c'était la prendre dans mes bras et la serrer de toutes mes forces.

Cela ne faisait pas partie du plan.

Je n'étais pas censé être aussi affecté par sa présence.

Je n'avais pas prévu de me perdre dans ses yeux aux profondeurs infinies.

Je ne m'expliquai pas non plus le fait qu'elle me semblait à la fois familière et douloureusement nouvelle et inconnue.

La tenir contre moi libéra un déluge de sensations si vives que j'étais incapable d'en attraper une au vol pour comprendre ce que je ressentais.

— Moi aussi, j'étais en retard. Tu m'as surpris.

Ce qui n'était pas prévu non plus. C'était moi qui devais la surprendre. Qui devais la choquer en étant cruel et insensible.

Au lieu de ça, Ollie me coupait le souffle.

Littéralement.

Avant que je puisse poser mes mains sur une surface neutre et lui proposer de l'aider à se relever, elle bougea juste assez pour que nos bouches se retrouvent alignées. Pendant une fraction de seconde, je crus qu'elle se livrait à un petit jeu pour se venger de mon numéro avec la pomme, qu'elle me taquinait, essayait de me faire réagir.

Je n'étais pas prêt pour la caresse de ses lèvres contre les miennes. J'étais désarmé face à ce bruissement de baiser, au goût sucré de ses lèvres qui glissaient contre les miennes à la perfection, comme si elles étaient faites pour s'assembler.

J'aimais tout autant que les autres mecs embrasser les jolies filles.

J'aimais leurs réactions, savoir que c'était moi qui les faisais soupirer et trembler de plaisir. Je prenais mon pied de savoir qu'un baiser n'était que le commencement, et que les choses avaient tendance à se réchauffer très vite quand nos lèvres se détachaient. Un bon baiser était comme un joli paysage sur le chemin vers la destination finale. Une partie appréciable du voyage, mais qu'on oubliait vite une fois arrivés à destination.

Mais ce baiser – c'était le début et la fin. Là où je voulais être. Le commencement et la ligne d'arrivée. Ce n'était pas un paysage flou défilant en vitesse devant mes yeux. Tout était clair comme de l'eau de roche, et je savais que chaque instant serait gravé dans ma mémoire pour toujours.

La façon dont sa bouche bougeait contre la mienne. Le tremblement de ses mains contre mon visage tandis qu'elle dessinait le contour de ma mâchoire. Le mouvement de sa langue contre mes lèvres scellées jusqu'à ce que je la laisse entrer. Je ne voulais pas céder, mais je n'avais pas vraiment le choix. Pendant toutes les années où je l'avais connue, je n'avais jamais imaginé ce que ce serait de l'embrasser. Maintenant que nous étions plus âgés, avec toute la douleur et l'histoire que nous partagions, je ne pouvais concevoir qu'une telle chose entre nous serait si… spéciale. Si significative.

Aujourd'hui, j'étais censé être un iceberg – comme à l'époque, j'étais en feu.

Elle laissa échapper un hoquet dè surprise contre ma bouche alors que nos langues se mêlaient. J'oubliai que j'étais étalé sur le sol du salon et me laissai envelopper par sa douceur et sa chaleur. Je n'étais pas du genre à perdre la tête dans le feu de l'action, mais là, si on me demandait mon prénom, je serais incapable de répondre. J'oubliai tout – tout, à part ses trémoussements sexy et sa façon d'intensifier le baiser, d'en demander plus sans prononcer un mot alors que ma main se posait sur la courbe de ses fesses. Je voulais plus que tout me débarrasser de la barrière pénible de nos vêtements. Je voulais savoir si sa peau était aussi douce et souple que je l'imaginais. Je voulais voir si elle avait des taches de rousseur ailleurs que sur l'arête de son nez et si elle rosissait partout quand elle était excitée.

Jamais je n'aurais pensé avoir un jour des pensées si crues et si lubriques sur mon amie d'enfance. J'avais toujours voulu la protéger par le passé. À présent, je voulais la baiser. Mais pour l'instant, je me contenterais volontiers de l'embrasser pendant que mon cœur battait si fort que je craignais l'explosion.

Ses dents effleurèrent ma lèvre inférieure, et cette fois-ci, quand sa jambe bougea entre les miennes, le geste sembla plus délibéré et provocant qu'auparavant. Elle n'était pas aussi maladroite et innocente que je l'avais pensé avant ce baiser.

Elle posa la paume de sa main sur mon torse, juste

au-dessus de mon cœur. Sentait-elle ma confusion et mon excitation à travers ma peau ?

Après que l'on se fut détachés l'un de l'autre pendant une seconde pour reprendre notre souffle, elle se pencha et s'attaqua de nouveau à ma bouche. Nos langues se mêlèrent de manière agressive, et ses dents mordirent et pincèrent ma chair avec espièglerie. Le baiser, d'hésitant et prudent, devint humide et obscène. Je m'agrippai à la courbe de son cul comme à une bouée de sauvetage et sentis ses seins s'aplatir contre mon torse et ses tétons durcir.

C'était la plus belle des folies. Si j'avais su combien ce serait bon d'avoir ne serait-ce qu'un fragment d'elle, je n'aurais pas pris autant de précautions avant de la mettre dans mon lit pour prouver quelque chose. Le plan était de l'anéantir, et non l'inverse.

Et pourtant, j'étais sur le point d'être détruit.

Alors que je m'apprêtais à passer ma main dans ses cheveux et à la faire rouler pour la plaquer au sol et me frotter contre elle, elle s'écarta soudain et s'éloigna de moi à la hâte, comme si des épines avaient poussé sur ma peau. Elle se releva d'un bond et s'empressa de ramasser son sac tandis que je restai au sol, abasourdi. Elle était déjà à la porte d'entrée quand je me relevai enfin, et lorsqu'un Vernon ensommeillé entra dans la pièce avec son ordinateur portable, je compris pourquoi Ollie avait eu l'air si paniqué.

Comment avait-elle pu entendre quoi que ce soit au-delà du son de notre respiration et du battement de mon cœur ? Elle avait dû savoir que nous étions sur le point d'être interrompus et avait fui plutôt que de devoir bafouiller une explication. C'était du moins la seule raison que j'étais prêt à accepter. Je l'avais sentie réagir. Impossible que notre baiser ne lui ait pas autant plu qu'à moi.

Je me passai le pouce sur la lèvre inférieure et regardai Vernon alors que ses yeux si étranges se posaient sur moi puis sur la porte d'entrée qu'Ollie venait de claquer. Il haussa les sourcils et demanda :

— Tu n'es pas censé être en cours ?

Je grognai et portai une main à mon torse, là où Ollie avait touché mon cœur.

— Pourquoi tout le monde a mémorisé mon emploi du temps ? J'ai l'impression de vivre avec trois mères.

J'étais plus dur que la situation l'exigeait, mais Vernon était plus coriace qu'il le laissait paraître. Il se contenta de lever les yeux au ciel et s'approcha du canapé, où il s'affala pour faire je ne sais quoi sur cet ordinateur qu'il ne lâchait jamais. Bon sang, il pouvait être en train de prendre le contrôle d'un gouvernement étranger, ou même de notre propre gouvernement, pour ce que j'en savais.

— Je connais ton emploi du temps parce qu'on est comme des frères et qu'on veille les uns sur les autres. Si je ne sais pas où tu es, je m'inquiète. En ce qui concerne Ollie, je suis sûr qu'elle sait quand tu es censé être là ou pas pour pouvoir t'éviter. Elle est plus maligne que tu le penses. Tu cherches l'incendie, mais tu oublies que les flammes se fichent de ce qu'elles brûlent. Le feu ne fait pas de distinction, mon ami.

Je secouai la tête et passai derrière le canapé pour lui toquer sur le crâne en sortant. Ce n'était plus la peine d'aller au cours dont j'avais déjà loupé la moitié, mais je ne voulais pas être en retard pour le suivant.

— Elle faisait tout le contraire de m'éviter. Et tu étais à deux secondes de nous prendre la main dans le sac.

Je ne savais pas si je devais le remercier ou le maudire d'avoir interrompu ce qui avait vite dégénéré entre elle et moi. Quoi qu'il en soit, j'avais besoin d'un moment de répit pour comprendre ce que je ressentais pour Ollie. À part que j'étais excité et chaud comme la braise.

Vernon éclata de rire et marmonna :

— Certaines personnes veulent voir le monde brûler. Dis-moi ce que ça fait, les flammes, Huck, une fois qu'elles t'auront rattrapé.

Il tourna la tête et m'adressa un sourire en coin.

— Et aussi, tu devrais essuyer le rouge à lèvres corail de ta bouche avant d'aller en cours. Cette couleur ne te va pas du tout.

Je jurai, fermai la porte d'entrée derrière moi et dévalai les marches en me frottant frénétiquement les lèvres, enflées et sensibles. C'était énervant qu'il soit le plus jeune, et qu'il ait néanmoins toujours raison sur tout ou presque. Il en voyait plus que je ne voulais en montrer aux autres.

D'autant que jusqu'à présent, j'avais pensé que mon monde était déjà de cendres et de braises et qu'il n'y avait plus rien à brûler.

Je détestais avoir tort.

13

Ollie

J'étais encore plus secouée que d'habitude.

Essayer de me concentrer en classe me crispait tellement que j'étais sûre que mes épaules ne se détendraient jamais plus. Non seulement le baiser avec Huck m'avait affolée, mais le changement d'attitude de Mercer et le fait qu'elle était de nouveau injoignable allaient réduire mes dents en poussière tant je les serrais. Les seules fois où je la voyais ou lui parlais ces derniers temps, c'était en coup de vent quand j'allais travailler à sa boutique. Elle semblait encore plus distraite qu'avant, et elle refusait d'entendre mes inquiétudes sur sa conduite alarmante. Elle refusait d'écouter mes avertissements sur sa relation problématique ; elle était même devenue méchante et hargneuse et m'avait rappelé que je ne savais rien quand il était question d'amour et de relations.

Pour couronner le tout, je dormais mal. Je me contraignais à me coucher à une heure raisonnable après avoir travaillé mes cours chaque soir, mais je ne faisais que tourner et me retourner dans mon lit, tendant l'oreille pour guetter le grincement de la porte d'entrée et le craquement du parquet indiquant que Huck était rentré du bar. Certaines nuits, je me surprenais à retenir mon souffle alors que les heures passaient et que l'aube approchait. Plus il rentrait tard, plus mon imagination devenait scabreuse. La moitié du temps, je l'imaginais en train de choper une de ces filles canon du campus qui ne se cachaient pas de lui courir après. L'autre moitié du temps, je me souvenais de son si beau visage couvert de sang, comme la nuit de l'accident, et j'imaginais toutes les atrocités qui pourraient lui arriver sur le chemin de la maison. Le sommeil restait insaisissable jusqu'à ce que je sache qu'il était de retour sous le même toit que moi et qu'il était plus ou moins en sécurité.

Ce soir ne faisait pas exception. J'avais arrêté de faire semblant de dormir depuis un peu plus d'une heure et j'étais allongée dans mon lit en train de lire un livre d'introduction à la programmation que j'avais emprunté à Vernon. Comme j'étais encore dans mes premières années de fac et que ma principale inquiétude jusque-là avait été de rester en vie et d'avoir un coup d'avance sur Sawyer, je n'avais pas tellement réfléchi à ce que je voulais faire quand je serais plus âgée et enfin libre. Néanmoins, à présent que je dépensais dans mon éducation tout ce que ma mère m'avait légué, je devais trouver ma voie. Je ne voulais pas la décevoir ni gaspiller un temps et des ressources limités. Et puis, les mots et expressions techniques du manuel étaient loin d'être excitants et aidaient mes paupières à s'alourdir quand rien d'autre ne faisait l'affaire.

Vernon m'avait demandé si je m'intéressais à l'informatique après m'avoir embrigadée pour jouer à des jeux vidéo en ligne avec lui la dernière fois que nous nous étions retrouvés seuls à la maison. Mais ce n'étaient pas les boyaux ni les mécanismes des ordinateurs qui attisaient ma curiosité. Comme Sawyer m'avait espionnée par des moyens numériques, j'avais réalisé que la cybersécurité m'intriguait ; je ne voulais pas qu'une autre jeune fille se sente violée comme je l'avais été.

Réprimant un bâillement, je consultai mon téléphone pour regarder l'heure. Il était presque 3 heures du matin, l'heure à laquelle Huck rentrait, habituellement. Il revenait toujours avant l'heure de son jogging matinal avec Harlen. Je ne voulais pas l'admettre, mais mon angoisse concernant sa localisation découlait de la jalousie grandissante qui me saisissait dès que je me demandais avec qui il pouvait bien être, aussi tard. Je l'avais embrassé pour avoir l'ascendant. Ce baiser ne devait rien signifier, il était censé faire partie d'un plan. Mais je ne pouvais pas nier que je me sentais toute chose depuis que j'avais goûté à ses lèvres.

Un seul baiser avec Huck m'avait chamboulée bien plus que n'avait pu le faire ma médiocre première fois. C'était plus agréable, plus mémorable. C'était un souvenir auquel je m'accrocherais de toutes mes forces au lieu de m'efforcer de l'oublier. Il m'avait embrassée comme il m'avait traitée depuis que j'étais revenue dans sa vie – comme s'il voulait à la fois me punir et me retenir contre lui.

Je poussai un cri quand le livre volumineux m'échappa

des mains et me heurta le menton avant de tomber sur le matelas. Je jurai et me frottai l'endroit douloureux, me redressant dans le lit pour atteindre la lampe de chevet. Le basculement de mon poids fit glisser livre et téléphone au sol dans un bruit sourd. Avec un soupir, je rejetai mes couvertures et quittai mon cocon douillet pour récupérer le téléphone qui avait glissé sous le lit. L'avantage d'être parano, c'était que je regardais sous le lit quasiment tous les jours pour m'assurer que rien n'avait pénétré mon espace sans y être invité. La zone était donc aussi nickel que le reste de ma chambre, et je n'avais aucun risque de fourrer ma main dans un mouton de poussière – ou pire.

Une fois que j'eus le téléphone dans la main, je le brandis triomphalement en poussant un petit « Ah ah ! »

Ma petite victoire fut bien vite engloutie par une vague de peur quand j'aperçus une ombre bouger sur le mur opposé. Une silhouette humaine, cela ne faisait aucun doute. Je retins mon souffle, effrayée, et tournai brusquement la tête vers la seule fenêtre de la chambre. Seule la pâle lueur du clair de lune filtrait à travers la vitre usée, mais j'apercevais le contour du grand arbre qui se balançait doucement sur le flanc de la maison. Rampant à quatre pattes à toute vitesse, je me plaquai contre la fenêtre, à l'affût du moindre signe de vie dans le jardin. Je collai mon nez contre le verre froid et essayai de calmer mon cœur battant la chamade, redoutant ce que j'allais découvrir.

Le jardin était désert ; il n'y avait pas de quoi s'inquiéter. L'arbre remuait légèrement, les feuilles bruissant doucement dans la brise nocturne. Pour n'importe qui d'autre, ce serait une vision calme et sereine, mais moi, j'avais la trouille. J'étais certaine que l'ombre que j'avais vue avait forme humaine, et si elle ne venait pas de dehors, cela ne laissait qu'une seule autre possibilité.

Je tournai vivement la tête, me levai d'un bond, et scrutai fébrilement tous les recoins de la chambre. J'éprouvais un sentiment de sécurité inexplicable depuis que j'avais emménagé dans cette maison, mais désormais, je voulais m'enfuir au plus vite de cette chambre, sans même prendre le temps de vérifier la salle de bains ni aucune autre cachette dans le noir.

Agrippant mon téléphone comme une bouée de sauvetage, je me sauvai et dévalai l'escalier avec une idée en tête : aller frapper à la porte de Vernon ; il était certainement réveillé et en train de jouer aux jeux vidéo. Honnêtement, il n'était pas celui auquel je penserais en premier pour lui demander d'aller voir ce qu'il se passait à l'étage, mais lui au moins me laisserait entrer. Harlen se fichait pas mal des monstres qui surgissaient dans la nuit, et il n'y avait aucune chance qu'il se plie en quatre pour m'aider ou me réconforter. Son aversion à mon égard était à peine plus discrète que celle que Huck me vouait. Et j'avais encore peur de Harlen, car il restait un inconnu pour moi. Alors qu'à mes yeux Huck était toujours le gamin qui avait pris soin de moi, même si je peinais à le remplacer par cet homme qui me détestait.

Mes pieds nus frappaient le parquet avec force, et j'étais à deux doigts de me jeter contre la porte de Vernon quand mon élan fut arrêté net. Des bras puissants se refermèrent autour de ma taille. Sous l'impact, Huck vacilla. Je n'avais pas vu qu'il se tenait devant la porte de Vernon, déjà ouverte, et que notre jeune colocataire était sur le seuil de sa chambre avec un chargeur de téléphone à la main. D'ailleurs, je n'avais même pas entendu Huck rentrer. Sinon, j'aurais couru jusqu'à sa chambre.

— Qu'est-ce qui se passe ? Ça va ?

La voix grave de Huck gronda à mon oreille tandis que celle de Vernon, plus douce, demandait :

— Pourquoi tu cours dans la maison en pleine nuit et sans pantalon ?

Dans la panique provoquée par l'apparition de cette ombre sur mon mur, je n'avais pas réfléchi à ce que je portais… ou ne portais pas. J'avais été au lit, alors je ne portais qu'un vieux T-shirt trop grand et un boxer en coton. J'étais suffisamment couverte pour ne pas être gênée, mais la question de Vernon me fit rougir. Je m'écartai à contrecœur de Huck et répondis :

— J'ai vu quelque chose dans ma chambre.

Ma voix se brisa, et mes dents se mirent à claquer bien que je n'aie pas froid.

Vernon cligna des yeux et échangea avec Huck un regard que je ne sus déchiffrer.

— On dirait que tu as vu un fantôme. Pourquoi tu n'irais pas t'asseoir dans la cuisine, pendant que Huck et moi on va à l'étage pour vérifier que tout va bien ? Sers-toi un petit remontant tant que tu y es, dit Vernon en me tapotant le bras pour me rassurer. Je vais te récupérer un truc à te mettre là-haut.

Hors de question que je remette les pieds dans cette chambre ce soir, même si on me garantissait que mon sanctuaire avait été inviolé. Je ne dormirais pas dans le grenier avant d'avoir eu le temps d'inspecter chaque plinthe et chaque luminaire pour m'assurer qu'aucune caméra cachée ne m'observait. Jamais plus je ne me voilerais la face.

Déglutissant péniblement, je suppliai Vernon du regard et lui demandai dans un murmure :

— Je peux dormir dans ta chambre, ce soir ? Je me ferai toute petite, promis.

La pensée d'être seule jusqu'au lever du soleil me retournait l'estomac.

Avant que Vernon puisse répondre, Huck m'attrapa et me tira contre lui.

— Réveille Harlen s'il n'est pas déjà réveillé et va voir si tu trouves quelque chose d'étrange à l'étage, ordonna-t-il à son ami. Puis appelle-moi et dis-moi si quelque chose te semble louche.

Une lueur étrange dansait dans ses yeux ambrés alors qu'il me lançait un regard noir.

— Tu peux dormir dans ma chambre ce soir.

Oh ! purée. La pire idée dans l'histoire des idées. Mais dans l'immédiat, je n'étais pas en état de protester ; je me contentai de hocher la tête docilement pendant que Vernon lui adressait un sourire en coin en brandissant le chargeur de téléphone.

— Je ne peux pas t'appeler. Ton téléphone est mort, et ton chargeur est encore au bar.

Huck jura et fusilla son ami taquin du regard.

— Alors viens frapper à ma porte.

Vernon haussa les sourcils et pouffa.

— Si tu es sûr que je n'interromprai rien, alors d'accord. Qu'est-ce que tu as vu, Ollie ? Qu'est-ce que je dois chercher ?

Je m'éclaircis la gorge et me balançai nerveusement d'un pied sur l'autre.

— J'ai vu une ombre. Qui ressemblait à une personne. Personne n'aurait pu la faire apparaître sur mon mur de dehors. La chambre est trop en hauteur.

Huck marmonna dans sa barbe et Vernon commença enfin à avoir l'air un peu inquiet.

— D'accord. Je vais m'assurer qu'il n'y a personne là-haut.

— Ces marches font tellement de boucan. Tu aurais entendu quelqu'un venir à un kilomètre.

La voix de Huck était bourrue, et même s'il se voulait rassurant, sa logique n'aidait pas.

— Peut-être que quelqu'un était en train de m'observer, dis-je à voix basse et me couvrant le visage des mains.

Malgré tous mes efforts pour la reprendre en main, il semblait impossible de me soustraire à la réalité de ma vie merdique. Je continuai :

— Il pourrait y avoir des caméras sans fil cachées dans la chambre.

Dans toute la maison, même.

Je le savais : à m'entendre, je faisais partie de ces tarés

complotistes. Mais même si ça me donnait l'air plus que parano, j'étais prête à tout pour empêcher les erreurs passées de se reproduire. Y compris à suivre aveuglément Huck dans sa chambre alors que nous savions tous les deux que jamais je n'aurais dû y mettre les pieds.

Vernon haussa les sourcils encore plus haut.

— D'aaaaaccooooord.

Il fit traîner le mot en longueur et échangea de nouveau un regard avec le grand brun qui me tenait contre lui.

— Des caméras cachées. Compris. Descendez tous les deux, je vous dirai si je trouve quelque chose de louche. Donnez-moi quelques minutes. Harlen est un ours et il sera grognon si je le réveille pour lui demander un service au beau milieu de la nuit.

— Je suis désolée.

C'était comme si on m'arrachait ces mots, et je sentis les larmes me brûler les yeux. Je parvins à peine à tenir le coup quand la large paume de Huck se posa à l'arrière de mon crâne pour ramener ma tête contre son torse.

— Si quelqu'un est entré dans la maison, cela nous concerne tous. On réglera le problème ensemble.

J'avais apporté pile ce qu'il craignait sur le pas de sa porte, et pourtant il semblait moins en colère contre moi que je m'y attendais.

J'étais une personne horrible, égoïste. Je n'avais pas le droit de trouver le réconfort entre ses bras. Je ne pouvais pas lui en vouloir de ne pas accepter ces excuses non plus. Je commençais à comprendre ce qu'il signifiait quand il disait que ce qui importait était la personne prononçant les mots et non les mots eux-mêmes.

— Suis-moi, aboya-t-il.

Et, comme autrefois, j'obtempérai. Je le suivais partout, où qu'il aille, et je savais qu'il prendrait soin de moi quoi qu'il arrive quand la peur paralysait mes pensées.

Je retins mon souffle quand il poussa la porte de sa chambre ; il me tira derrière lui lorsque j'hésitai, debout sur le seuil. La chambre était plutôt sommaire en matière de décoration, mais conforme aux goûts d'un mec de vingt ans. Beaucoup de couleurs sombres et de matériel électronique, un grand lit qui ne semblait pas avoir été fait depuis plusieurs jours. Rien de sophistiqué, mais je savais que cet endroit devait être spécial pour Huck, parce qu'il était à lui et à lui seul. Il ne devait pas se battre avec Sawyer pour l'avoir, ni le partager avec une femme qui le détestait. C'était un lieu où il se sentait en sécurité… jusqu'à ce que je me pointe et envoie valser toute cette tranquillité.

Je restai plantée gauchement à côté du lit pendant que Huck fouillait dans le tiroir d'une commode. Quelques secondes plus tard, il m'envoya un pantalon de jogging noir délavé.

— Enfile ça, grogna-t-il presque alors que j'obéissais, les gestes maladroits. Pourquoi penses-tu qu'il pourrait y avoir des caméras cachées dans ma maison ? Sawyer te filmait ?

Je me passai les mains dans les cheveux et baissai les yeux sur mes pieds nus.

— Je ne t'ai pas entendu rentrer ce soir.

Je cherchais à changer de sujet, mais j'aurais dû savoir que Huck était comme un chien avec un os quand il se fixait sur quelque chose. Il avait toujours été tenace et déterminé.

— Je suis rentré peu de temps avant que tu dévales l'escalier du grenier. J'étais monté demander un chargeur à Vernon et je m'apprêtais à aller voir ce qui t'avait effrayée, mais tu m'as devancé. Maintenant, dis-moi pourquoi tu as peur d'avoir des caméras dans ta chambre.

Il était temps de m'avouer la vérité – et à lui aussi.

— Honnêtement, je crois que rien ne peut arrêter Sawyer. Il a beau ne plus être une menace physique, son cerveau fonctionne toujours aussi bien. Il est tout à fait capable de trouver des gens pour faire son sale boulot, et sa mère sera toujours prête à le soutenir. Il a tout l'argent qu'il faut pour embaucher un homme de main sans scrupules, et ça me terrifie. Je n'ai pas pensé à tout quand j'ai décidé de te rejoindre ici ; s'il a échafaudé un plan pour me forcer à retourner auprès de lui, il fera du mal à tous ceux qui se dresseront sur son chemin. Il avait peur de toi autrefois, mais aujourd'hui, je crois qu'il n'a plus peur de rien.

Je ne répondis pas à sa question concernant les caméras parce que la vérité était humiliante ; je ne voulais pas lui expliquer comment j'avais découvert que j'étais surveillée.

J'avais protégé mes arrières en quittant le manoir, mais savoir que j'avais peut-être mis Huck en danger me submergeait de regrets. Il m'avait toujours fait passer en premier même si cela devait le faire souffrir, et en échange, je n'avais fait que le mettre en danger.

— Il faut que je me tire d'ici, dis-je sans réfléchir.

Au fond, je savais qu'il était temps pour moi de partir. S'il arrivait quoi que ce soit à Huck ou ses amis à cause de moi, je ne pourrais jamais plus me regarder en face. J'avais déjà tant de choses à me faire pardonner… impossible de continuer dans cette voie. Je ne pouvais pas lui imposer mes sentiments et mes regrets. Ce n'était pas juste. Je devais le laisser partir.

— Tu voulais que je m'en aille, et tu avais raison. Il est plus que temps pour moi de m'en aller.

Je m'attendais à ce qu'il m'encourage.

À ce qu'il jubile.

À ce qu'il raille ma tentative ratée et mal avisée de me refaire une place dans sa vie. J'étais prête à endurer son soulagement et des adieux immédiats.

Au lieu de ça, c'est la stupeur que je ressentis : il me jeta sur le lit et rampa au-dessus de moi, son corps musclé me prenant au piège. Il posa une main sur ma gorge, sans appuyer, et passa son pouce le long de ma cicatrice.

Cet endroit de mon visage était insensible, d'habitude. Pourtant, j'aurais juré sentir des flammes lécher ma peau sous sa caresse.

— Tu ne bouges pas d'ici, Ollie.

Il ne faisait aucun doute que ses mots étaient une menace et que je devrais craindre ce qui allait se passer ensuite, alors que son corps planait ainsi au-dessus du mien.

Mais étrangement, l'inquiétude ne fut pas le premier sentiment qui me vint.

14

Huck

La lueur dans les yeux d'Ollie quand elle déclara qu'il était temps pour elle de partir m'était familière.

Je connaissais intimement cette tension qui vous crispait le corps tout entier et vous faisait mal à la tête quand la personne à laquelle vous teniez le plus au monde était en danger. J'étais certain d'avoir eu la même expression quand j'avais compris à quel point Sawyer était fou et quel danger il représentait pour Ollie. Elle voulait me protéger.

Hors de question.

Elle avait persisté encore et encore jusqu'à ce que je sois forcé d'ouvrir le coffre où j'avais rangé toute mon affection pour elle : je n'allais pas la laisser disparaître dans le noir. J'avais connu ça et je savais à quel point c'était dur. Je connaissais l'atrocité de prendre la responsabilité d'une tragédie qui n'était pas de votre fait. C'était un jeu interminable de « et si » ; c'étaient la confusion et le conflit qui prenaient plus de temps et de place que nécessaire ; c'était le regret qui me retenait et me faisait remettre en question des choix importants à chaque étape sur le chemin de mon avenir. S'accrocher à une responsabilité qui n'était pas la mienne signifiait que j'avais les bras trop chargés pour saisir d'autres opportunités. Cela causait de la frustration et de la colère envers la personne pour qui j'étais prêt à tout risquer.

Quelques semaines plus tôt, j'aurais dit qu'Ollie n'avait que ce qu'elle méritait. Je m'étais convaincu que je la détestais. Je commençais à la mettre dans le même panier que Sawyer parce que cette affreuse nuit était embrouillée dans mon esprit. Quoi qu'il en soit, je voulais qu'elle parte loin, très loin de moi, parce que je savais qu'à l'instant où mon regard se perdrait dans ces yeux couleur chocolat, je devrais affronter la vérité.

Je ne pouvais pas la haïr, même si j'en mourais d'envie.

Je posai mon bras au-dessus de sa tête et soupirai en sentant ses cheveux soyeux effleurer ma peau. De ma main libre, je maintins son visage pour qu'elle ne puisse pas détourner la tête alors que j'abaissais mon visage vers elle.

J'avais cru que je ressortirais toujours vainqueur des jeux auxquels nous jouions depuis l'enfance… mais en réalité, je n'avais aucune chance face à elle.

Un baiser tuerait toute querelle dans l'œuf. Elle m'avait bien embrassé sans prévenir ; ce n'était que justice que je l'embrasse à mon tour. Après tout, tout entre nous était une question d'équilibre et de donnant-donnant, de va-et-vient.

Elle retint son souffle quand mes lèvres se posèrent sur les siennes. Ses mains s'enroulèrent dans le tissu de mon T-shirt et s'y agrippèrent, alors qu'une seconde plus tôt elle essayait de me faire croire qu'elle voulait s'en aller. Je n'essayai même pas d'être gentil ou de lui donner le temps de s'adapter à ma soudaine offensive : elle avait les lèvres entrouvertes, et je plongeai, m'empressant de goûter chaque recoin chaud et humide de sa bouche. Le baiser était un peu bâclé et totalement désordonné, bien plus agressif que celui que nous avions partagé au sol quand elle avait essayé de me taquiner et de me séduire pour que je lui donne l'ascendant.

Je l'embrassais pour la prévenir de la route que nous prenions. Nous ne pouvions plus nous arrêter. Ni revenir en arrière. Ni nous regarder l'un l'autre et voir qui nous étions avant. Je l'embrassais pour lui montrer que je plaçais tout dans celle qu'elle était aujourd'hui. Les avantages à renouer le lien maintenant que nous étions plus âgés étaient nombreux ; changer la nature de nos activités ensemble au lit n'était qu'un élément de plus sur la liste. Les siestes enfantines et les câlins innocents avaient encore leur place, mais les corps brûlants se frottant l'un contre l'autre et les souffles surpris de plaisir étaient tellement mieux.

Je l'embrassai à lui couper le souffle et me servis de mes dents et de ma langue pour qu'elle se tortille contre moi. Je voulais lui faire comprendre que je la voulais et que ce baiser volé n'était que le début. Quand je la regardais, je ne voyais plus ma camarade de jeu, je ne la considérais plus comme la petite fille sotte et altruiste qui avait brisé mon cœur d'ado, me laissant partir sans rien dire.

Non. Elle était devenue une tout autre personne à présent

que j'avais goûté à sa douceur et qu'elle m'embrassait en retour, avidement, désespérément.

Je relevai la tête pour la regarder. Ses paupières lourdes et ses longs cils dissimulaient ses yeux. Elle avait les joues roses, ce qui faisait ressortir ses taches de rousseur et sa cicatrice. Sa bouche était humide et luisante, ses lèvres charnues et teintées de rouge à cause de l'afflux de sang. Avec ses cheveux déjà indisciplinés éparpillés autour de sa tête en un halo sauvage, elle ressemblait à une tout autre fille que celle que j'avais été incapable d'oublier.

Ollie prit une profonde inspiration et eut l'expression de quelqu'un qui va se lancer dans un sermon. Je posai un doigt sur ses lèvres et baissai de nouveau la tête. J'embrassai le pouls palpitant dans son cou et traçai du bout de mon nez la ligne douce de sa mâchoire. Elle n'était pas la fille la plus canon sur laquelle j'avais mis la main récemment, mais elle serait toujours la plus mémorable. Contrairement aux autres, celle-là me connaissait au-delà même du niveau physique ou intime. Chaque partie d'elle était imprimée quelque part en moi, et elle brillait plus fort et brûlait plus intensément là où ça comptait que toutes celles qui l'avaient précédée.

Et puis, elle m'aimait déjà beaucoup avant que la puberté me transforme en cet homme sur qui on se retournait dans la rue. Elle me connaissait par cœur avant que j'aie une tablette de chocolat et des tatouages. Elle avait été charmée quand j'étais le paria qui n'avait sa place nulle part. Elle pensait que j'étais le meilleur quand je n'avais rien. Elle assurait mes arrières quand elle ne pouvait pas surveiller les siens. Pour tout ça, à mes yeux, elle serait toujours bien au-dessus du plus beau des visages de passage dans ma vie.

D'ailleurs, je ne me rappelais même pas le visage de la dernière fille avec qui j'avais couché. Ce n'était qu'une ombre floue sans définition, alors que même après des années sans la voir, je me souvenais parfaitement d'Ollie. Et aujourd'hui, je voulais voir son expression quand elle craquerait sous mes caresses. Je voulais connaître tous ses secrets et les sons qu'elle produisait quand elle était prête à capituler.

Ollie avait le souffle court, saccadé, je le sentais sous mes doigts plaqués contre ses lèvres enflées. J'inclinai la tête pour pouvoir passer ma langue sur les lignes saillantes de sa clavicule. Là aussi elle avait des taches de rousseur qui parsemaient sa peau comme une constellation sexy. Je ne me rappelais pas si elle les avait déjà, plus jeune, mais je les aimais beaucoup. Je suivis le chemin qu'elles traçaient pour moi jusqu'au col de son T-shirt trop grand. J'avais failli l'attraper pour la cacher derrière moi quand elle avait débarqué à moitié nue dans le couloir. Non pas que j'avais peur que Vernon se fasse des idées, mais l'élan de jalousie pure et possessive que j'avais ressenti m'avait rendu irrationnel. Voilà pourquoi je préférais presque la voir dans mon jogging trop grand qu'avec quasiment rien sur le dos.

Je changeai de position pour pouvoir descendre plus bas sur sa poitrine, et ne bougeai la main qu'une fois certain qu'elle n'allait pas me dire d'arrêter et trouver une excuse pour s'enfuir. Je caressai du bout des doigts la courbe de son sein et le pic dur de son téton, bien visible à travers le tissu. Même si elle pouvait encore trouver les mots pour nous arrêter, son corps racontait une autre histoire.

Un frisson la parcourait de temps en temps et son poing serré agrippait toujours fermement mon T-shirt. Ses jambes s'agitaient entre les miennes, et maintenant je regrettais de lui avoir prêté un pantalon. Sinon, c'était sa peau nue et douce que j'aurais sentie contre moi. Cette pensée suffit à faire durcir et grandir sans ambiguïté mon sexe derrière la fermeture Éclair de mon jean. Impossible qu'elle manque ce genre de réaction – nos parties les plus intimes étaient en contact étroit.

Je me servis du bout de mes doigts pour jouer avec son autre téton et vis l'indécision flotter sur son visage. Ollie aimait ce que je provoquais en elle, mais son instinct de survie se déchaînait dans ses yeux sombres. Elle voulait rester mais pensait devoir partir ; heureusement que je comptais trancher pour elle. Avant qu'elle puisse se décider, je posai ma bouche sur le téton impatient et le torturai de mes dents et de ma langue, créant un cercle humide sur son T-shirt.

Elle poussa un râle puissant et se cambra sur le lit. Ses yeux finirent par se fermer, et je sentis la morsure de ses ongles à travers mon T-shirt. Ses jambes bougèrent malgré elle, et pendant qu'elle était ravagée par cette première vague de sensations, je fis descendre ma main libre sur son ventre. Sa peau était douce et chaude, et son nombril un joli petit creux sur lequel mes doigts se promenèrent avant d'aller trouver l'élastique du jogging. C'était toujours sexy quand j'explorais pour la première fois ces endroits si sensibles, si tendres. Mais c'était encore mieux de retirer mes vêtements des parties intimes de son corps, que personne d'autre n'avait le droit de voir – et encore moins de toucher.

Une de ses mains se posa à l'arrière de ma tête, et je sentis ses doigts attraper une poignée de mes cheveux. Elle poussa un gémissement qui aurait pu être une protestation ou une promesse de représailles ; qui qu'il en soit, il s'évanouit quand mes doigts se glissèrent plus bas et que ma bouche bougea avec plus de détermination. J'aurais dû lui enlever son T-shirt avant de commencer à la dévorer, mais je ne voulais pas lui laisser le temps de réfléchir. Je voulais qu'elle soit aussi instable et incertaine que je l'étais depuis qu'elle avait débarqué dans ma vie et tout mis sens dessus dessous.

Elle n'écarta pas les jambes pour laisser mes doigts accéder facilement à son intimité. Pas grave. Son corps était honnête à l'excès, et je la sentais mouiller alors que je me rapprochais de ce point fatidique entre ses jambes. Elle fut parcourue d'un frisson, et ses cuisses se crispèrent alors que son entrejambe m'accueillait.

C'était chaud.

Elle était douce et mouillait tellement.

Qu'elle s'ouvre à moi aussi impudemment me fit tourner la tête. Elle m'avait suivi partout où j'allais, et ce qui était en train de se passer n'était pas si différent. Où que je la touche, où que je la goûte, son corps réagissait comme s'il était programmé pour réagir de la manière la plus désirable. J'avais toujours voulu la protéger, maintenant je voulais aussi la dévorer. Elle embrasait tous mes instincts et les faisait palpiter dans mes veines.

Ses jambes restaient serrées ; ne pouvant pas plonger dans sa chaleur et perdre la tête tandis qu'elle fondait autour de mes doigts, je passai mes doigts sur ses plis soyeux, enfonçant légèrement mon pouce entre eux. Elle frémit, et je voulus plus que tout savoir avec quelle rapidité je pouvais la faire jouir. On aurait dit que personne d'autre ne l'avait touchée aussi intimement : ses réactions étaient pures, sans filtre. Je n'avais pas besoin de deviner si elle aimait ce que je lui faisais, ou ma façon de poser mes mains sur elle ; elle ne cachait pas ce qu'elle ressentait.

Je finis par relever la tête de son sein, trouvant un plaisir infini dans le fait que son téton était dur et pointait à travers son T-shirt. Le tissu était assez mouillé pour que j'en devine la couleur framboise, et, comme le reste d'Ollie, je trouvai cette teinte mignonne et unique.

On se regarda un long moment dans un silence tendu. Je sentis ses ongles se planter dans mon cuir chevelu et vis un million d'émotions passer sur son visage. Elle pouvait tout aussi bien me repousser ou m'accueillir. J'en mourrais si elle choisissait la seconde option. Il ne me semblait pas avoir déjà bandé si fort ou autant désiré quelqu'un. Je refusais d'admettre que mon désir était amplifié par la conscience que j'avais qu'elle pouvait me glisser entre les doigts à tout moment.

Sans un mot, elle bougea les jambes, et mon pouce, qui caressait doucement sa vulve, plongea entre ses lèvres et entra en contact avec son clitoris excité. On gémit ensemble, et les yeux sombres d'Ollie se fermèrent, dans l'abandon total. Ses hanches se soulevèrent et je dus défaire le bouton de mon jean : je commençais à avoir l'impression que ma bite étouffait.

Nous étions encore tous les deux habillés et les lumières dans ma chambre étaient vives, mais ça n'en était que plus excitant, comme si nous étions en train de faire quelque chose d'interdit et que ça nous était égal de nous faire prendre.

Je l'embrassai encore, bougeant férocement ma bouche contre la sienne, et laissai mes doigts plonger entièrement dans sa chaleur. Son corps trembla, et je grognai contre ses lèvres. Si douce. Si chaude. Chaque palpitation en elle me poussait à chercher cette réaction avec mes doigts. Je plaquai de nouveau mon pouce sur son clitoris et me mis à le caresser lentement, en cercles érotiques qui la forcèrent à onduler tout contre moi.

— Huck.

Perdu dans un brouillard de sensations et de désir, je me demandai pourquoi mon prénom semblait si étrange quand elle le prononçait.

— Huck.

Je m'arrêtai net quand je me rendis compte que ce n'était pas Ollie qui gémissait de plaisir mon prénom, mais Vernon qui le répétait avec agacement à travers la porte.

Ollie ouvrit grand les yeux, et une expression terrifiée passa sur son visage. Une de ses mains se referma sur mon poignet et elle tira dessus pour essayer de retirer ma main de sa culotte. Je haussai un sourcil sans cesser de bouger mes doigts en elle. Elle laissa échapper un son aigu et plaqua ses deux mains sur sa bouche. On aurait dit qu'elle avait envie de me tuer, mais pas avant que je la fasse jouir.

Heureusement, Vernon était plus intelligent que l'ado niais moyen et ne débarqua pas dans ma chambre comme d'habitude, parce que je n'avais assurément pas fermé la porte à clé.

— Vous avez trouvé quelque chose de louche ?

Ma voix était assurée, mais je faillis gémir bruyamment quand Ollie referma ses jambes, ma main encore piégée entre elles. Je la caressai, bougeant mes doigts pour toucher tout ce que je pouvais atteindre, ne relâchant jamais la pression sur son clitoris ; ses yeux s'embrasèrent d'un feu noir, et son dos se cambra tandis qu'elle s'efforçait de ne pas faire un seul bruit. Je lui souris et essayai de me concentrer sur ce que Vernon criait à travers la porte.

— Je ne crois pas qu'il y avait quelqu'un à l'étage, et je n'ai trouvé aucune caméra. Mais je connais un mec dans un de mes cours qui peut faire une recherche plus approfondie. C'est un de ces complotistes qui pensent que l'État surveille nos moindres faits et gestes via nos webcams. Je vais lui demander de venir pour vérifier que tout est OK, pour être sûr.

Je grognai quand une des jambes d'Ollie se plia et que son genou effleura mon pénis. Je ne savais pas si elle l'avait fait exprès ou non, mais quoi qu'il en soit, j'appuyai plus fort sur son clitoris et fis aller et venir délibérément mes doigts dans son vagin trempé de cyprine. Si Vernon entrait, il entendrait forcément les bruits mouillés et sexy qui s'élevaient du lit. Mon envie de m'enfouir en elle était telle que je la sentais dans toutes les fibres de mon corps.

— Mais…, reprit Vernon, et j'entendis un bruit sourd, comme s'il posait sa main contre la porte. Est-ce que tu as bricolé l'escalier récemment ?

Je me figeai, fronçai les sourcils et posai mon front contre celui d'Ollie qui s'était soudain mise à trembler de la tête aux pieds. Un afflux de cyprine chaude me coula sur les doigts et un gémissement s'éleva derrière ses mains.

— Non. Je n'arrête pas de me dire que je dois le faire, mais je n'ai pas eu le temps ni un seul week-end de libre.

Et mon esprit avait eu suffisamment à faire avec quelqu'un ces derniers temps.

Je baissai les yeux vers la fille qui m'adressait un regard noir. Le vieux n'apprécierait pas la tournure que prenaient les événements : c'était censé être bas-les-pattes. Cette pensée me fit adresser un petit sourire à Ollie, et je ne fus pas surpris qu'elle y réponde avec un petit coup de poing dans mon torse.

— Je demande parce que, quand on est montés avec Harlen, ça n'a pas grincé. Ni craqué. Zéro bruit. Je suis même monté et descendu plusieurs fois en courant. Rien du tout.

Je l'entendis soupirer, et il y eut un autre coup sur la porte, comme s'il poussait la porte pour s'écarter.

— Enfin bref, je vais dormir avec Harlen. C'est une nuit

étrange, et j'ai un mauvais pressentiment. Ne renvoie pas Ollie à l'étage.

Je regardai Ollie et dis, à elle plus qu'à lui :

— Ne t'inquiète pas : elle ne bouge pas d'ici.

Et pas seulement pour ce soir. Moi aussi, j'avais un mauvais pressentiment. Je ressentais cet étrange fourmillement dans ma nuque indiquant que les ennuis ne faisaient que commencer et que je devais être sur le qui-vive.

Avant que les choses aillent plus loin entre Ollie et moi, je calai sa tête sous mon menton et enroulai mes bras autour d'elle assez fort pour qu'elle ne puisse pas s'enfuir. Je ne voulais pas la brusquer ni lui donner une autre excuse pour mettre de la distance entre nous maintenant qu'elle me croyait en danger à cause d'elle.

— On discutera demain. On pourra établir un plan d'attaque et tu me diras pourquoi tu as si peur que quelqu'un te surveille. Quand tu m'as dit que tu n'avais pas eu le choix de faire ce que tu as fait, je n'étais pas prêt à t'écouter, soufflai-je en la serrant dans mes bras si fort qu'elle se mit à couiner. Je le suis maintenant.

Elle devait être perdue dans ses pensées car, pour une fois, elle ne protesta pas et se détendit dans la cage que créait mon étreinte autour d'elle.

Qu'elle soit amie ou ennemie, je gardais Ollie près de moi.

Si près qu'il deviendrait impossible de nous distinguer l'un de l'autre.

15

Ollie

Sortir en douce du lit de Huck le lendemain matin fut plus facile que je le pensais. Après tout, nous nous étions couchés tard, et comme l'avait dit Vernon, c'était une nuit étrange. Huck était manifestement crevé : une légère ombre soulignait ses yeux, trahissant sa fatigue, bien qu'il soit profondément endormi. Ce fut aussi un jeu d'enfant de monter discrètement à l'étage maintenant que les marches ne grinçaient plus à chaque pas, même si je ne voulais pas penser au comment ni au pourquoi. Tout ce que je savais, c'était que je devais quitter cette maison et partir aussi loin que possible de Huck. C'était un sentiment aussi puissant que l'avait été mon envie de me rapprocher de lui, à peine quelques heures plus tôt.

Mon cœur se serra de douleur quand j'attrapai le sac de voyage rangé dans un coin de la chambre. Il était toujours prêt, pour que je puisse m'enfuir aussi vite que possible si jamais Sawyer devenait une menace immédiate. Logiquement parlant, il était impossible que mon harceleur furète dans le noir et rôde dans la maison, réparant l'escalier pendant que nous étions en cours – il était en fauteuil roulant, pour l'amour du ciel – mais la peur éradiquait toute pensée rationnelle quand il était question de mon ennemi juré.

De toute évidence, il fallait que j'arrête de prendre les mauvaises décisions dès qu'il était question de Huck et Sawyer.

Je devais cesser d'être égoïste et de faire passer mes propres pensées et sentiments avant tout le reste. Depuis l'instant où je m'étais introduite dans la vie qu'il avait reconstruite, Huck n'avait cessé de me dire que j'allais tout détruire, et je ne l'avais pas écouté. Tout ce que je voyais avec mes œillères, c'était des scènes de ma propre rédemption. Tout ce que je ressentais, c'était la première respiration que j'avais prise depuis qu'il m'avait été si brutalement arraché. Ce ne fut qu'en voyant l'air terrifié de Vernon et l'inquiétude accrue sur le beau visage de Huck que j'avais compris qu'il avait raison : je pouvais mettre d'autres innocents en danger. C'était précisément ce qu'il s'était passé autrefois, avec mon camarade de fac ; mais il était un étranger, et la culpabilité n'avait pas été aussi pesante qu'elle l'était à présent.

Je comprenais enfin la rancœur de Huck et pourquoi il m'avait repoussée quand j'étais arrivée ici. Je ne pensais qu'à moi, au point que je ne voyais plus personne d'autre. J'avais tort dès le début, complètement, inexplicablement tort.

Je n'aurais jamais dû laisser Sawyer se servir de ma mère comme d'une arme contre moi. Et une fois qu'il avait commencé, j'aurais dû dire la vérité à ma mère sur les actes de Sawyer. Peut-être aurait-elle décidé de partir pour me protéger, plutôt que de me laisser souffrir pour la protéger. C'était tellement alambiqué, tout ce bazar.

Et jamais je n'aurais dû ramener le passé à la porte de Huck après tout ce qu'il avait fait pour le laisser derrière lui.

Je l'avais blessé, et il avait guéri. Puis j'étais revenue parce que je n'avais nulle part où aller et que j'étais aussi paumée et empotée qu'à quatorze ans, et j'avais rouvert ses cicatrices.

J'étais une mauvaise personne. D'autant plus maintenant, car que je savais que jamais je n'oublierais ce que j'avais éprouvé en sentant ses mains bouger sur ma peau cette nuit. J'étais certaine que le souvenir de sa bouche sur la mienne me hanterait jusqu'à mon dernier souffle.

Mercer avait raison. Il était impossible de décrire la différence entre être avec quelqu'un juste comme ça, et être avec quelqu'un parce que vous en aviez vraiment envie. Huck était le seul dont j'aie jamais eu *besoin*, mais aujourd'hui, il était aussi le seul que j'aie jamais *voulu*. Le seul à propos de qui je me demandais si je pouvais vivre sans lui.

Ce qui signifiait que je devais faire ce qu'il m'ordonnait de faire depuis le début.

Je devais partir aussi loin de lui que possible pour ne donner à Sawyer aucune raison d'ébranler la vie de son demi-frère. Je m'étais servi de Huck comme d'un bouclier, mais il avait déjà pris bien assez de balles pour moi. Si je n'agissais pas maintenant, impossible de savoir ce que Sawyer pourrait lui faire, ni à quel point je pourrais le blesser par inadvertance.

Et je ne supportais pas l'idée que ça arrive. J'avais fait suffisamment de dégâts comme ça.

J'avais été tellement perturbée qu'il ait été déshérité et chassé de chez lui à cause de moi que j'avais laissé des personnes sans scrupules reprendre le contrôle de ma vie. S'il arrivait malheur à Huck à cause de mes décisions stupides et de mon incapacité à me défendre, je ne m'en remettrais jamais.

J'essayai d'appeler Mercer en sortant de cette maison qui n'était désormais plus un refuge impénétrable à mes yeux. Elle ne répondit pas, bien entendu. Le problème quand on restait dans son coin, c'était qu'on n'avait personne sur qui compter quand on était dans le pétrin. Il fallait que je m'éloigne de Huck et ses amis le plus vite possible, mais j'avais aussi besoin d'un moment de répit pour échafauder un plan. Ce n'était pas comme si j'avais une tonne d'argent à disposition pour m'enfuir.

J'avais besoin de quelqu'un avec qui parler et partager ma peur.

Il ne me restait plus qu'une seule personne en qui j'avais confiance.

M. Peters.

Il ne savait pas tout de mon passé ni de mon lien avec Huck, mais il en savait suffisamment. Je lui avais dit que je venais de perdre ma mère et que mon budget était serré quand je l'avais supplié de me laisser emménager dans la maison. Et même sans avoir eu besoin de lui expliquer, il avait compris que j'avais peur et que j'avais besoin d'argent.

Sans poser de questions, il avait pris mon parti quand Huck avait essayé de me mettre dehors. Il ne fallait néanmoins pas lui faire courir le moindre danger à lui non plus, donc des décisions rapides s'imposaient ; ne restait plus qu'à espérer qu'elles ne me reviendraient pas en pleine figure plus tard.

Je me rendis à pied chez le vieil homme, qui habitait à cinq kilomètres de la colocation. Je ne voulais pas dépenser le peu d'argent que j'avais dans un Uber ou un taxi, et l'exercice physique m'aiderait à me remettre les idées en place. L'air matinal était frais, ça sentait la pluie. J'avançai d'un pas rapide et déterminé pour essayer d'échapper à la tempête qui se profilait. J'appelai M. Peters pour lui faire savoir que j'étais en chemin pour le voir, et fus soulagée qu'il décroche immédiatement. Ma voix devait trahir mon angoisse, car il me demanda plusieurs fois si j'allais bien. Quand je lui dis que j'étais essoufflée parce que je marchais en direction de chez lui, il m'ordonna de m'arrêter et d'attendre qu'il vienne me chercher.

Je lui assurai que je n'en avais pas pour longtemps et raccrochai alors que Huck tentait de me joindre. Comme je ne répondis pas, il me rappela, encore et encore. Puis il changea de stratégie et m'envoya une série de messages en rafale. De peur que ses mots affaiblissent ma détermination, j'éteignis mon téléphone et le rangeai dans la poche arrière de mon jean.

Je lui devais de vrais adieux. Et je voulais encore lui présenter mes excuses et qu'il les accepte. Toute ma vie, je regretterais ce que je lui avais fait quand j'avais été dos au mur.

Il m'avait donné un au revoir inoubliable avant d'être évincé de ma vie de la pire des manières.

Je me devais de le traiter avec la même considération, mais pas à la minute même ; pas alors que mon corps était encore sensible et mon sang encore vibrant de ses caresses et de ses baisers. L'ironie de la situation ne m'échappa pas : il en faudrait désormais beaucoup pour que Huck me convainque de rester, alors qu'il avait tout fait pour me pousser à partir et que cela n'avait nullement entamé ma détermination.

Il me fallut environ quarante-cinq minutes pour arriver chez M. Peters. Il m'attendait sous son porche avec un air renfrogné et une tasse de café. Je dus faire appel à tout mon sang-froid pour ne pas fondre en larmes quand il me prit dans ses bras et me poussa dans la chaleur de la maison.

— Est-ce que les garçons sont méchants avec toi, Ollie ? Si c'est le cas, je vais le leur faire regretter.

Il avait l'air si farouche et protecteur que j'eus de nouveau envie de pleurer. Pourquoi n'avais-je pas des parents qui s'inquiétaient pour moi comme ça ? Cela aurait tout changé.

— Non. Je ne suis pas là à cause des garçons.

J'enroulai les mains autour de la tasse de café qu'il m'avait servie et baissai les yeux vers le liquide noir en retenant mes larmes.

— Je sais que j'ai compliqué les choses en vous demandant votre aide pour m'installer chez Huck, mais j'ai fait une erreur. Je ne devrais pas être dans cette maison. Il faut que je parte, au plus vite. Il faut que je quitte l'État. J'espérais que vous pourriez m'aider à trouver un moyen de partir le plus loin possible avec le peu d'argent que j'ai.

Je déglutis et le suppliai du regard.

— Je sais qu'il n'y a aucun moyen de rompre le bail légalement et de récupérer mon argent, mais si vous pouviez envisager de me rendre une partie des loyers que j'ai réglés d'avance, je vous en serais infiniment reconnaissante.

Le vieil homme grogna et s'assit en face de moi en poussant vers moi sur sa grande table en bois une assiette remplie de bacon, d'œufs et de toasts. Je ne me rappelais pas la dernière fois où quelqu'un m'avait préparé un petit déjeuner.

Les larmes se mirent à couler malgré mes efforts pour les retenir tandis que j'expliquais brièvement à mon propriétaire pourquoi il était vital que je mette autant de distance que possible entre les garçons et moi.

M. Peters prit sa tasse de café et m'observa attentivement.

— Que je comprenne bien : vous vouliez habiter avec Huck parce vous étiez amis d'enfance jusqu'à ce que vous vous disputiez. Les choses se sont mal terminées entre vous, et vous voulez vous faire pardonner. Et vous étiez harcelée. Et maintenant vous avez peur que votre oppresseur vous ait suivie depuis votre ville natale ou qu'il ait engagé quelqu'un pour vous suivre afin de vous ramener chez vous. Et vous pensez qu'il va faire du mal à Huck et ses amis pour vous y forcer.

Je m'éclaircis la gorge et pianotai sur la tasse en céramique entre mes mains.

— Il ne s'est pas contenté de me harceler. Et je n'ai pas peur qu'il m'ait suivie ; il ne constitue pas une menace physique en soi. Mais il est très, très riche et il ne comprend pas le mot « non ». S'il arrive à me ramener chez lui, pour moi, cela revient à être enfermée en prison. Sans exagération. C'est le demi-frère de Huck. C'est à cause de lui que Huck et moi nous sommes retournés l'un contre l'autre.

Je soupirai et pointai un doigt sur mon visage.

— J'ai cette cicatrice parce qu'un soir, bourré, Huck m'a demandé lequel d'entre eux je préférais. J'aurais dû mentir et répondre Sawyer, mais je voulais juste faire monter Huck dans la voiture et rentrer parce qu'il était tard et qu'il pleuvait. C'était moi qui conduisais parce que Sawyer m'y avait obligée ; j'ai planté la voiture et on a été blessés tous les trois. Sawyer a changé le cours de sa vie entière parce qu'il ne supportait pas de savoir qu'il n'était pas mon préféré, qu'il ne passait pas en premier dans ma vie. Il n'est qu'une source de problèmes et il possède assez d'argent pour représenter un vrai danger pour quiconque le contrarie.

Le vieil homme ne semblait pas alarmé le moins du monde, ce qui me paraissait insensé : mon cœur à moi battait si vite que je dus poser une main sur ma poitrine pour m'assurer qu'il n'allait pas en sortir. Je gardai les yeux baissés et me penchai en avant pour reposer ma tasse sur la table, jusqu'à poser mon front contre la surface dure du bois.

— Je crois que quelqu'un est venu me chercher à cause des événements de la nuit dernière : l'escalier du grenier a arrêté de grincer tout à coup. Et j'ai vu une ombre à forme humaine sur le mur. Depuis que j'ai quitté mon ancienne vie, je sais que ce n'est qu'une question de temps avant qu'il me retrouve. Je pensais qu'il cesserait après la mort de ma mère, puisqu'il ne tenait plus sa santé et son bien-être dans la paume de sa main, mais apparemment je prenais mes désirs pour des réalités. Depuis le début, son obsession pour moi est tout ce qui compte pour lui.

M. Peters tapa du plat de la main sur la table et se pencha vers moi.

— D'accord, Ollie. Revenons un peu en arrière. Je veux vous aider, mais vous devez me donner davantage d'informations. Que voulez-vous dire, quand vous dites qu'il tenait la santé de votre mère dans la paume de sa main ?

J'eus la gorge serrée à l'idée de devoir lui raconter tout ça. Non seulement c'était pénible à expliquer mais ça me donnait l'air faible et impuissante, ce que je détestais.

— Ma mère avait une maladie chronique. Elle avait un cœur fragile ; elle se fatiguait vite, était rapidement débordée. Je crois que c'est une des raisons pour lesquelles elle avait peur de partir. Comme elle travaillait pour cette famille depuis longtemps, ils ne lui en demandaient pas trop.

Je poussai un soupir lourd.

— Jusqu'à ce que Sawyer comprenne que le meilleur moyen de me faire obéir était de punir ma mère. Si je faisais quoi que ce soit qui lui déplaisait, il se vengeait sur elle. Elle atterrissait toujours à l'hôpital à cause de quelque chose qu'il l'avait forcée à faire. La nuit de l'accident, quand elle a appris que nous avions tous les trois été blessés et que j'étais inconsciente, elle a fait une crise cardiaque. Personne ne se préoccupe des domestiques, et ce n'est qu'en se rendant compte qu'elle n'était jamais arrivée à l'hôpital où j'étais qu'ils sont allés voir si elle allait bien. Elle avait failli mourir en chemin. Quand elle a fini par reprendre connaissance, le père de Sawyer et Huck lui avait trouvé une place dans un centre de cardiologie et l'avait confiée aux meilleurs médecins que sa fortune pouvait acheter. Au début, j'étais reconnaissante, mais peu de temps après, la mère de Sawyer m'a fait savoir que si je ne corroborais pas l'histoire de Sawyer en disant que Huck était au volant et qu'il avait délibérément causé l'accident, tous les soins médicaux que ma mère recevait s'arrêteraient. C'étaient des machines qui la maintenaient en vie, à ce stade, donc je n'avais pas d'autre choix que d'accepter.

Je me cognai la tête contre la table.

— Chaque jour, je regrette le choix que j'ai fait. Mais comment une enfant de quatorze ans est-elle censée choisir entre sa mère et son meilleur ami ? dis-je, avant de tourner la tête, écartant mes cheveux de mon visage. Pendant quelque temps, je me suis convaincue que Sawyer avait eu ce qu'il méritait après l'accident. Ses blessures l'ont paralysé à vie, mais j'ignorais que les choses tourneraient aussi mal avec lui une fois Huck parti. Sawyer s'est toujours montré excessivement protecteur et autoritaire envers moi, mais dès qu'il a su que je me sentais responsable de lui et de son état, il a profité de la situation, profité de moi. Je n'avais plus le droit de parler aux gens qu'il n'approuvait pas. J'ai dû quitter le lycée et faire mes dernières années de scolarité à la maison parce qu'il voulait toujours m'avoir près de lui si jamais il avait besoin de moi pendant la journée. Je suis devenue son chauffeur, sa cuisinière, sa secrétaire, son accompagnatrice à temps plein. J'étais à sa disposition vingt-quatre heures sur vingt-quatre, sept jours sur sept. C'était épuisant, et il est devenu de plus en plus exigeant avec le temps. Avant même que je termine le lycée, il contrôlait chaque aspect de ma vie, y compris où j'irais à l'université et avec qui je passerais ma vie. Et les adultes qui auraient dû intervenir semblaient s'en foutre totalement. Je ne pouvais demander d'aide à personne, et ma mère arrivait à peine à tenir le coup.

Je fermai les yeux et serrai les poings.

— Au fur et à mesure que j'ai grandi, son attitude envers moi est aussi devenue beaucoup plus agressive et plus sexualisée. Il a commencé à exiger que je l'aide à se changer, puis que je lui fasse sa toilette. Il s'est mis à me toucher, à me tripoter et à me dire tout ce qu'il voulait me faire une fois qu'on serait enfin ensemble. Je n'avais pas mon mot à dire. J'étais morte de peur, et personne ne voulait m'aider ni m'écouter. Chaque seconde de chaque jour, je regrettais l'absence de Huck. Il me manquait tellement. J'ai même arrêté de manger, et pendant des mois et des mois je suis à peine arrivée à fonctionner normalement. J'ai découvert que Sawyer me surveillait en permanence, qu'il avait installé un équipement de vidéosurveillance dans ma chambre et qu'il avait engagé des gens pour me suivre quand j'étais à l'école, tous les jours. Ça a empiré quand je suis entrée à l'université.

Je parvins enfin à croiser le regard de M. Peters et vis que c'était lui à présent qui semblait retenir ses larmes.

— La dernière fois que je me suis sentie en sécurité, ou que j'ai eu l'impression que quelqu'un tenait à moi et se souciait de mes besoins, c'était avec Huck. Alors je l'ai cherché pour être de nouveau près de lui, mais je n'ai pas pensé à ce qui lui arriverait si Sawyer découvrait que nous nous étions retrouvés, et je refuse de lui faire encore une fois du mal. Au début, je m'en croyais capable ; je pensais pouvoir encore le sacrifier si c'était pour rester en sécurité ; mais je ne peux pas. J'ai causé beaucoup de tort dans ma vie, mais je peux rectifier le tir avant qu'il soit trop tard, alors s'il vous plaît, aidez-moi.

Ma voix se brisa sur ces derniers mots, et les sanglots que je retenais finirent par éclater. Cela faisait beaucoup de choses à digérer, mais ça avait été encore pire à vivre et dur d'y survivre en gardant une santé mentale plus ou moins intacte. Mes épaules tremblaient, mon âme aussi. C'était la première fois que je déballais tout de l'atroce dégradation de la situation au fil du temps. Même Mercer ne connaissait pas le fond de l'histoire, parce que je me sentais pathétique. Certains jours, je m'étais même demandé si je ne méritais pas d'être traitée ainsi, parce que c'était à cause de moi que Huck avait été chassé et que Sawyer avait fini en fauteuil roulant.

— Tu en as assez entendu, gamin ? demanda M. Peters en se levant avant de contourner la table.

Sa main flétrie se posa lourdement sur le sommet de mon crâne pour me caresser les cheveux avec la plus grande tendresse.

Je pleurais toujours sans pouvoir m'arrêter quand Huck apparut dans l'encadrement de la porte.

Ses cheveux étaient hérissés et il portait le jean et le T-shirt qu'il avait enlevés avant de se mettre au lit avec moi quelques heures plus tôt. Il vibrait d'une telle colère que je sentais presque la chaleur émaner de son corps, et son regard semblait en fusion, houleux et dangereux.

— Qu'est-ce que tu fais là ? hoquetai-je, secouée de sanglots.

Je n'avais aucune envie de le voir, ni aucune envie qu'il sache tout ce qu'il s'était passé après son départ.

— Depuis combien de temps tu nous écoutes ?

— Assez longtemps, dit-il en entrant dans la salle à manger, où l'atmosphère changea. J'ai appelé l'ancien pour lui demander s'il savait où tu irais te réfugier s'il se passait quelque chose. Il m'a dit de venir parce que tu étais en route et que tu avais l'air bouleversée.

— Comment as-tu fait pour arriver avant moi ? haletai-je.

Que faire ? Il n'aurait pas dû être là. Il n'aurait pas dû être si proche de moi ni se soucier de ce qui m'arrivait.

Il avait raison : je n'apportais que des ennuis et ne ferais que lui attirer des emmerdes. Pourquoi ne l'avais-je pas écouté avant qu'il soit trop tard ? Autrefois et aujourd'hui.

— Je suis venu en voiture. J'ai eu tout le temps de préparer le petit déjeuner et de parler au proprio de ce qu'on devait faire de toi. Il faut qu'on parle posément, Ollie. De beaucoup de choses.

Huck croisa les bras sur son large torse, et je vis qu'il était furax.

Je me passai une main sur le visage puis me levai. Tapotant la main frêle de M. Peters, je lui adressai un sourire tremblotant. Je savais qu'il voulait seulement aider, mais il avait aggravé la situation en faisant venir Huck alors que je m'épanchais et planifiais ma fuite.

Je hochai la tête comme une poupée qui dit oui et jetai un coup d'œil vers la porte d'entrée. Huck était plus imposant et rapide que moi, mais le désespoir donnait souvent des pouvoirs surnaturels aux gens. Impossible de dire jusqu'où j'irais si je partais en courant.

Bon sang, ce n'était même pas dit qu'il me coure après.

Sans réfléchir plus que ça, sans réfléchir du tout, même, je pris la fuite.

Je passai en trombe devant un M. Peters abasourdi et poussai la porte d'entrée avec une force à faire s'entrechoquer mes dents. Je sautai les marches du porche et courus sur le gazon parfaitement entretenu comme si les chiens de l'enfer étaient à mes trousses.

J'avais dépassé deux pâtés de maisons lorsque ma deuxième plus grande peur me rattrapa avant même que Huck ne le puisse.

Dans un craquement assourdissant, des éclairs zébrèrent

le ciel tandis que des nuages noirs masquaient le soleil matinal. Il se mit à bruiner, mais le ciel, avec ses « boum » qui retentissaient dans mes oreilles, semblait aussi furieux que Huck une minute plus tôt. Je m'accroupis sur le trottoir et me couvris la tête des deux bras pour bloquer le son. Je fermai les yeux et me concentrai pour ne pas hyperventiler. Ébranlée par la conversation, j'étais encore en pleurs et tremblante, et je m'étais jetée tête baissée dans cet orage qui allait avoir raison de moi.

Des bras puissants et chauds s'enroulèrent autour de moi au moment où il se mettait à pleuvoir plus fort. J'entendis Huck jurer sous l'averse qui nous trempa instantanément. Il me souleva comme si je ne pesais pas plus lourd qu'une plume, le regard toujours aussi orageux et furieux.

Il fit quelques pas en direction de chez M. Peters, mais je l'arrêtai en désignant du doigt la direction de la boutique de Mercer. Elle n'était qu'à quelques rues, et je me calmerais plus vite dans la chambre qui m'était familière. Je n'avais pas pris mes clés en partant, mais je connaissais le code de la serrure électronique de la porte de derrière réservée aux livraisons. À peine avais-je murmuré à Huck comment se rendre à la boutique et y entrer que je m'évanouissais dans ses bras, tandis qu'il me hurlait que j'étais une idiote.

Je sombrai rapidement ; mais pour une fois je n'avais pas peur de ce qui allait m'arriver alors que j'étais inconsciente et ne maîtrisais rien.

Parce que Huck veillait sur moi.

16

Huck

Je jonglais entre le corps inerte d'Ollie, qui naviguait entre conscience et inconscience, et mon téléphone, que j'avais sorti pour dire à M. Peters que je l'avais récupérée et que je m'occupais d'elle. C'était délicat. Ça, plus le soudain déluge de pluie… j'avais de la chance de ne faire tomber aucune des choses fragiles que j'avais entre les mains.

Le déferlement d'eau froide sembla rallonger le chemin jusqu'à la petite boutique de seconde main. Quand j'atteignis enfin la porte de derrière, située dans une ruelle, j'étais trempé et les cheveux bouclés d'Ollie lui collaient au visage et à la peau. Je tapai le code de la serrure électronique tant bien que mal, en me trompant quelques fois, parce que j'avais peur de faire tomber Ollie. Elle n'était pas bien épaisse, mais ce n'était pas non plus un poids plume. Elle avait la carrure moyenne d'une jeune femme de dix-neuf ans, avec des courbes aussi charmantes que le reste de sa personne et suffisamment généreuses pour que je puisse les attraper dans l'intimité.

J'étais passé cent fois devant ce petit magasin kitsch en allant et venant en ville. Je n'y étais jamais entré, mais je savais que beaucoup de filles de la fac aimaient aller y acheter des vêtements et des sacs de marque vintage. J'ignorais totalement qu'Ollie y travaillait et qu'elle avait vécu dans une pièce de l'arrière-boutique pendant l'été en attendant que je cède et la laisse emménager dans la maison victorienne. Elle attendait là, juste sous mon nez, depuis si longtemps. Je me sentis idiot de ne pas m'en être rendu compte plus tôt. J'aurais cru que notre proximité soudaine, après tant d'années, aurait fait trembler la terre, comme si nous étions des plaques tectoniques frottant l'une contre l'autre, créant une catastrophe naturelle. Je ne comprenais pas comment son arrivée avait pu être si discrète, ni pourquoi elle s'acharnait à essayer de partir.

L'intérieur du petit magasin était chaleureux et il y régnait un parfum sucré de vanille. Il était encombré de boîtes, de sacs et de portants remplis de vêtements aux couleurs vives. On aurait dit une boutique de déguisements. Les quelques objets que je distinguais clairement semblaient avoir davantage leur place dans *Gatsby le magnifique* ou *La Fièvre du samedi soir*. Chaque pièce était unique, ça, c'était sûr.

Il me fallut une minute pour trouver la pièce de l'arrière-boutique dotée d'un lit. Quand je l'aperçus enfin, Ollie avait ouvert les yeux, et elle semblait reprendre ses esprits. Elle me demanda de la poser, mais j'avais peur qu'elle s'effondre de nouveau, alors je la jetai sur le petit lit une place. Elle rebondit sur le matelas et jura en portant la main à ses cheveux dégoulinants. L'embarras fit passer son visage d'une pâleur terrifiante au rose vif en quelques secondes.

— On est trempés, dit-elle en repoussant une mèche ruisselante de son visage. Je vais chercher des serviettes et voir si Mercer a quelque chose qui traîne pour que tu puisses te changer. Il y a un sèche-linge dans la salle de bains. Je peux y mettre tes vêtements pendant qu'on attend que l'orage passe.

Un coup de tonnerre retentissant noya ses dernières syllabes. Ollie poussa un cri et plaqua ses mains sur ses oreilles. Elle se balança d'avant en arrière au bord du lit, en répétant en boucle :

— Ça va aller. Tout va bien. Ce n'est que la foudre. Elle ne peut pas te faire de mal.

On aurait dit une enfant. J'oubliais facilement qu'elle était si jeune, parce que je savais qu'elle avait eu une enfance peu conventionnelle.

Comme moi, elle avait vécu toute une vie en un rien de temps ; cela nous donnait l'air plus vieux, plus las que les gens de notre âge.

Quand elle avait raconté à notre propriétaire ce qui s'était passé avec Sawyer, j'avais dû physiquement m'agripper à quelque chose pour ne pas mettre un coup de poing dans le mur. La façon que Sawyer avait de traiter Ollie et la manière dont les adultes autour d'elle avaient toléré son attitude quand j'étais là avaient été suffisamment horribles. La rage qui m'avait saisi quand j'avais entendu que mon demi-frère avait quasiment fait d'elle son joujou personnel après mon départ était assez incandescente pour carboniser le ressentiment et la déception que je ressentais encore envers elle. J'avais voulu la punir de l'avoir choisi lui plutôt que moi à l'époque. En réalité, elle avait fini par se punir elle-même bien plus que moi ou qui que ce soit d'autre le pourrions jamais.

Je n'avais jamais aimé Sawyer et je ne lui avais jamais fait confiance.

Je l'avais détesté après l'accident.

Aujourd'hui… je voulais le tuer. Et je n'avais plus aucun mal à pardonner à Ollie.

J'aurais dû essayer de trouver des réponses plus tôt, mais j'avais été aveuglé par mon propre sentiment d'abandon. Ce n'était pas un sentiment dont on se remettait facilement.

Il fallait que je lui fasse payer tous ses coups tordus envers Ollie. Que je révèle au monde le véritable monstre qu'il était. Que je m'assure qu'il ne s'approcherait plus jamais de la fille terrifiée pour toujours qui était en train de s'effondrer devant mes yeux.

J'étais plus convaincu que jamais que c'était lui qui était responsable de l'accident cette nuit-là. Son seul moyen d'avoir un contrôle total sur Ollie était de faire en sorte qu'elle lui soit redevable. Je doutais qu'il ait prévu de se blesser à un tel degré, mais j'avais la certitude qu'il savait qu'Ollie se sentirait responsable de l'accident et resterait à ses côtés par culpabilité. Et il y avait de grandes chances pour que son esprit tordu ait cru que je mourrais ce soir-là et que je sortirais de la vie d'Ollie pour toujours. Pour Sawyer, le risque en valait la chandelle.

Je me plantai devant Ollie en soupirant. Je posai une main sur le sommet de sa tête, ses cheveux mouillés adhérant à mes doigts. Ses boucles dorées étaient froides au toucher, mais encore souples et soyeuses.

— Ce n'est qu'un orage. Même s'il est terrible, il passera.

C'était vrai. Même destructrice et dévastatrice, la pire tempête finissait toujours par se calmer et laisser place à des jours plus ensoleillés.

— Viens, on va te sécher.

Mon cœur ne supporterait pas qu'elle retombe dans les pommes. Chez l'ancien, ce même cœur avait bondi quand elle s'était ruée vers la porte d'entrée. Je savais que je pouvais la rattraper et qu'elle n'irait pas loin, mais j'avais été incapable de raisonner la panique aveugle qui m'avait saisi. J'étais terrifié. Je savais que je ne la reverrais jamais si je la quittais des yeux, et j'avais été soulagé quand il s'était mis à pleuvoir et qu'elle avait faibli. Cependant, dès qu'elle s'était effondrée dans mes bras, mon cœur s'était serré et je m'étais senti mal de l'avoir fait fuir. C'était comme si nous jouions à chat en permanence. L'un de nous fuyait toujours, et l'autre lui courait désespérément après pour des raisons qui nous dépassaient.

Une petite flaque s'était formée à mes pieds. Je retirai mon T-shirt. Le lit devait être trempé sous ses fesses, mais Ollie ne semblait pas disposée à bouger. Je m'approchai d'elle, me postant entre ses jambes pour attraper son T-shirt mouillé.

Je comptais le lui enlever et l'envelopper de la couverture du lit jusqu'à ce que je réussisse à la convaincre de retirer ses autres vêtements, mais toute pensée rationnelle s'envola quand je découvris qu'elle était partie de la maison ce matin avec le strict minimum, c'est-à-dire sans soutien-gorge.

La vue de ses seins nus et de ses tétons couleur cerise durcis par le froid de la pluie me fit l'effet d'un coup de poing dans le ventre. Je retins mon souffle et détournai les yeux, mais trop tard. L'image était gravée dans mon cerveau, et j'eus l'eau à la bouche en me rappelant le goût de sa peau.

Je m'éclaircis la gorge et commençai à reculer. Je n'allai pas bien loin : une seconde plus tard, ses mains étaient sur mes hanches pour me tirer vers elle. Ses doigts se plantèrent dans le tissu de mon jogging et ses lèvres froides se posèrent juste au-dessus de mon nombril. Mon corps tout entier fut secoué d'un frisson, et je posai une main sur son épaule pour la repousser.

— Tu t'es évanouie il y a dix minutes. Je ne sais pas ce dont tu as besoin pour aller mieux dans l'immédiat, mais je suis quasi sûr que ce n'est pas de sexe.

Cela devait entrer dans l'histoire comme la seule fois où j'avais les idées claires quand tout le sang de mon cerveau affluait vers mon entrejambe.

Elle posa son front contre mes abdos et passa ses mains autour de ma taille. Elle fut secouée d'un tremblement trahissant sa peur, mais je compris que ce n'était pas l'orage qui la bouleversait quand elle me demanda :

— Est-ce parce que tu sais ce que Sawyer a fait ? Ça te

dégoûte que je l'aie laissé me manipuler aussi longtemps ? C'est la faiblesse dont j'ai fait preuve après ton départ qui te choque ?

Ayant encore la main posée sur son épaule, je la poussai légèrement en arrière, attrapai son menton de l'autre main, et la forçai à lever les yeux vers moi. Elle battit des cils et avoua à voix basse :

— Parce que moi, oui. Pendant longtemps, j'ai tellement pensé à fuir que je n'avais ni le temps ni l'énergie de me soucier de ma propre passivité. Mais aujourd'hui, je la sens me ronger. J'aurais dû faire quelque chose… n'importe quoi… plutôt que de subir. J'aurais dû me défendre d'autant plus que personne d'autre ne le faisait. Je me rends compte aujourd'hui que ce n'était pas ton boulot, Huck.

Je grognai et passai mon pouce le long de sa mâchoire.

— Ce n'était pas mon boulot, mais je me suis porté volontaire pour le faire. Peut-être que c'est ma faute, que j'ai fait du si bon boulot que tu t'es retrouvée sans défense quand je suis parti. J'aurais mieux fait de t'apprendre à gérer Sawyer. Il a joué avec nous, mais ni toi ni moi n'avons besoin de nous plier à son petit jeu aujourd'hui. Il n'y a pas une once de mal chez toi, Ollie. Il ne t'a pas détruite. Tout ce qu'il a fait, c'est te rendre plus intelligente et plus forte. Tu lui as échappé, et moi aussi. On a gagné. Même s'il n'arrête jamais d'interférer dans notre vie, on a réussi à se défaire de son emprise, et le manque de contrôle va le rendre dingue. Prends les petites victoires où tu peux, parce que tu ne sais jamais quel genre de perte tu vas devoir affronter ensuite.

J'espérais qu'elle assimilait tout ce que je disais, mais c'était difficile à dire.

— Et je veux que tu saches… je suis désolé pour ta mère. Je sais que ça a été dur de la perdre, et tu as traversé ça toute seule.

Ses yeux sombres, plus indéchiffrables que jamais, ne dévoilaient rien. Incapable de résister à ses lèvres entrouvertes et à son expression meurtrie suppliant qu'on la réconforte, je me penchai et inclinai la tête pour déposer un petit baiser sur ses lèvres. Elle retint son souffle à ce léger contact, mais me rendit mon baiser aussitôt.

Je pensais toujours que le sexe ou quoi que ce soit dans cette veine n'était pas la meilleure option vu son état d'esprit actuel, mais il me fut impossible de reculer quand elle darda sa langue pour la mêler à la mienne. Ses actes me montèrent à la tête trop vite pour que ma volonté et mon bon sens interfèrent avec de bonnes intentions. Et puis, la galanterie, ce n'était pas trop mon truc, alors je manquais cruellement de pratique dans ce domaine.

Seul, aucun de nous n'avait réussi à terrasser le dragon qui ne cessait de nous incendier tous les deux. Peut-être que la clé était de rester ensemble et de combattre de front, pour être deux fois plus puissants. Quand nous étions enfants et inséparables, Sawyer n'avait jamais le dessus. Peut-être avions-nous besoin de revenir au début pour nous libérer du passé. Nous pouvions rétablir l'équilibre dans la balance sans que l'influence de Sawyer ajoute du poids d'un côté ou de l'autre.

Je levai la tête et baissai les yeux sur elle, lui faisant en silence des promesses que j'espérais pouvoir tenir. Elle m'adressa un sourire bancal, et je sus à cet instant que je pourrais déplacer des montagnes et décrocher la lune si elle me le demandait.

J'étais à deux doigts de lui rappeler que nous devions enlever nos vêtements trempés, mais les mots ne vinrent jamais car, une fois encore, ses lèvres se posèrent sur mon abdomen. Seulement, cette fois, elles ne restèrent pas immobiles. Elle traça une ligne de baisers sur mon ventre et s'arrêta pour plonger le bout de sa langue dans mon nombril. Ses bras se resserrèrent autour de ma taille et m'attirèrent contre elle alors qu'elle attrapait la ceinture élastique de mon pantalon. Si elle était sortie de la maison sans prendre la peine de mettre un soutien-gorge, j'étais parti sans prendre le temps de mettre un caleçon. Elle baissa mon jogging avec détermination, révélant mon érection grandissante. Nous étions tous les deux à moitié nus dans la petite pièce.

Je poussai un grognement d'avertissement : elle allait franchir un point de non-retour, quand moi je faisais de mon mieux pour être la personne responsable dans ce chaos.

Elle m'ignora, faisant descendre ses lèvres de plus en plus bas. Quand elle atteignit mon pubis, je bandais comme un taureau. Elle avait baissé mon pantalon jusqu'à mes chevilles, et sa bouche enveloppa ma queue avant que je puisse formuler une vraie raison de l'arrêter.

Ses mouvements étaient adorablement désordonnés, loin

d'être suaves, mais j'étais quasi sûr de n'avoir jamais autant apprécié une pipe. L'intérieur de sa bouche était chaud et mouillé, et le léger tremblement de sa main lorsqu'elle s'enroula autour de la base de mon sexe était charmant dans son innocence. J'avais l'impression que j'allais exploser au fond de sa bouche avant de pouvoir mémoriser son expression et toutes les questions qu'elle avait dans les yeux. Je passai ma main sous la lourde cascade de ses cheveux mouillés et l'attrapai par la nuque. Elle essayait d'en prendre trop et de bouger trop vite pour quelqu'un qui n'avait clairement jamais fait ça avant. Au lieu de la pousser davantage et d'essayer d'aller plus profondément, je me servis de mon emprise pour la faire ralentir et rendre ses mouvements plus légers.

Je grognai quand elle lécha la fente sensible à l'avant de mon sexe. Elle était peut-être novice, mais ses instincts étaient parfaitement justes. Ce petit coup de langue fit rouler mes yeux dans leurs orbites et je verrouillai mes genoux pour ne pas tomber à la renverse. Elle allait et venait, finit par trouver un rythme rapide qui lui convenait, et comprit rapidement que ce qu'elle ne pouvait pas avaler de mon sexe, elle pouvait le couvrir de sa main quand c'était devenu glissant.

J'avais l'impression qu'elle essayait de réparer tous les dégâts qui avaient été faits, et j'étais obligé de la laisser faire, démuni face à ses caresses hésitantes. Quand elle me suça en aspirant ses joues, faisant habilement tourner sa langue autour de ma chair, je ne pus réprimer un grognement. Le plaisir pulsait à la base de ma colonne vertébrale et je sus qu'elle allait se retrouver la bouche pleine de sperme si elle ne reculait pas.

— Ollie.

Son nom sortit dans un halètement car elle avait décidé de se consacrer à la veine palpitante sur le dessous de mon sexe. Elle semblait lécher au rythme de mon pouls, qu'elle poursuivit jusqu'à la base de ma queue. Je sentis ses doigts glisser à l'intérieur de ma cuisse et je faillis perdre la tête. Je lui saisis la nuque plus fort que je ne l'avais voulu, et la forçai à retirer de sa bouche la chair palpitante qu'elle léchait avec gourmandise.

— Il faut qu'on arrête.

N'est-ce pas ?

Ce n'était ni le moment ni le lieu pour faire ça, si ?

Son amie pouvait venir au travail à tout moment, et j'étais encore inquiet qu'elle soit tombée dans les vapes un peu plus tôt. Sans parler de l'agitation qu'elle devait ressentir après avoir partagé son passé avec notre propriétaire.

Au lieu d'acquiescer tranquillement comme je m'y attendais, elle posa une main sur mon ventre pour me faire reculer et se leva devant moi. Elle prit mon visage entre ses mains et m'embrassa fougueusement. Puis, alors que j'essayais encore de m'en remettre, elle me contourna pour s'approcher d'une vieille coiffeuse à l'autre bout de la pièce, avant de retirer son jean mouillé. Elle était aussi nue que moi sous ses fringues. J'aurais dû me baisser et remonter mon jogging, mais j'étais trop occupé à la regarder se pencher pour fouiller dans un tiroir. Je n'avais aucune idée de ce qu'elle faisait, mais j'aimais regarder ses fesses rondes tandis qu'elle cherchait je ne sais quoi.

Elle avait bien grandi, et soudain je compris pourquoi je n'avais jamais vraiment eu de type de femme et pourquoi elles avaient toutes leur propre attrait à mes yeux.

C'était elle que je préférais.

C'était elle que j'avais choisie, elle pour qui j'étais prêt à me sacrifier.

C'était elle que j'avais essayé de garder auprès de moi alors que j'avais toujours été capable de quitter les autres.

Aucune autre femme n'était Ollie, elles remplissaient simplement le vide qu'Ollie avait laissé dans ma vie quand nous nous étions dit adieu.

— Ah ah. Je savais que Mercer en planquait quelque part.

Elle se retourna, un petit paquet carré en aluminium à la main. Un préservatif. C'était un préservatif qu'elle cherchait, ce qui voulait dire qu'elle ne comptait pas s'arrêter là.

— Ollie, dis-je sur un ton d'avertissement tout en me passant la main dans les cheveux. Tu sais ce que tu es en train de faire ?

À peine quelques minutes plus tôt, elle s'effondrait émotionnellement ; à présent, elle jouait avec le feu.

Elle pencha la tête sur le côté et pointa du doigt mon pantalon en boule sur mes baskets.

— Enlève ça et assieds-toi.

J'obéis, un peu sonné. Après que j'eus retiré mes baskets et enlevé mon pantalon, elle s'approcha, ses yeux plantés dans les miens.

— Même si c'est seulement une fois, je veux le faire avec quelqu'un à qui je tiens. Je veux le faire avec quelqu'un qui tient à moi. Laisse-moi avoir ça, Huck.

Elle se plaça entre mes jambes et tendit le préservatif jusqu'à ce que je le lui prenne des mains.

— C'est toi qui as dit qu'on ne sait jamais ce qu'on va perdre, et qu'on doit célébrer les victoires quand elles sont là. Laisse-moi gagner cette fois, s'il te plaît ?

Comment refuser quand elle me le demandait comme ça ? Même si je n'avais pas vraiment envie de dire non, de toute façon.

Je la voulais.

Je pouvais l'admettre sans gêne.

Il y avait mille et une choses que nous devions encore tirer au clair entre nous, mais pour l'instant, je pouvais me dévouer à son bien-être si c'était ce qu'elle voulait de moi.

Il ne me fallut qu'une seconde pour mettre la protection en place. Après tout, contrairement à elle, j'avais plus qu'assez de pratique. Peut-être trop, à vrai dire, mais il n'y avait pas de bouton « *reset* » pour le passé ; nous devions vivre avec toutes nos erreurs comme toutes nos fiertés.

J'attrapai Ollie par la taille et la tirai vers moi. Elle pigea vite et s'assit à califourchon sur moi. Ses cuisses étaient douces contre les miennes, sa peau encore légèrement froide à cause de la pluie. Elle passa ses bras autour de mon cou et pressa ses seins contre mon torse. Je sentis ses tétons pointer contre ma peau quand je passai la main le long de sa colonne vertébrale.

Je refermai ma bouche sur la sienne et l'aidai à s'installer au-dessus de ma bite en érection. La chair de poule couvrit sa peau à mesure que le baiser s'intensifiait, et son corps se mit à onduler comme si elle ne pouvait pas s'empêcher d'essayer de trouver ma rigidité pour s'y frotter. Elle respirait vite, fort, et ses doigts se plantèrent dans mon épaule assez profondément pour laisser une marque.

Ce n'était pas le genre de préliminaires que je préférais d'habitude pour me mettre moi ou ma partenaire dans l'ambiance, mais le simple fait que c'était elle et moi m'excitait plus que n'importe quel préliminaire dont j'avais pu faire l'expérience. Rien que de sentir sa peau contre la mienne me rendait dingue. Sentir sa bouche sur la mienne alors que je respirais son odeur et exhalais tous les mauvais souvenirs du passé me faisait bander plus fort que jamais.

— Je te veux, Huck.

Elle avait murmuré, mais c'était comme si elle avait crié, parce que je n'entendis rien d'autre.

— Je suis à toi, Ollie.

Même sans le sexe et la surprise de sa venue imprévue. J'avais toujours été à elle. Même quand je m'étais convaincu du contraire.

Comme elle était inexpérimentée et plus hésitante que je l'aurais cru, je l'aidai à se mettre en position et à me guider en elle.

La première poussée de mon gland dans son vagin brûlant tira un gémissement de plaisir du plus profond de ma poitrine. Elle gémit en retour et fit aller ses hanches d'avant en arrière. Tout en passant lentement le revers de mes doigts entre ses plis mouillés et dans sa cyprine soyeuse, je maintenais ma queue jusqu'à ce qu'elle soit totalement en elle. Aussitôt, tous ses muscles internes se crispèrent et serrèrent la chair épaisse qui s'était introduite en elle.

Je posai une main derrière moi, sur le bord humide du matelas, et me penchai un peu en arrière pour regarder l'endroit où nos corps étaient joints. Elle avait des grains de beauté partout. Même là. C'était foutrement mignon, et ça me faisait encore plus oublier que j'étais censé être un mec bien à ses yeux.

Elle se mit à bouger sans que j'aie besoin de la guider.

Elle s'agrippa à mes épaules pour garder l'équilibre et renversa la tête en arrière en montant et descendant sur mon sexe comme si elle l'avait fait mille fois. Son corps serrait le mien comme s'il ne voulait plus jamais le laisser partir, et ma queue était trop heureuse de palpiter dans son étroite chaleur. Je la regardai se soulever et s'abaisser sur mon sexe durci entre nous ; j'adorais sa façon de m'aspirer et de me couvrir de cyprine à chaque mouvement.

Je laissai une main sur sa hanche et passai l'autre sur la crête de son sein. J'en pris le globe au creux de ma paume et fis rouler son téton enflé sous mon pouce. Elle laissa échapper un gémissement étranglé, et ses lèvres se posèrent dans mon cou. Le pincement de ses dents suivit bientôt, alors que ses mouvements devenaient plus rapides et légèrement plus frénétiques.

C'était infiniment bon d'être en elle, mais c'était bon

aussi d'être simplement *près* d'elle. De la toucher. De la goûter. Être physiquement connecté à elle était un plaisir. Mais être connecté à elle comme nous l'avions été, quand j'avais l'impression que personne ne me connaissait mieux, que personne ne tenait plus à moi qu'elle, voilà le vide que j'avais essayé de combler depuis que je l'avais quittée. Voilà le vide qu'elle seule pouvait faire disparaître.

— Je me sens bizarre, souffla-t-elle contre ma peau, ses mots courant contre mon pouls. Qu'est-ce qui m'arrive ?

Je me concentrais tellement pour ne pas jouir avant elle qu'il me fallut un instant pour comprendre ce qu'elle voulait dire. Je sentis ses muscles se crisper et trembler autour de ma bite, ainsi qu'un afflux de cyprine arriver. Tout s'intensifia quand je jouai avec son téton un peu plus brutalement.

Elle n'était pas vierge, sans que ça veuille dire qu'elle savait ce que le sexe devait être. Je n'étais pas son premier, mais c'était tout comme.

— Tu vas jouir.

Elle leva la tête et me regarda comme en état de choc.

Sa bouche forma un joli petit « o » de surprise, et une seconde plus tard, elle poussa un gémissement, et je sentis son corps se détendre tout autour de moi.

Sa stupeur était charmante, et son expression et sa réaction brutes suffirent à me faire basculer juste après elle. Dans l'ensemble, pas ma meilleure performance – tout avait été trop rapide et trop brouillon –, mais certainement le rapport sexuel le plus important de ma vie.

— Je ne m'attendais pas à ça.

J'aimais qu'elle soit enfin honnête avec moi, sur tout.

— Au sexe ou à l'orgasme ?

Les deux étaient une surprise. Nous avions été amis et ennemis. Je n'avais jamais imaginé que nous finirions par devenir amants.

— À tout ça, et à toi. C'est une surprise sans fin, dit-elle d'une voix douce et rêveuse.

Quand nous étions enfants, le monde était trop petit, trop étroit, trop confiné.

En grandissant, nous l'avions trouvé trop grand, trop vaste, trop effrayant.

Maintenant, quand nous étions ensemble, le monde était tel qu'il devait être. C'était un ajustement parfait. Ni trop grand ni trop petit. Ni trop chaud ni trop froid. Ni trop dur ni trop doux. Tout était juste bien, enfin.

17

Ollie

J'étais encore légèrement étourdie et un peu sonnée par tout le plaisir et la satisfaction qui irradiaient dans mes veines. Il n'y avait plus de place dans mon corps ni dans mon cerveau pour la peur qui m'immobilisait d'ordinaire pendant l'orage. Pas quand j'étais consumée par cette manière totalement nouvelle d'être avec Huck.

Si être son amie avait été mon rôle préféré, je ne pouvais pas nier qu'être son amante présentait des avantages que je n'avais pas imaginés. Franchement, je n'aurais pas pensé que le sexe pouvait faire autant de bien, que c'était assez puissant pour balayer toutes les autres émotions. Je ne savais pas que ça me permettrait de voir une tout autre facette de Huck et de moi-même. Enfants, nous avions toujours eu une honnêteté innocente l'un envers l'autre, mais il y avait quelque chose d'encore plus sincère et franc dans le fait d'être nus et ainsi joints l'un à l'autre. Il me semblait qu'il serait impossible de lui cacher quoi que ce soit désormais, et j'espérais qu'après aujourd'hui, il serait plus facile de le percer à jour. En plongeant dans ses yeux teintés d'or pendant que son corps bougeait à l'unisson avec le mien, j'avais eu l'impression pour la première fois depuis très longtemps que je voyais le vrai lui, le Huck exempt de toutes les barrières qu'il avait érigées au fil des ans pour se protéger.

Il restait très différent du petit garçon qui avait été tout pour moi, mais je commençais à m'habituer à cette version plus froide et plus dure de lui. Et je me rendais compte que je voulais qu'il me connaisse vraiment. Je n'étais plus la fille aux grands yeux qui le suivait aveuglément. Je n'étais plus que partiellement l'adolescente traumatisée qui laissait la culpabilité guider ses décisions. Aujourd'hui, j'étais une jeune femme certes apeurée, mais déterminée à reprendre le contrôle de sa vie ; c'était juste que je ne savais pas comment faire. J'étais perdue, désorientée, mais je n'avais plus besoin qu'il me guide comme il l'avait fait pendant notre enfance : je voulais être capable de sortir du brouillard qui enveloppait notre passé à ses côtés. Je voulais être capable de tenir debout toute seule, à côté de lui.

Je voulais danser sous la pluie, pas la fuir.

J'étais en train de galérer à remettre mes vêtements à présent secs en essayant de ne pas mater le cul nul de Huck, et il faisait de même, quand j'entendis la porte de derrière s'ouvrir. Je me dépêchai d'enfiler le reste de mes vêtements et attachais mes cheveux trempés en une queue-de-cheval brouillon quand Mercer passa la tête dans la chambre. Ses yeux s'arrondirent quand ils glissèrent sur moi avant de se poser sur Huck, en train de tirer son T-shirt sur ses abdos musclés.

— On a été surpris par l'orage en rentrant à la maison. Je l'ai amené ici en attendant que ça passe. Huck, je te présente ma patronne, Mercer. Mercer, mon colocataire, Huck Snyder.

Moment hautement gênant. Mercer ne prit pas la peine de dissimuler son regard pétillant quand elle se tourna vers moi. Elle avait parfaitement compris pourquoi nous avions tous les deux les cheveux ébouriffés et étions en train de nous rhabiller quand elle était arrivée.

— Pas de problème, je sais que tu ne supportes pas l'orage. Heureusement que vous étiez à proximité et que vous avez pu vous abriter. Ravie de te rencontrer, Huck. J'ai beaucoup entendu parler de toi.

Elle tendit la main, ses bracelets cliquetant joyeusement lorsqu'il la serra. Son regard d'approbation était beaucoup trop flagrant par-dessus l'épaule de Huck. Sentant qu'elle était à deux doigts de lever niaisement le pouce en l'air, je m'éclaircis bruyamment la gorge pour la distraire avant qu'elle puisse m'embarrasser davantage.

— Mercer m'a recueillie quand je suis arrivée en ville et elle m'a aidée à prendre mes marques. Elle est ma première véritable amie, à part toi. Je ne sais pas ce que je ferais sans elle. Du moins quand j'arrive à lui mettre la main dessus, ajoutai-je en fronçant les sourcils. Ça a été plus difficile ces derniers jours.

Huck sourit, dissipant la tension qu'avaient provoquée mes mots tranchants.

— Ça fait du bien de trouver une amie comme ça. J'ai eu la chance d'en trouver quelques-uns de la sorte au fil des années. Ils m'ont aidé à garder la tête froide quand je ne savais plus ce que je faisais de ma vie.

Mercer haussa un sourcil et envoya sa longue chevelure arc-en-ciel par-dessus son épaule.

— Oh ! je sais tout de toi et de ton groupe d'amis. Comme tout le monde dans cette ville, je crois.

Huck pencha la tête sur le côté et me regarda du coin de l'œil. Il était clair qu'il ne se doutait pas que sa bande et lui étaient aussi populaires sur Internet, mais il était prêt à jouer le jeu.

— On est juste un groupe de mecs qui ont eu la vie un peu plus dure que les autres. On s'est trouvés par hasard au moment où on en avait le plus besoin, un sacré coup de chance. Autrefois, Ollie et moi étions plus proches que je ne le suis des mecs. Nous étions meilleurs amis.

— Hmm. J'ai entendu dire que vous étiez proches, oui, dit Mercer en hochant légèrement la tête. On dirait bien que vous renouez les liens. Je dois dire que je suis heureuse de voir ça. Ollie a besoin de quelqu'un d'autre que moi pour veiller sur elle. Elle est du genre à s'attirer des ennuis, qu'elle le veuille ou non.

Huck m'adressa un regard qui confirmait en silence tout ce que Mercer disait.

— Ça n'a pas changé depuis que nous étions gamins. Bon, j'ai été distrait ce matin et j'ai loupé mon premier cours.

J'ai un test au prochain cours, je dois rentrer me changer et filer à la fac.

— Oh ! il pleut encore dehors. Tu as dû être sacrément distrait pour ne pas remarquer que l'orage grondait encore.

Elle m'adressa un sourire narquois, et je levai les yeux si haut que je fus surprise de ne pas voir l'arrière de mon crâne. Mercer agita son pouce par-dessus son épaule en direction de la porte de derrière.

— J'ai un parapluie si tu veux. Ou tu veux peut-être commander un taxi. Je n'ai pas de voiture, sinon j'aurais proposé de te déposer.

Huck secoua la tête.

— Ça va. Je vais courir. Comme je l'ai dit, je dois passer à la maison me changer. Ce n'est pas grave si je me mouille, dit-il avant de se tourner vers moi. Ça va aller, toi ?

J'opinai de la tête et répondis :

— Je vais rester ici jusqu'à ce que l'orage passe.

Et puis, j'avais besoin d'une minute ou deux pour me remettre les idées en place ; j'étais passée en un claquement de doigts de fuir Huck à coucher avec lui. Et visiblement, ce dernier n'avait pas oublié pourquoi il avait dû me courir après.

— Ne disparais pas une nouvelle fois, m'avertit-il.

— Non, promis.

Je m'efforçai de paraître sincère, mais à en croire l'expression de Huck, il ne savait pas s'il devait me croire. Je ne pouvais pas lui en vouloir : mes choix de ces derniers temps n'avaient pas toujours été sensés.

Sur un dernier coup d'œil farouche, Huck partit. Mercer

se tourna alors vers moi et posa ses mains sur mes épaules pour me secouer.

— Tu l'as vraiment fait ! Tu as couché avec lui, et maintenant il ne peut plus te mettre à la porte. Je ne t'en pensais pas capable, Ollie, dit-elle en souriant. Je crois que ce très beau mec fait ressortir le meilleur de toi-même.

Je me libérai de son emprise et lui jetai un regard noir.

— Je n'ai pas couché avec lui pour qu'il ne me mette pas à la porte.

Je trouvais l'idée épouvantable maintenant que j'avais couché avec lui pour la simple raison que j'en avais envie. En silence, je me fustigeais d'avoir même envisagé cette option.

Je ne voulais pas que ce moment soit entaché de manipulation médiocre et de motivations douteuses. Je voulais que ce souvenir reste pur et intact dans mon esprit pour toujours.

Mercer haussa les sourcils.

— Alors, pourquoi tu l'as fait ? Tu n'es pas du genre à sauter au pieu avec quelqu'un sur un coup de tête.

Je soupirai et me passai les mains dans les cheveux. Les boucles mouillées me collèrent aux doigts, donnant l'impression que mon geste était maladroit et empoté. Ce qui était plus ou moins ce que je ressentais en ce moment.

— J'ai couché avec lui parce que j'en avais vraiment envie. Il me fait du bien. Il me donne l'impression de compter. C'est le seul à m'avoir donné la sensation de suffire par moi-même. C'est difficile d'avoir les idées claires en sa présence.

Et il avait pris la peine de me courir après à deux reprises aujourd'hui quand j'avais essayé de m'enfuir. Je regrettais plus que tout au monde de ne pas avoir fait pareil pour lui à l'époque. Je comprenais enfin ce que c'était d'avoir quelqu'un qui tenait suffisamment à vous pour vous courir après quand vous alliez dans la mauvaise direction.

— Je me sens en sécurité avec lui.

Et au bout du compte, c'était la raison pour laquelle je l'avais suivi, encore et encore.

Mercer fit claquer sa langue.

— Peut-être que tu ne te sers pas de lui, mais es-tu sûre qu'il ne te considère pas comme une proie facile ? Es-tu certaine qu'il ne se sert pas de toi ?

Je ne savais pas comment répondre à ça. Mon instinct me disait que Huck n'avait aucune raison de se servir de moi ou de jouer avec moi. D'ailleurs, il aurait été facile pour lui de me laisser partir quand j'avais essayé de m'en aller ce matin. Mais aujourd'hui, il avait une certaine dureté et des intentions cachées qui ne faisaient pas partie de celui qu'il était à l'époque où je le connaissais le mieux, et il n'était effectivement pas impossible qu'il se serve de moi. Mais même si c'était le cas, je préférais perdre face à lui plutôt que de gagner contre qui que ce soit d'autre.

Au lieu de répondre, je déviai la conversation.

— Et toi alors, tu avais encore disparu. Tu as tiré les choses au clair avec ton nouveau mec ? Tu as abordé tes questionnements avec lui ?

Sa vie amoureuse était peut-être compliquée, mais sûrement pas autant que la mienne.

— Tu as rencontré Huck ; et si tu me présentais ton homme mystère ? Tu as dit qu'il voulait venir la dernière fois qu'on s'est vues, lui rappelai-je d'un air interrogateur. Promis, je ne t'embarrasserai pas comme tu viens de le faire avec moi.

Elle pouffa et sortit de la chambre, allumant les lumières de la boutique au passage.

— Je voulais voir comment Huck réagirait si je le mettais sur la sellette. Mais ce mec est glacial. Je crois que rien ne pourrait l'ébranler.

Il avait été plutôt secoué ce matin quand il avait appris que les choses avaient très mal tourné pour moi avec Sawyer, mais je ne le dis pas à Mercer ; je me rendais bien compte qu'elle essayait de recentrer la conversation sur moi. Elle ne voulait décidément pas parler de ce qu'il se passait avec son nouveau mec. Cela ne lui ressemblait pas d'être si cachottière, si évasive : il y avait vraiment de quoi s'inquiéter.

Je tendis une main pour lui attraper le bras. Cette fois-ci, quand ses bracelets tintèrent, le son parut moins joyeux et plus sinistre. Elle se dégagea et fronça les sourcils.

— Je crois que tu ferais mieux de t'inquiéter de ce que tu vas faire et pas de ce que je fais, moi. Après tout, c'est loin d'être ma première relation amoureuse, alors que toi tu n'as aucune idée de ce que tu fais avec Huck.

Mon petit cri de surprise partit tout seul : Mercer ne parlait jamais à personne sur ce ton, et encore moins à moi. Elle me traitait toujours comme si j'étais une petite chose fragile. Je portai une main à ma poitrine et clignai des yeux, pas seulement parce que ses mots et son ton me blessaient, mais parce qu'un puissant coup de tonnerre avait résonné dans la petite baraque. Huck parti et Mercer sur la défensive, les sentiments pétillants et joyeux laissèrent place à ma peur.

Je levai les mains en signe de reddition.

— OK, OK, je ne te poserai plus de questions sur ton mec ni sur ton couple. Sache simplement que je suis là si tu as envie de me dire pourquoi tu as un comportement si bizarre ces derniers temps. Tu as toujours été là pour moi, quoi qu'il arrive, c'est le moins que je puisse faire en retour. Je veux juste être l'amie que tu as été pour moi.

Je poussai un cri et sursautai de manière ridicule quand un autre coup de tonnerre ébranla les murs et fenêtres de la maison.

Mercer soupira et m'adressa un regard que je n'arrivai pas à interpréter. Je détestais ce gouffre qui se creusait entre nous sans que je sache comment le traverser.

— Personne ne va venir par un temps pareil. Ça te dit que je laisse le panneau « Fermé » et qu'on se cache dans l'arrière-boutique pour regarder Netflix ? Je commande à manger et tu peux faire l'école buissonnière avec style. Ça fait un bail qu'on n'a pas été toutes les deux pendant qu'il pleut dehors.

Ça faisait un bail parce que nous avions toutes les deux eu l'esprit occupé par des garçons, mais pour des raisons très différentes. Je pensais que jamais je ne saurais comment ce serait d'avoir ma propre vie sans l'aide de Huck. Quant à Mercer, elle semblait avoir sacrifié son style de vie insouciant pour le nouvel homme de sa vie. À bien y réfléchir, cela faisait longtemps que je n'avais pas vu un de ses sourires signatures qui illuminaient toute la pièce.

J'aurais préféré rester seule pour faire le tri dans mes pensées décousues, mais je me forçai à lui sourire et hochai la tête.

— D'accord. Avec plaisir. Tu ensoleilles toujours les jours de pluie.

Ou du moins, c'était le cas par le passé. Aujourd'hui, on aurait dit qu'elle allait à l'échafaud plutôt que sur le canapé pour une séance de *binge-watching* avec moi.

Manifestement, il n'y avait pas que Huck et moi qui avions changé de cap récemment.

18

Huck

— Tu crois vraiment qu'il y avait quelqu'un dans la maison la nuit dernière ?

Harlen avait l'air énervé, Vernon l'air inquiet. Les deux m'avaient pris en embuscade dès que j'avais passé la porte d'entrée, trempé jusqu'aux os et encore étourdi par tout ce qui s'était passé entre Ollie et moi au cours des dernières heures. De mon réveil seul à la course-poursuite sous la pluie en passant par la prise de conscience que je ne serais jamais plus capable de la laisser partir : cela faisait beaucoup de choses à encaisser. Il m'avait fallu très longtemps avant d'arriver à un point où j'avais l'impression que ma vie n'était pas en fluctuation constante, et voilà que je me retrouvais au bord d'une falaise d'incertitude. La logique m'ordonnait de m'écarter du bord le plus vite possible, mais mon cœur refusait de l'écouter. Mon cœur voulait sauter.

Je me frottai la tête avec une serviette. J'avais eu besoin d'une douche pour me débarrasser du frisson dû à mon retour sous la pluie mais aussi à l'impression que le seul endroit où je m'étais jamais senti chez moi avait été corrompu, violé. Que toutes les ombres étaient revenues dans ma vie.

— Je ne sais pas s'il y avait quelqu'un dans la maison hier soir, mais si ce n'est pas *nous* qui avons réparé les marches, et que M. Peters n'y a pas touché, je crois qu'on peut dire sans se tromper que quelqu'un est venu bricoler des trucs pour aller et venir en passant inaperçu.

Un grognement se fit entendre depuis la poitrine de Harlen.

— Putain. Tu crois que ton frère a engagé quelqu'un pour retrouver Ollie ?

Vernon se renfrogna et passa une main nerveuse dans ses cheveux blancs.

— Mais ça n'a aucun sens. Pourquoi aurait-il attendu qu'Ollie te trouve pour la faire chier ? S'il voulait vraiment l'emmerder ou lui faire peur, ne l'aurait-il pas fait dès qu'elle est arrivée ici ? Elle était toute seule. Ce mec semble être un vrai psychopathe, mais il n'a pas l'air stupide. Loin de là, même.

Je finis de m'habiller et les regardai tour à tour avec inquiétude.

— Quand je vous dis que Sawyer est obsédé par Ollie, je crois que vous ne comprenez pas à quel point il est tordu et pervers.

Moi-même, je n'avais pas mesuré son niveau de perversité avant d'entendre Ollie supplier notre propriétaire ce matin. J'aurais voulu dire que plus rien ne me surprenait à propos de mon demi-frère, mais j'aurais eu tort. Il n'avait pas juste pété les plombs ; il avait tout fait sauter et était dans le noir, perdu dans l'obscurité d'une maladie mentale non encadrée. J'étais horrifié de ne m'être jamais rendu compte de ce qu'il faisait à la mère d'Ollie. Je l'avais toujours trouvé maléfique et considéré comme un monstre, mais c'était plus que ça. Clairement, il n'était pas net, et personne n'avait essayé de le faire soigner. Il était malade, mais les gens autour de lui l'avaient laissé faire, protégé, dorloté ; une place les attendait en enfer.

— Je crois que ça ne dérangeait pas Sawyer de l'observer de loin quand elle était seule ; il devait penser qu'elle échouerait. Je suis sûr qu'il est parti du principe que je tournerais le dos à Ollie parce que tout le monde savait que j'ai été profondément blessé quand elle s'est retournée contre moi. Une fois qu'elle s'est retrouvée sous le même toit que moi, il a dû perdre le peu de raison qui lui restait. Impossible qu'il ait supporté qu'on renoue une relation, elle et moi. S'il la fait surveiller par quelqu'un qui lui rapporte ses faits et gestes, il doit avoir besoin de savoir avec certitude ce qu'il se passe entre elle et moi. Il doit le voir de ses propres yeux, affirmai-je, certain que rien d'autre ne lui suffirait. Ollie a dit qu'il l'avait déjà mise sous surveillance avant.

Harlen secoua la tête.

— On l'aurait remarqué si un mec en fauteuil roulant se baladait dans le coin. C'est une petite ville, et le campus est minuscule. Ollie, en particulier, serait à l'affût du moindre type lui rappelant Sawyer. La peur lui fait prendre plein de précautions. Elle est à cran, et ça m'étonne qu'elle n'ait pas un torticolis à force de passer son temps à regarder par-dessus son épaule.

La pluie n'avait pas cessé bien que l'orage se fût un peu calmé. Je comptais aller en cours à pied mais choisis plutôt d'appeler un taxi pour ne pas passer une heure de plus tout trempé. Les conditions actuelles signifiaient qu'Ollie allait certainement passer le reste de l'après-midi avec son amie. Je n'aurais pas quitté la petite boutique si je pensais qu'elle allait encore fuir, mais j'étais rassuré de savoir que les conditions météo allaient l'immobiliser encore un moment.

— C'est pour ça que je me demande si je ne me suis pas fourvoyé depuis le début.

Et si Sawyer n'était pas aussi atteint qu'il voulait le faire croire ? Et s'il avait simulé sa blessure juste pour se débarrasser de moi et mener Ollie à la baguette ? Je regardai Vernon d'un air grave et demandai :

— Ce serait difficile de pirater les dossiers hospitaliers de l'époque de notre accident de voiture ?

Ses yeux gris-vert s'écarquillèrent et il se laissa tomber en arrière sur le lit, le regard levé vers le plafond.

— Pas extrêmement difficile, mais pas super facile non plus. Tu ne penses pas vraiment que ce type a simulé tout ce temps, n'est-ce pas ?

Il avait l'air perplexe et légèrement effrayé.

Harlen et moi échangeâmes un regard entendu. Nous savions tout de la grande escroquerie : un moyen infaillible de tromper vos ennemis était de leur faire croire que vous n'étiez plus une menace. Se faire passer pour blessé et inoffensif était la manière la plus facile d'attirer des proies dans vos filets. Il était tout à fait possible que Sawyer ait trompé tout le monde et décidé de se faire passer pour handicapé pour mettre en place son plan diabolique. Comme ça, il gagnait sur les deux tableaux : Ollie restait à ses côtés par culpabilité, et ses parents étaient encore plus disposés à lui donner tout ce qu'il voulait. Il avait parfaitement orchestré la situation pour retenir Ollie et l'isoler, mais une fois qu'elle avait repris le contrôle et s'était enfuie, Sawyer avait peut-être réalisé qu'il ne pouvait plus faire semblant d'être faible et incapable. Pas s'il voulait la forcer à lui revenir. Dans cette hypothèse, en découvrant que je l'avais laissée revenir dans ma vie, il n'aurait plus eu d'autre choix que d'agir, poussé par son obsession malsaine pour Ollie et sa profonde haine envers moi. Il fallait qu'il passe à l'action, au sens propre comme au figuré.

— J'ignore s'il a fait semblant tout ce temps. Peut-être qu'il était incapable de marcher au début et qu'il a retrouvé des sensations dans les jambes après mon départ. Qui sait, avec lui ? Il est impossible à cerner. Mais si on épluche ses dossiers médicaux, on le saura pour de bon.

Mieux valait combattre un ennemi qu'on connaissait qu'un ennemi qu'on ne connaissait pas.

— Ton père jouerait le jeu d'une telle arnaque ? Qu'aurait-il à y gagner ? Je sais que c'était un mauvais père dans l'ensemble, mais il n'était pas totalement pour te déshériter après l'accident. Il a un peu fait tampon quand tu vivais avec ce taré.

Harlen se passa une main sur le visage comme si cette conversation l'épuisait. Aucun d'entre nous n'aimait se remémorer le passé. Ce n'était pas facile de s'y aventurer, et seuls Harlen, Vernon, Fisher et Ollie savaient que le chemin de mes souvenirs pouvait être très sombre.

J'attrapai mon téléphone et écrivis un message à Ollie pour lui demander de m'envoyer un SMS quand elle partirait de la boutique et lui indiquer que j'allais en cours, mais que Harlen et Vernon seraient à la maison tout l'après-midi. Je ne voulais pas qu'elle soit seule ici avant qu'on sache vraiment comment l'intrus était entré et qu'on ait renforcé notre système de sécurité. Harlen allait changer les serrures et ajouter des lumières à détecteur de mouvement, et Vernon allait acheter des caméras de vidéosurveillance et faire installer un système d'alarme. M. Peters avait donné son accord quand j'étais chez lui, et il avait même accepté de régler une grande partie de la facture. Je m'en fichais si cette vieille maison que nous aimions tant devait devenir une forteresse. Nous ferions ce qu'il fallait pour protéger notre foyer – et tous ses occupants.

Ollie me répondit qu'elle passait le reste de la journée à la boutique avec son amie haute en couleur. Mercer semblait vraiment tenir à Ollie, et je n'avais pas à m'inquiéter que personne ne veille sur elle pendant qu'elle était à la boutique. C'était même mieux qu'elle ne soit pas à la maison pendant que les gars et moi réfléchissions à notre prochain coup. Je ne voulais pas l'alarmer avec des soupçons non avérés, pas après qu'elle avait essayé de fuir. Sa tentative pour nous protéger, mes amis et moi, était touchante mais peu judicieuse. J'avais appris qu'il était préférable d'aller au combat avec des soldats qui assuraient vos arrières que d'essayer de gagner une guerre seul. Elle l'apprendrait avec le temps, elle aussi.

Je balançai mon sac sur mon épaule et commandai un taxi pour rejoindre le campus.

— De ce que j'en sais, mon père ne s'intéresse à rien si ça ne lui rapporte pas d'argent ou si ça ne lui permet pas de protéger sa réputation. Mais si Sawyer voulait simuler une blessure, sa mère remuerait ciel et terre pour l'aider à donner le change. Surtout si elle peut en tirer profit sur le long terme. Moi parti et déshérité, tout ce qu'a mon père revient à Sawyer et sa mère. Et quand je dis que mon père est riche, je parle du genre de richesse qui peut acheter des îles privées et les gouvernements de pays corrompus. Il pourrait financer sa propre armée et avoir encore des fonds sous le coude. Si c'est pour me mettre définitivement hors-jeu, clouer son propre fils dans un fauteuil roulant et entretenir cette mascarade ne poserait pas de problème à ma belle-mère. Elle n'a pas aimé que mon père me recueille après avoir payé ma mère. J'étais un rappel constant que son mariage était faux et sans valeur. Elle était furieuse que mon père l'ait défiée en m'intégrant à leur foyer et en lui ordonnant de me traiter comme si je faisais partie de la famille. Elle pourrait aisément acheter des médecins et des kinésithérapeutes, si besoin. Ni la mère ni le fils n'ont de conscience.

Harlen siffla et secoua la tête.

— Quand tu as dit que les choses allaient mal tourner quand Ollie a emménagé, tu le pensais vraiment. C'est un bordel digne d'une télénovela, Huck. Difficile de croire que c'est la vraie vie.

Je pouffai et me dirigeai vers la porte.

— On sait tous les trois parfaitement que parfois, la vérité est plus étrange que la fiction. On ne se serait pas trouvés si on avait eu une vie facile.

Vernon était un génie fugueur. Harlen un enfant maltraité qui avait fini par être le seul témoin oculaire du meurtre atroce de sa mère par son père. Fisher et lui s'étaient retrouvés dans le même foyer d'accueil, d'où ils avaient fini par fuguer tous les deux. J'étais le bâtard détesté d'un milliardaire. J'avais à peine survécu à l'école militaire où on m'avait forcé à aller et où j'avais enduré les pires sévices. Notre enfance à tous les quatre était digne d'un téléfilm.

— J'imagine que c'est vrai, marmonna Harlen alors que Vernon se redressait sur le lit.

— Tu crois qu'on est tous en danger, ou qu'il va seulement s'en prendre à Ollie ?

L'inquiétude se lisait sur son visage angélique, et Harlen tendit la main pour lui ébouriffer les cheveux dans un geste tendre. Vernon posa la tête sur l'épaule du sportif, et le corps musclé de Harlen se raidit.

Ce fut mon tour de secouer la tête. Je dissimulai un sourire en passant la porte.

— Il ne veut qu'Ollie. Elle est la seule chose qu'il a jamais vraiment pu posséder. Il a crashé sa voiture et a failli nous tuer tous les trois la dernière fois qu'il a cru perdre son emprise sur elle. Il n'y a absolument aucune limite qu'il ne franchirait pas pour obtenir ce qu'il veut.

Oui, il aurait été tout à fait capable de se résigner à passer sa vie dans un fauteuil roulant dont il n'avait pas besoin juste pour manipuler Ollie et la garder sous son contrôle.

Une chose était certaine dans cette situation merdique : jamais je ne sous-estimerais Sawyer.

19

Ollie

On dit que c'est en forgeant qu'on devient forgeron.

J'étais déterminée à être aussi douée que Huck au lit. Je n'avais pas sa riche expérience en la matière, il était donc normal que je sois en apprentissage. Mais j'en avais marre de me sentir comme une novice empotée alors qu'il passait pour un professionnel chevronné. Je suivais son exemple et me calquais sur lui depuis que j'étais petite : rien de plus naturel que de reprendre les mêmes habitudes maintenant que j'étais plus âgée.

Cela aurait peut-être paru étrange à qui que ce soit d'autre, mais Huck accepta sans sourciller quand je lui demandai de m'apprendre à lui en mettre plein la vue, dans tous les sens du terme. Sa seule condition était que quoi que j'apprenne, je n'avais pas le droit de m'en servir avec un autre. Toutes ses astuces sur l'exercice en question devaient rester entre nous deux. Au début, je pensais qu'il plaisantait, mais son regard m'indiqua qu'il était sérieux. Il n'avait pas précisé s'il couchait avec quelqu'un d'autre pendant qu'on se fréquentait, mais il était clair qu'il n'aimait pas l'idée que je couche avec un autre que lui. J'étais trop poule mouillée pour lui demander comment il qualifiait notre relation maintenant qu'il m'avait dans son lit. Mais le fait qu'il m'ait couru après et m'ait attrapée dès que j'avais essayé de fuir signifiait sûrement qu'il voulait que je reste.

J'avais à peine mis les pieds dans la chambre du grenier ces derniers jours. J'étais encore flippée par les ombres sur le mur quand il faisait sombre, et elle était trop isolée du reste de la maison. Et puis, le plafond mansardé était trop bas pour Huck ; il s'était cogné la tête plus d'une fois en essayant de se déplacer un soir où il avait décidé de se glisser dans mon lit après le boulot. Le lendemain, il s'était réveillé avec une bosse et une migraine. Il avait bougonné que je ferais mieux de dormir dans son lit et de l'attendre dans sa chambre. Au début, je n'avais pas voulu m'imposer et lui avais dit de m'appeler quand il rentrerait, que je descendrais. Mais impossible de dormir ou de travailler quand j'étais seule à l'étage, et je finis par camper dans le salon à la place. Je dormais sur le canapé quand Huck était rentré, et il m'avait prise dans ses bras et portée jusqu'à sa chambre en marmonnant que le vieux sofa n'était pas confortable. Quand je l'avais regardé après qu'il m'avait allongée sur son matelas – certes plus douillet –, il m'avait soufflé qu'il s'inquiétait pour moi et qu'il serait rassuré si, en son absence, j'acceptais de considérer sa chambre comme la mienne. Et puis ça pouvait être un peu gênant pour Vernon et Harlen de me laisser occuper le salon, puisque c'était la première fois qu'ils habitaient avec une fille.

Je savais que Vernon s'en fichait, mais il avait certainement raison concernant Harlen. J'avais trouvé avec le footballeur stoïque une sorte de trêve précaire, mais il était clair qu'il ne me faisait toujours pas confiance, d'autant plus maintenant que Huck m'avait en quelque sorte revendiquée comme sienne.

Et puis, il serait irrespectueux de ma part de considérer les espaces communs comme s'ils m'appartenaient juste parce que j'avais peur ; j'acceptai donc de passer plus de temps dans la chambre de Huck quand j'étais à la maison et lui au travail. Je craignais que ce soit gênant, mais ça me rappelait nos soirées pyjama quand nous étions petits, ou quand j'attendais qu'il rentre de l'école quand nous étions ados. La seule différence, c'est qu'aujourd'hui, nous ne restions pas gentiment allongés côte à côte sur le lit.

Ce soir, j'appris qu'il fallait que je travaille la maîtrise de mes talents sexuels aussi bien sous la couette que dans la salle de bains. Huck rentra plus tard que d'habitude, l'air fatigué et sentant la bière éventée, le tabac froid, et une odeur plus infecte encore. Un enterrement de vie de jeune fille avait dégénéré au bar et il avait dû rester et nettoyer un bordel qu'il n'aurait souhaité à personne, pas même à son pire ennemi. Il voulait prendre une douche avant de s'écrouler au lit, et je lui proposai de lui frotter le dos, très large et très tatoué.

Bien entendu, passer mes mains savonneuses et désinhibées

sur un Huck mouillé impliqua que les choses glissèrent du propre au sale très vite. Une fois toutes les bulles de savon évaporées, j'embrassai son corps délicieux et m'autorisai enfin à explorer les anneaux argentés plantés dans ses tétons. À ses gémissements et à sa façon de se crisper et de resserrer son étreinte, je devinai quand j'embrassais et léchais un endroit particulièrement sensible, et le voyage vers ce qui attendait impatiemment entre ses jambes prit un peu plus de temps que d'habitude.

Quand je finis par passer mes lèvres autour de sa bite en érection, il n'y avait plus d'eau chaude et je tremblai, plus de froid que d'excitation. Je découvris qu'être à genoux dans la douche avec de l'eau dégoulinant sur mon visage était bien moins confortable que de me mettre à genoux dans la chambre. Mais je voulus tenir bon et lui faire prendre son pied, parce que lui me faisait perdre la tête chaque fois qu'il me touchait.

Le problème, c'est qu'apparemment j'étais trop gelée pour me concentrer, et que j'en oubliai la règle de base de la fellation : pas de dents. Je tremblais si fort que je perdis le rythme et raclai mes dents contre le pourtour sensible de son gland.

Huck poussa un cri de surprise et posa sa main sur ma tête pour m'immobiliser. Il éteignit l'eau sans plus attendre et me sortit de la douche pour me fourrer dans son grand lit, m'enroulant dans la couette moelleuse sans prendre la peine de me sécher.

Il rit quand je levai des yeux contrits vers lui et il me

caressa la tête, lissant mes cheveux mouillés de ses doigts. Mes boucles seraient une catastrophe le lendemain, mais je n'avais pas l'énergie d'y penser.

— La première chose que j'aurais dû t'apprendre : il faut que ça nous plaise à tous les deux quand on baise. Si seulement l'un de nous prend du plaisir, où est l'intérêt ? Si tu n'es pas à l'aise et que tu fais les choses machinalement parce que tu veux me faire du bien, ça va juste me contrarier. Je ne veux pas te voir souffrir. Surtout quand tu as ma bite dans la bouche. Tu comprends ce que je veux dire ?

Je le vis frissonner et ouvris les bras pour qu'il puisse grimper dans le cocon de la couette. Une fois que j'eus les bras autour de son cou, il tomba sur le côté, et nous nous retrouvâmes allongés en travers du lit.

— J'ai l'impression que rien n'arrive à te distraire quand on est ensemble, et que tu te concentres uniquement sur moi ; du coup, le reste du monde disparaît dès que tu me touches. Je veux faire pareil pour toi. Un peu d'eau froide ne devrait pas gâcher un tel moment, ajoutai-je en faisant la moue.

Il posa aussitôt sa bouche sur mes lèvres boudeuses.

— Il y a un million de moments. Des bons, des mauvais. Ce n'est pas grave si un ou deux sont gâchés. Un autre viendra pour compenser, d'accord ? dit-il avec un petit sourire en passant son pouce le long de ma lèvre inférieure. Tu dois arrêter de penser que je vais toujours faire tout bien. Je ne suis plus un enfant, et mes erreurs d'aujourd'hui ont des conséquences. Je suis plus prudent qu'à l'époque, mais je suis loin d'être parfait. Tu te rappelles comme j'ai été méchant avec toi quand tu t'es pointée ici ?

Je hochai légèrement la tête.

— J'ai beaucoup de choses à me faire pardonner ; c'est en partie pour ça que je ne vois rien d'autre quand je pose les mains sur toi. Je veux te faire comprendre clairement où est ta place, Ollie.

Il fit danser ses sourcils et m'adressa un sourire en coin.

— Avec moi.

Mon cœur bondit dans ma poitrine, et je caressai de la main l'expression devenue possessive de son visage.

— Je peux dire en toute honnêteté que je ne connais aucun bon moment sans toi, Huck.

Dès l'instant où il était parti, la vie avait été morne et sinistre. Je commençai à peine à revoir la vie en couleurs et en lumière – ça pouvait être bouleversant, et j'avais peur de le décevoir.

Il libéra un de ses bras de la couette et le tendit vers la table de nuit, où il attrapa un petit paquet carré familier et le déchira avec les dents. Je remuai contre lui pour passer une jambe par-dessus sa hanche, me rapprochant de son corps chaud. Ma poitrine était collée à la sienne, mes tétons durcissant à ce simple contact. Je sentis ses mains bouger rapidement et efficacement entre nous. Il bandait et chaque fois qu'il bougeait, mon entrejambe effleurait soit ses mains soit son sexe. Il n'aurait qu'à se pencher un tout petit peu en avant pour que son gland entre en contact avec mon sexe.

Une fois en place, il passa la paume de sa main sur ma

hanche. Ses doigts glissèrent sur ma peau jusqu'à agripper l'arrière de ma cuisse, qu'il leva plus haut encore sur sa taille. Il plaça son autre bras sous ma tête, m'enveloppant de sa chaleur et de son parfum enivrant.

Huck se déhancha à peine, faisant passer le bout de son sexe le long de ma vulve mouillée. Je sentis mon corps frémir. Il ne fallait pas grand-chose pour qu'il m'excite, et dès qu'il dirigea son pénis sur mon clitoris enfoui entre mes lèvres chaudes et humides, le plaisir me parcourut l'échine et électrisa toutes mes terminaisons nerveuses.

Je plantai mes doigts dans ses épaules tandis que mes hanches se mettaient à onduler contre lui. Mon corps avait sa volonté propre dans ces moments-là : ma tête m'intimait de ne pas m'emballer, mon cœur criait qu'il avait enfin entamé sa guérison, et mon corps devenait une loque écervelée et frémissante qui voulait seulement tout ressentir et se déliter sous les mains expertes de Huck.

Sa paume glissa le long de ma jambe, ce qui me fit glousser – ça chatouillait. Mais j'arrêtai vite de rire quand son sexe dur frotta contre ma vulve palpitante, effleurant délibérément mon clitoris à chaque passage. Le désir montait irrésistiblement en moi, j'avais du mal à respirer. Je serrai Huck plus fort contre moi, penchant la tête sur le côté en sentant ses lèvres s'écraser dans mon cou. J'avais appris que si les dents sur la bite, ce n'était pas génial, elles étaient en revanche bienvenues quand elles se plantaient dans d'autres endroits. Et Huck aimait se servir des siennes : je perdais la tête quand il me mordillait le cou et m'éraflait les tétons ; je manquais de devenir folle quand il me croquait doucement le clitoris. Oui, il était définitivement meilleur que moi pour mordre, mais je ne pouvais que m'améliorer.

Je gémis son nom quand il me pénétra. C'était étroit, mon corps commençait à peine à se détendre sous ses caresses taquines. Je me crispai et plantai mes ongles plus profondément dans sa peau. Il progressa en moi, et l'intrusion et l'élargissement de mon intimité firent surgir des sensations nouvelles qui me coupèrent le souffle et me firent cambrer le dos.

Huck laissa échapper un son grave et apaisant sans cesser de me caresser la jambe de haut en bas, s'arrêtant pour me pétrir les fesses alors que j'ondulais instinctivement des hanches contre lui. Mon corps s'agrippait à lui tandis qu'il me pénétrait de plus en plus profondément, et il finit par être totalement en moi. Nous étions si proches qu'il n'y avait de place entre nous que pour le sexe et la satisfaction.

Je me tortillai d'impatience contre lui, lui soutirant un grognement. Mes hanches remuaient avidement pour trouver un genre de soulagement. Je me sentais pleine. De lui. De plaisir. De désir. D'envie et de besoin. De quelque chose qui devait être de l'amour, mais j'étais partie trop loin pour donner à cette idée toute l'attention qu'elle méritait.

— Huck, gémis-je quand il se mit enfin à bouger.

Il avait cessé de plaisanter et de me taquiner. Il grogna au creux de mon épaule et me lécha à l'endroit où mon pouls palpitait. J'étais mouillée et glissante, il allait et venait en moi. Nous étions encore enveloppés dans la couette comme dans un burrito, ce qui empêchait Huck d'aller aussi loin en moi que d'habitude. Ses coups de reins brefs et rapides étaient intenses malgré tout et suffisaient à me faire bouger lascivement contre lui pour le sentir entièrement contre et en moi.

Sa main s'aventura insidieusement dans la fente entre mes fesses. Je m'immobilisai sous cette caresse étrangère et sentis le petit rire de Huck vibrer dans mon corps. Un instant plus tard, cette même main se fraya un chemin entre mes jambes, et ses doigts effleurèrent mon clitoris tandis qu'il continuait à aller et venir en moi.

Cette caresse était espiègle et douce, mais elle me donna le vertige. Quelques effleurements supplémentaires et la pression de son pouce en petits cercles sur mon point sensible et je basculai. L'orgasme, rapide et intense, détendit si bien mon corps que je remuai à peine quand Huck me fit rouler sur le dos et me pilonna, à la recherche de sa propre satisfaction.

Peu de temps après, il haletait et se collait à moi, le corps tendu alors qu'il jouissait.

Nous étions encore immobiles et silencieux quand le téléphone de Huck sonna sur la table de chevet. Huck fronça les sourcils devant cet appel à une heure aussi tardive, et il tendit la main pour attraper le portable. Il se désentortilla de la couette et se leva pour aller à la salle de bains. Je pensais qu'il allait se nettoyer, mais il revint avec une serviette qu'il laissa tomber sur ma tête en mettant son appel sur haut-parleur.

— Comment ça, tu es venu à la maison l'autre jour ?

La voix grave de Huck semblait tendue et surprise ; une autre voix masculine résonna à l'autre bout de la ligne.

— J'avais besoin de ma carte de sécurité sociale pour un truc au boulot. Je ne la trouvais nulle part, alors je suis passé à la maison pour la chercher dans mon ancienne chambre. Tu ne m'as pas dit que tu l'avais relouée ! Et je n'arrive pas à croire que tu n'avais toujours pas réparé ces escaliers qui grincent. J'en ai profité pour mettre quelques clous, tu verras, parce que ce bruit me rend dingue.

Je me relevai brusquement et regardai Huck, stupéfaite.

— Fisher, tu es vraiment en train de me dire que tu es venu et que tu n'as pas laissé un mot ni rien ? Que tu n'es pas resté nous voir mais que tu as pris le temps de réparer ce foutu escalier ? demanda Huck, furieux, en se frottant les cheveux dans sa serviette.

— Si, j'ai laissé un mot. Sur le plan de travail de la cuisine. Je ne pouvais pas rester là à attendre. Ça m'a surpris de trouver la maison vide, pour être honnête. Je devais aller au boulot, ce n'était qu'un petit saut vite fait ; je viendrai vous voir pendant mon prochain week-end prolongé, promis. Et ne me fais pas un caca nerveux : tu as fait emménager une nana dans la maison sans me le dire. Je n'ai même pas pu aller dans mon ancienne chambre pour chercher mes trucs, je ne voulais pas risquer de fouiller dans ses affaires.

— Espèce d'enfoiré, aboya Huck d'un air renfrogné en croisant mon regard. Tu n'as pas idée du bordel que cet escalier a causé dans la baraque la semaine dernière !

— Je vous ai rendu service, tu devrais plutôt me remercier, sale ingrat, railla l'autre voix.

Je compris à leur façon de se renvoyer des insultes que ce type et Huck étaient proches.

— Je suis sur le point de te trucider, pas de te remercier, répondit Huck avant de s'asseoir lourdement au bord du lit. Il est tard. Je sais que tu as attendu que je rentre du bar pour appeler et que tu travailles demain matin. Je vais retrouver ta carte. Et je te parlerai de la nouvelle coloc et de ce qui s'est passé quand tu prendras le temps de venir voir tes amis. C'est trop compliqué pour en discuter au téléphone.

Il y eut une longue pause à l'autre bout du fil.

— Tout va bien ? Vous voulez que je revienne en ville ?

Sa proposition me stupéfia : c'était vraiment « à la vie à la mort » entre ces mecs. Je ne savais pas grand-chose de Fisher, à part qu'il était le plus âgé des quatre et qu'il travaillait pour une société de développement à Chicago, à quelques heures d'ici. D'après la façon dont Huck en parlait, je savais qu'il l'admirait, et en entendant Fisher proposer de tout laisser en plan si les garçons avaient besoin de lui, je compris pourquoi.

— Non. Il vaut mieux que tu ne viennes pas à la maison pendant quelque temps. Il se passe des trucs merdiques liés à mon passé et impliquant la fille qui occupe ton ancienne chambre. Comme je l'ai dit, je te raconterai quand on se verra.

Je sentis que cette réponse ne satisfaisait pas Fisher, mais il laissa Huck raccrocher sans trop argumenter.

Huck jeta sa serviette au sol et s'ébouriffa les cheveux, manifestement agacé.

— Eh beh, putain. Jamais je n'ai pensé que ça pouvait être Fisher qui était venu quand on n'était pas là.

Il me regarda, l'air renfrogné, tandis que j'essorai mes boucles indisciplinées avec la serviette et demandai :

— C'est plutôt une bonne nouvelle que ça n'ait pas été un inconnu qui furetait en notre absence. Cela dit, je n'ai vu de note nulle part, et toi ?

Huck secoua la tête et étira ses bras au-dessus de sa tête en bâillant.

— Non, non plus. Et Vernon et Harlen l'auraient dit si l'un d'eux avait trouvé un mot. C'est trop bizarre. J'ai demandé à Vernon de voir s'il pouvait trouver des infos personnelles sur Sawyer, histoire qu'on sache mieux à quoi on a affaire, mais il s'est heurté à quelques obstacles. La tâche se révèle plus difficile qu'on le pensait.

Huck bâilla de nouveau, et je sautai du lit, encore emmitouflée dans la couette.

— Laisse-moi changer les draps, ils sont tout mouillés. Il faut que tu te couches. On ne va pas résoudre tous nos problèmes maintenant de toute façon.

Chaque fois que nous croyions comprendre ce qu'il se passait, la situation prenait tout à coup une direction imprévisible.

Je poussai un cri quand Huck attrapa le bord de la couverture pour me tirer dans le lit, me faisant rouler sur le matelas jusqu'à ce que je me retrouve en dessous de lui.

Il posa son front contre le mien et je vis qu'il luttait pour garder les yeux ouverts.

— Je m'en fiche que le lit soit mouillé. C'est juste une tache humide un peu plus grande que d'habitude.

Il rit à sa propre blague et nous retourna pour que je me retrouve étalée sur lui.

— Pour info, c'était un très bon moment, suivi d'un moment très bizarre. Nous allons passer toutes sortes de moments ensemble, Ollie. Promis.

Je voulais m'assurer qu'il était à l'aise et que je ne l'écrasais pas, mais il s'endormit avant que je puisse poser la question.

Je libérai une de mes mains de la couette et passai mes doigts sur le renfrognement qui plissait encore son front. Je détestais que ses soucis soient si grands qu'ils le suivaient dans ses rêves.

Avec un soupir lourd, je m'installai contre lui et essayai de me persuader que nous connaîtrions davantage de bons moments que de mauvais, mais avec la chance que nous avions, ça semblait hautement improbable. Huck m'avait dit d'arrêter de croire qu'il faisait toujours tout bien, mais j'avais surtout besoin de me défaire de ma certitude que je faisais toujours tout mal. Ces croyances étaient un vestige de mon enfance passée à affronter Sawyer. Tout ce que je voulais, c'était que la vie devienne enfin simple, qu'elle ne soit plus un combat de tous les instants pour survivre.

Ce soir-là, je mis plus de temps à m'endormir qu'il ne m'en fallait d'ordinaire quand j'étais blottie contre lui. Même si c'était bon d'être tout contre lui, enveloppée de sa chaleur et de sa sécurité, cette présence sombre continuait de rôder aux confins de ma conscience, attendant l'occasion de revenir prendre le contrôle de ma vie.

20

Huck

Je grognai et tentai de garder l'équilibre alors que Vernon me percutait de plein fouet. Sachant qu'il était bien plus léger que moi, le fait que l'impact m'ait presque projeté au sol témoignait de la vitesse à laquelle il allait.

J'attrapai ses bras maigres pour le tirer vers le haut tandis qu'il se débattait. Ses yeux étaient grands comme des soucoupes et il semblait pâle sous sa peau naturellement bronzée.

— Qu'est-ce que tu fais ici ?

Le bâtiment d'informatique était à l'autre bout du campus, à quinze minutes à pied, et je voyais rarement Vernon quand nous étions à la fac.

— T'as oublié ton téléphone ?

C'était inhabituel qu'il vienne me trouver en personne au lieu de m'envoyer un SMS. Mais peut-être voulait-il simplement se faire pardonner.

Après que j'avais informé mes colocataires de la visite de Fisher mal calculée niveau timing et leur avais appris que c'était Fisher qui avait réparé les marches, Vernon avait avoué, tout penaud, qu'il avait bel et bien aperçu un mot sur le plan de travail mais qu'il avait renversé un verre dessus avant de pouvoir regarder de quoi il s'agissait. Il avait jeté le papier à la poubelle en pensant qu'il appartenait à un des colocataires et que ce n'était rien d'important. Comme moi, il ne lui avait pas traversé l'esprit que Fisher avait pu passer sans prévenir.

Vernon secoua violemment la tête, faisant voler ses cheveux blancs dans tous les sens. Il inspira et leva de grands yeux vers moi.

— J'ai enfin trouvé quelqu'un qui a pu accéder aux dossiers de ton frère, et on a compris pourquoi tout était aussi sécurisé et top secret. Ses dossiers médicaux post-accident n'étaient que la partie visible de l'iceberg.

Le froid m'envahit tout à coup. Je tirai Vernon à l'écart de l'entrée du bâtiment et trouvai un endroit calme loin de la circulation piétonne et des autres étudiants.

— Vous avez découvert quoi ?

Vernon libéra son bras et me fusilla du regard en frottant l'endroit où je l'avais agrippé. Sa peau rougissait déjà, il aurait certainement un bleu le lendemain. J'oubliais toujours à quel point il était fragile à l'extérieur parce qu'à l'intérieur, il n'était que fer et acier.

— Désolé. Je ne voulais pas te faire mal. C'est juste que je suis à cran depuis qu'on a décidé de fouiller dans le passé de Sawyer. J'ai l'impression qu'on invoque un démon.

Vernon fit la moue, mais je savais qu'il ne pouvait pas rester fâché contre moi très longtemps.

— Tout le monde est sur les nerfs, je comprends. C'est pour ça que je suis venu en courant quand j'ai appris la nouvelle, dit-il en écartant ses cheveux de ses yeux affolés. Je ne sais pas si c'est une bonne ou une mauvaise nouvelle, mais Sawyer Richman ne pouvait vraiment plus marcher après l'accident. Il a une fracture à la vertèbre T-10. Sa mère a tenté de cacher son état de santé et elle l'a fait participer à tout un tas de thérapies expérimentales. Jusqu'à il y a peu, ils testaient un nouveau traitement hors de prix pour essayer de lui faire retrouver un peu de mobilité. Apparemment, c'est elle qui essayait de dissimuler la sévérité de son état, comme tu le soupçonnais. Mais pas pour les raisons que tu pensais.

J'émis un bruit étranglé et croisai les bras, réfléchissant aux implications de cette nouvelle sur ma théorie selon laquelle mon demi-frère était celui qui terrorisait Ollie.

— Elle a certainement affirmé à mon père que Sawyer pourrait remarcher un jour. Il est plus que probable qu'elle n'ait pas voulu prendre le risque que mon père le retire lui aussi de son testament. Elle est obsédée par la perfection. Elle a dû penser que mon père considérerait Sawyer comme irrémédiablement abîmé et indigne de son héritage s'il apprenait qu'il ne pouvait plus marcher. La barbarie est un euphémisme pour décrire ces gens-là.

Vernon agita une main en l'air entre nous et reprit d'une voix grave :

— En tout cas, il semblerait que Sawyer ait joué le jeu et subi tous ces traitements de son plein gré, jusqu'à ce qu'Ollie se volatilise. Dès qu'elle a disparu, tous les rapports médicaux s'arrêtent, dit Vernon la mine grave. Et c'est là que s'ouvre son casier judiciaire. Je ne trouvais rien parce que tout ce qui lui est arrivé après la fuite d'Ollie était dissimulé dans des comptes rendus de procès verrouillés et des documents scellés.

Je vacillai sur mes talons comme si une rafale de vent m'avait fait perdre l'équilibre. J'étais sonné. Sawyer était fou, mais jamais je n'aurais pensé qu'il enfreindrait la loi et se ferait prendre. Impossible que sa mère l'ait laissé subir ce genre de conséquences : les gens de leur caste étaient censés être au-dessus des lois.

— Sawyer s'est fait arrêter ?

J'avais du mal à y croire.

Vernon tendit la main, et ce fut à lui de me serrer le bras assez fort pour y laisser un hématome.

— Il ne s'est pas simplement fait arrêter, Huck. Il a été interné.

— Quoi ?

OK, je disais sans arrêt qu'il était fou, mais je ne pensais pas que quelqu'un d'autre prendrait son état mental au sérieux.

— Après le départ d'Ollie, il s'est intéressé à un mec qu'elle connaissait de la fac. Apparemment, elle avait eu une aventure d'un soir avec lui et c'est comme ça qu'elle a découvert que ton frère l'espionnait. Il avait une vidéo d'Ollie avec ce type et, visiblement, il est devenu dingue quand elle est partie, et il a essayé de faire chanter le mec. Il l'a accusé d'avoir fait fuir Ollie. Qu'un autre la touche lui a définitivement fait péter les plombs.

— Elle est partie parce que sa mère est morte et lui a légué un peu d'argent, ripostai-je. Elle était enfin libre parce que Sawyer et sa mère ne pouvaient plus se servir de la santé de sa mère comme moyen de pression. Ce mec ne représentait rien pour elle.

Je ne savais pas trop pourquoi j'étais autant sur la défensive, mais ce qui était sûr, c'est que je n'aimais pas l'idée qu'un autre mec soit la raison pour laquelle elle s'était enfin libérée du joug de mon frère.

Vernon haussa les épaules et poursuivit :

— Contrairement à tous ceux qui entouraient Sawyer, ce mec ne l'a pas laissé faire. Lui aussi était issu d'une famille aisée et il a refusé de laisser ton frère l'écraser ou compromettre son avenir en faisant fuiter une sextape. Il a demandé une ordonnance restrictive et a porté plainte pour harcèlement. Il a rendu coup pour coup, et on dirait bien que Sawyer a craqué. Ils en sont même venus aux mains. C'est peut-être ce qui a fait comprendre à Sawyer qu'il ne pouvait pas gagner face à quelqu'un qui n'était pas sous sa coupe. Alors il a essayé d'engager un homme de main pour tuer le type. Heureusement, son comportement était si inquiétant que les flics chargés des plaintes contre lui envisageaient ce genre de scénario. Un mec aussi déséquilibré que ton frère et en face une famille aussi riche et influente que celle de ton père… la police ne pouvait pas fermer les yeux. Les flics ont tendu un piège à ton frère, et il est tombé dedans. Le tueur à gages qu'il avait voulu engager pour assassiner le mec était un policier sous couverture. Ils étaient prêts à arrêter Sawyer, au moins pour tentative de meurtre, quand apparemment sa mère est intervenue pour essayer de soudoyer les forces de l'ordre, et elle s'est mise à son tour dans un sacré pétrin. Sawyer a tenté de se suicider avant qu'ils puissent le mettre en garde à vue. Pour l'essentiel, toute cette histoire est enterrée sous des documents judiciaires censurés, mais l'affaire est dingue quand tu commences à suivre la piste.

— Putain, sérieux ?

L'exclamation m'échappa plus fort que je ne l'avais voulu. Plusieurs étudiants qui passaient tout près s'arrêtèrent pour nous regarder avec curiosité.

— Mais c'est impossible qu'il ait essayé de se suicider. S'il réussissait, il ne verrait plus jamais Ollie, et c'est la seule chose qui l'intéresse.

— Il a vidé un flacon entier de médocs et l'a fait passer avec un cognac hors de prix.

Vernon secoua de nouveau la tête et réajusta les bretelles de son sac à dos.

— Au lieu de lui intenter un procès en présence d'un jury où Sawyer aurait plaidé la folie passagère et certainement gagné, le procureur chargé de l'affaire a accepté de l'envoyer en hôpital psychiatrique pour un traitement sur le long terme. Il est sous surveillance antisuicide permanente et doit se soumettre à des séances de thérapie intensive. Il va y rester au moins dix ans. C'est impossible qu'il ait suivi Ollie ici et très improbable qu'il ait payé quelqu'un pour venir la chercher.

Je me passai la main sur le visage et expirai lentement.

— Je n'arrive pas à y croire. Comment a-t-il pu passer en un clin d'œil de grand méchant loup à petit être inoffensif ?

Et comment se faisait-il que je n'aie pas eu vent de ce qu'il se passait ? On ne pouvait pas dire que je prenais des nouvelles des personnes qui avaient peuplé mon passé, mais il me semblait que j'aurais dû être au courant d'un événement aussi énorme.

— Je ne saurais pas dire si c'est une bonne ou une mauvaise nouvelle, pour être honnête.

Et Ollie ?

S'imaginait-elle qu'on la traquait simplement parce qu'elle était traumatisée ? Était-ce parce qu'elle avait eu peur de Sawyer toute sa vie qu'elle ignorait qu'il n'était plus cette ombre épiant ses moindres faits et gestes ?

Cette nouvelle information me troublait et me gonflait. Je détestais ce sentiment de voir la certitude s'échapper alors que l'inconnu reprenait possession de tout.

— Je ne sais pas non plus, répondit Vernon d'un ton compatissant. Je crois que tu dois d'abord dire à Ollie ce qu'il se passe et lui laisser le temps de comprendre ce qu'elle ressent, puis on se calera sur elle. Si elle semble encore plus effrayée et qu'elle a toujours peur que quelqu'un essaye de la faire rentrer, on partira de là. La priorité, c'est de veiller à ce qu'elle soit en sécurité coûte que coûte.

Je portai un doigt à mes lèvres pour le faire taire en voyant des boucles blondes familières se détacher d'un groupe d'étudiants pour venir vers nous.

Ollie fit un petit coucou de la main que Vernon lui rendit. Il me dit à voix basse :

— On la garde. Elle est des nôtres à présent. On ne peut laisser personne lui faire de mal, même si c'est Ollie elle-même la coupable.

Je hochai la tête et, dès qu'elle fut assez proche, tendis le bras pour la tirer vers moi. Elle se lova contre mon flanc comme si son corps était fait sur mesure pour s'imbriquer au mien.

— Tu es bien loin du bâtiment d'informatique, Vernon. Que se passe-t-il ? Tout va bien ?

Ses yeux sombres étaient pleins de curiosité, et elle poussa un cri de surprise quand Vernon plongea soudain en avant pour la prendre dans ses bras, l'emprisonnant entre lui et moi.

— Tout ira bien. Promis, dit-il avant de la lâcher, chassant ses cheveux de ses yeux d'un coup de tête effronté. Tu mets Ollie au parfum. Je vais trouver Harlen pour le mettre aussi au courant. Ça fait longtemps que je ne suis pas allé au département sportif. Je devrais y aller plus souvent pour vérifier que ses coéquipiers le traitent bien.

Ollie le regarda s'éclipser, l'air stupéfait, puis elle se tourna vers moi avec un million de questions dans les yeux.

— On en parlera en rentrant à la maison, dis-je.

Cela ne changerait rien que je décharge tout sur elle maintenant. Elle avait encore cours cet après-midi. Son monde était sur le point de se retrouver sens dessus dessous. Il valait mieux qu'elle apprenne tous ces changements dans un endroit où elle se sentirait en sécurité et où elle pourrait les assimiler. J'étais encore sonné ; inutile que nous nous retrouvions tous les deux dans cet état.

Elle s'appuya contre moi et saisit ma mâchoire d'une main pour me forcer à tourner la tête et croiser son regard. Un jour, je découvrirais tous les secrets que cachaient ces yeux noirs.

— Je vais te demander quelque chose, et je veux que tu me dises si j'ai l'air irrationnelle.

Elle passa son pouce sur ma lèvre inférieure, sourcils froncés.

— D'accord. Si tu as l'air folle, je te le dirai.

Elle avait de la marge, vu ce que je venais d'apprendre.

Ollie s'éclaircit la gorge, et sa main passée autour de ma taille agrippa le tissu de mon T-shirt. Je voyais bien qu'elle essayait de faire la lumière sur quelque chose qui la tracassait.

— Ça fait quelques jours que je n'ai pas de nouvelles de Mercer. Rien de neuf. Elle a un comportement bizarre depuis qu'elle sort avec ce mec, et elle est du genre à s'emballer très vite en amour. Mais elle refuse de me le présenter, elle devient hyper susceptible dès que j'émets des doutes sur leur relation, et elle est sur la défensive à son sujet. Au début, je pensais juste qu'elle l'aimait vraiment beaucoup et qu'elle voulait le protéger, mais maintenant…

Elle fronça les sourcils, et ses doigts se resserrèrent sur ma mâchoire.

— Je me demande si elle n'est pas embourbée dans

une histoire qui aurait un lien avec moi. Et si le mec avec qui elle sort était de mèche avec Sawyer ? Et si Sawyer avait payé quelqu'un pour qu'il se rapproche de Mercer dans le but de garder un œil sur moi ? Je ne voulais pas l'inquiéter avec mes hypothèses, mais plus leur relation dure, plus elle se comporte bizarrement, et plus je m'inquiète.

Elle me fit ses yeux de biche qui me donnaient envie de déplacer des montagnes pour elle.

— Tu sais, maintenant que j'y pense, je ne connais même pas son nom. Elle ne me l'a jamais dit, et j'étais trop préoccupée par mes propres histoires pour poser la question. Je veux savoir avec qui elle sort. Puisqu'elle refuse de me dire quoi que ce soit, je vais devoir ruser. Mais après avoir vu Sawyer s'insinuer dans ma vie, je crois bien que j'ai l'air dingue en disant tout ça. Je ne veux pas être comme lui.

Je soupirai et l'embrassai sur le front. Elle était la seule avec qui j'étais affectueux sans avoir besoin de réfléchir. Ça m'était revenu dès que je l'avais prise dans mes bras pour la première fois, quand nous nous étions retrouvés. C'était comme si tout le temps que j'avais passé à essayer de l'oublier était effacé. Mon corps et mon cœur savaient où était sa place.

— Non. Tu es juste une amie inquiète. Pas une tarée obsessionnelle.

Je me penchai pour l'embrasser sur le bout du nez, et relevai la tête en entendant les couinements de surprise d'un groupe de filles passant près de nous. Il fallait bien que ça se sache tôt ou tard sur le campus que je fréquentais quelqu'un.

— Tu vas faire quoi ?

— Je ne sais pas trop. Mais elle laisse toujours traîner son téléphone, et il n'est pas protégé par un mot de passe. Je pensais regarder quand ils ont rendez-vous la prochaine fois et me pointer sans prévenir. Ou y chercher des photos d'eux deux ou des indices sur lui pour que Vernon m'aide à trouver plus de détails en ligne. J'ai un mauvais pressentiment, et il ne fait que s'intensifier tant que Mercer reste avec lui et me le cache.

Je grognai et la pris par la main pour la tirer derrière moi jusqu'à sa salle de cours. Ollie était la seule fille que j'aie jamais accompagnée en cours.

— Planter son rencard semble un peu extrême, mais du moment que c'est dans un endroit public avec beaucoup de monde et que tu n'y vas pas seule, je pense que ça ira. Mais tu dois aussi envisager que Mercer pourrait t'en vouloir. Tu pourrais mettre en péril non seulement ton job, mais aussi ton amitié, et je sais qu'elle compte énormément pour toi.

— Je ne pourrai pas être amie avec elle s'il lui arrive quelque chose. Je ne peux pas ignorer tous les signaux d'alarme soulevés par son comportement dernièrement.

Je serrai sa main pour la rassurer. Elle réévaluerait peut-être son inquiétude quand elle saurait toute l'affaire concernant mon demi-frère.

— Dis-moi ce qu'on peut faire, les mecs et moi. On est là pour toi. Quoi qu'il arrive.

Vernon avait raison : nous devions la protéger, même d'elle-même. Après tout ce qu'elle avait traversé, il était possible qu'elle soit sa meilleure ennemie.

Un instant, je fus jaloux du mec qu'elle avait appâté pour provoquer Sawyer. Pas seulement parce qu'il avait été son premier, mais parce que c'était lui qui avait fini par faire payer mon demi-frère. Dans un monde parfait, c'était moi qui aurais dû éloigner Sawyer de nous deux. C'était moi qui aurais dû aider Ollie à devenir inatteignable.

Mais mon monde avait-il été parfait un jour ?

Non. Au contraire, j'avais appris à m'épanouir dans l'imperfection. À l'adopter. À m'y adapter. Et aujourd'hui, Ollie avait beau être brisée et meurtrie, comme notre relation amochée et en évolution constante, j'avais appris à l'aimer. Nos imperfections s'accordaient parfaitement.

L'obsession de mon frère pour son idée de la perfection l'avait rendu fou.

21

Ollie

— Tu as l'air ridicule. Enlève au moins les lunettes de soleil. Il fait nuit et on est à l'intérieur, nom d'un chien.

Je tournai la tête et levai les yeux au ciel, bien que Vernon ne puisse pas le voir sous la casquette de Huck rabaissée sur mon front et derrière les verres noirs de mes lunettes de soleil. Je portais la veste en cuir de Huck, beaucoup trop grande pour moi, et mes cheveux bouclés étaient tressés et rentrés dans le col. Ce déguisement n'était pas digne de la CIA, d'accord, mais il était plutôt efficace : lorsque Mercer était entrée dans le restaurant italien aux lumières tamisées où elle avait rendez-vous avec son copain, elle ne m'avait pas adressé un seul regard.

Vernon ne passait pas inaperçu, lui, mais Huck n'avait accepté que je mette ce plan insensé à exécution qu'à condition que j'accepte d'être accompagnée par notre coloc. Huck ne voulait pas que j'y aille du tout, d'ailleurs. Il avait été appelé au bar pour remplacer quelqu'un et voulait que j'attende qu'il ait fini, mais je refusais d'attendre plus longtemps. Mercer avait parlé de ce rencard au détour d'une conversation pendant qu'on se passait le relais à la boutique, donc je n'avais même pas eu à violer son intimité en fouillant dans son téléphone pour savoir ce qu'elle mijotait. J'avais sauté sur cette occasion de la surveiller et de découvrir enfin ce qui se tramait avec son mystérieux amant, quitte à franchir quelques limites dans notre amitié.

J'enlevai les lunettes de soleil et fis la grimace au mignon petit mec assis en face de moi. Il n'était pas ravi d'être là, mais il avait cédé face à mes suppliques et aux menaces de Huck. Il était mal à l'aise, mais j'avais comme l'impression que sa gêne n'avait rien à voir avec mon plan dément.

Vernon soupira, et ses cheveux blancs voletèrent sur son front.

— Je ne comprends toujours pas pourquoi tu es aussi méfiante. Qu'est-ce que ça peut te faire si elle ne veut pas te parler de son petit copain et ne veut pas te le présenter ? Peut-être qu'il est timide. Peut-être qu'il est marié, et qu'elle ne veut pas te le dire. Je crois que tu tires des conclusions hâtives à cause de ton historique de relations toxiques ; tout le monde n'attire pas les ennuis comme toi.

Il m'adressa un sourire narquois en attrapant un gressin dans la panière au milieu de la table, qui en débordait presque parce que notre serveur avait eu un coup de foudre pour Vernon. Il était aux petits soins pour lui, même si Vernon n'avait pas conscience de l'intérêt qu'il suscitait.

Je tirai la visière de la casquette plus bas sur mon visage pour zieuter avec méfiance tous les hommes qui passaient devant la table. Depuis quelques minutes, Mercer était seule. Elle n'arrêtait pas de consulter son téléphone mais ne semblait pas étonnée de devoir attendre son soupirant.

— C'est justement parce que j'ai un historique de relations toxiques que je m'inquiète. Et si ce mec était lié à Sawyer ? Ce ne serait pas la première fois qu'il trouverait un moyen d'entrer dans ma vie en se servant d'un de mes proches.

Vernon se mit soudain à tousser et à se racler la gorge comme s'il s'étouffait. Presque aussitôt, le serveur énamouré se rua à notre table pour lui tendre un verre d'eau en demandant si tout allait bien. Vernon le chassa d'un geste de la main et avala le verre d'eau pendant que je me cachais derrière le menu au cas où l'agitation à notre table aurait attiré l'attention de Mercer.

Je jetai un coup d'œil discret vers elle pendant que Vernon sifflait :

— Je n'arrive pas à croire que Huck ne t'ait pas tout dit.

La colère dans sa voix me surprit ; je baissai lentement le menu pour croiser son regard furieux.

— Que Huck ne m'ait pas dit quoi ?

Vernon évita mon regard et secoua légèrement la tête.

— Oublie. Mais je doute sincèrement que ce mec fréquente ton amie sur ordre de Sawyer. Quoi que Huck garde pour lui, c'est dans ton propre intérêt, parce qu'il ne veut pas que tu baisses la garde.

Je pensais que Huck et moi avions dépassé le stade où nous prenions des décisions l'un pour l'autre : nous étions censés tout partager et être sur la même longueur d'onde pour ne pas nous retrouver au même point qu'avant, quand on ne se comprenait pas. Il était possible de faire les mauvais choix pour les bonnes raisons, ce qui ne voulait pas dire que personne n'en souffrirait.

Je n'avais pas besoin que Huck me cache des choses pour mon propre bien.

Je n'eus pas le temps de m'appesantir sur le sujet, car, au moment où le serveur plein d'entrain revenait à notre table, un grand brun passa derrière lui pour aller droit sur Mercer. Je le reconnus tout de suite.

J'eus le souffle coupé et je sentis ma mâchoire se décrocher. Je clignai des yeux et me les frottai pour être sûre que je n'étais pas en train d'halluciner. Si seulement j'avais demandé comment il s'appelait, si seulement j'avais insisté davantage auprès de Mercer pour qu'elle me donne plus d'informations, je n'aurais pas été ainsi prise de court.

Je pensais être prête. Je pensais m'être préparée. Je m'étais convaincue que le changement d'attitude de Mercer et le mystère qu'elle faisait planer avaient *forcément* un lien avec mon passé, et j'avais raison.

Mais jamais je n'aurais pu deviner que l'homme avec qui ma meilleure amie sortait était le garçon avec qui je m'étais liée d'amitié pendant ma première année de fac. Celui que j'avais ramené chez moi et fait danser comme une marionnette au bout d'une ficelle juste pour voir jusqu'où irait mon pire ennemi.

Jack Darling était censé être un simple coup d'un soir et rien de plus qu'un moyen d'atteindre mon but. Il n'était pas censé se trouver ici ; il n'était pas aussi effrayant que Sawyer, mais il était tout aussi indésirable que lui dans ma nouvelle vie.

J'avais beau réfléchir, je ne comprenais pas ce que Jack faisait ici ni pourquoi il sortait avec ma meilleure amie.

Vernon tendit la main par-dessus la table et me tapota gentiment sous le menton pour que je ferme la bouche. Je le regardai avec incrédulité et posai mes deux mains sur la table, partagée entre mon envie de me ruer sur Mercer pour l'éloigner de cet homme et mon désir de m'enfuir. C'était généralement ainsi que je gérais mon passé. C'était un bordel que je n'avais aucune envie de nettoyer.

— Dois-je comprendre que tu le connais ?

Vernon haussa son sourcil percé et sa bouche se durcit. Il pianota sur son téléphone, et je sus sans avoir à lui demander qu'il était en train d'informer Huck que, un, j'avais reconnu l'homme avec qui Mercer était et deux, j'étais à deux doigts de perdre les pédales.

Mes mains tremblaient. Je serrai les poings et déglutis avant de répondre :

— À peine. C'était un ami de la fac, puis un peu plus que ça. On a flirté et on a couché ensemble une fois, mais ce n'était pas sérieux. Je savais que Sawyer ne laisserait pas un autre mec m'approcher. J'étais persuadée que je ne le reverrais jamais après qu'il a découvert que Sawyer nous avait filmés en cachette. Il n'a pas aimé que Sawyer le menace. Sa présence ne peut pas être une simple coïncidence.

Surtout s'il traitait Mercer comme de la merde et essayait sciemment de l'isoler de moi.

Vernon posa sa main sur la mienne et la serra gentiment pour me rappeler que nous étions dans un lieu public.

— Que veux-tu faire ? L'affronter ? Continuer à les suivre ? On n'a jamais évoqué la suite.

— Je… je ne sais pas. Je veux savoir ce qu'il fait là. Je ne veux pas blesser Mercer ni la mettre dans l'embarras. C'est une des seules personnes sur qui je peux compter inconditionnellement. J'étais tellement concentrée sur Sawyer qu'il ne m'est jamais venu à l'esprit que d'autres personnes pouvaient en avoir après moi.

Après tout, j'avais entraîné ce mec – un autre gamin riche dont le statut et l'image comptaient plus que la décence humaine élémentaire – dans une situation délicate.

Vernon regarda le couple par-dessus son épaule tandis que je gardais la tête baissée et essayais de réfléchir à mon prochain coup. J'aurais dû écouter les avertissements de Huck à propos de ce plan foireux, qui pourrait me coûter plus que ce que j'étais prête à perdre.

— Oh ! souffla Vernon en me tapotant frénétiquement la main pour attirer mon attention. Ta copine va aux toilettes. Ça ne te laisse qu'une minute ou deux pour parler seul à seul à ce type, mais je peux essayer de retenir ton amie un peu plus longtemps.

Ses yeux si uniques étaient plantés dans les miens, attentifs à ma réaction.

— Ou bien on peut partir maintenant, et tu peux réfléchir

à ce que tu veux dire à ta copine plus tard. Quoi qu'il en soit, c'est ta seule fenêtre pour agir sans qu'elle te voie.

Je hochai la tête et pris une profonde inspiration.

— Je vais lui parler.

J'attendis que les cheveux colorés de Mercer aient totalement disparu de mon champ de vision avant de me lever pour m'approcher de leur table.

— Bonne chance, murmura Vernon.

Il se leva à son tour et se précipita en direction des toilettes. Une horloge invisible faisait tic-tac dans mon esprit lorsque je pris place sur la chaise vide en face du jeune homme que je ne pensais pas revoir un jour.

Je relevai la visière de ma casquette en la repoussant d'un doigt, mais Jack ne sembla pas le moins du monde surpris de me voir. Non, il afficha même une expression neutre, presque lasse, en me regardant par-dessus son verre de vin.

— Qu'est-ce que tu fais là ? Pourquoi tu sors avec ma meilleure amie ? Pourquoi tu m'as suivie jusqu'ici ?

Je faisais de mon mieux pour garder un ton égal bien que j'aie envie de lui hurler au visage ; son détachement et son indifférence me hérissaient. Vraiment, les riches ne se laissaient affecter par rien. Ils se savaient intouchables, et c'était agaçant.

Il reposa tranquillement son verre de vin et le regard qu'il posa sur moi laissait entendre que je devrais déjà connaître les réponses.

— Tu sais que la nuit que j'ai passée avec toi a gâché ma vie ? Le mec avec qui tu vivais m'en a fait voir de toutes les couleurs, et il a causé pas mal d'inquiétude dans ma famille, dit Jack en se penchant vers moi par-dessus la table. À cause de lui, j'ai été suspendu de la fac. Il m'a coûté un stage pour lequel j'avais bossé comme un dingue. Il a montré cette vidéo de nous à ma petite copine officielle, et évidemment, elle m'a largué ; elle ne savait pas que je voyais d'autres nanas. Elle a dit à ma famille que je m'encanaillais avec les domestiques, et m'a quitté. Son père avait investi dans un des projets de développement du mien qui m'en a voulu à mort quand il a perdu son financement à cause de mes yeux baladeurs. Il a failli me couper les vivres et me déshériter… tout ça parce que je me suis dit que ce serait marrant de te prendre ta virginité.

J'émis un bruit étranglé et portai une main à ma gorge. Il décrivait pile-poil le comportement de Sawyer quand on lui causait du tort. J'ignorais totalement qu'il avait poussé sa vengeance plus loin que la simple menace de diffuser la vidéo.

Mon ancien camarade de fac haussa un sourcil, un sourire narquois aux lèvres. Son expression me glaça le sang.

— Après m'être remis de tout ça et avoir pris le temps d'arrondir les angles avec ma famille, j'ai réalisé que tout ce qui m'était arrivé était ta faute. C'est toi qui as fait entrer ce taré dans ma vie, toi qui m'as mis dans son collimateur. Ce n'était pas juste que je sois le seul à souffrir. Je me suis dit que toi aussi, tu devais perdre les choses qui te tiennent à cœur. J'aurais pu surmonter ma colère envers toi si tu avais continué à souffrir et à vivre une vie minable, mais après la mort de ta mère, tu es devenue une tout autre personne. J'ai vu ton bonheur de t'être enfuie, ton soulagement quand ce pauvre type qui habite la maison victorienne t'a laissée te rapprocher de lui. Tu es à deux doigts de vivre une vie parfaitement normale, et je ne crois pas que ce soit juste après tous les ennuis que tu m'as causés. Je ne peux pas faire grand-chose pour te détruire, Olivia. Richman s'en est déjà chargé. Mais ton amie… elle est si gentille, si innocente, si crédule. Tu crois qu'elle se sentirait comment si je lui faisais subir tout ce que tu m'as fait subir ? Je l'ai gardée à bonne distance pour qu'elle ne se pose pas de questions quand je la laisserai enfin s'approcher. Qui sait qui pourrait nous regarder ? Et si elle devenait une cible, la risée de tous, une paria, juste parce qu'elle est devenue amie avec toi ? Sait-elle à quel point ton amitié est dangereuse ?

L'idée que Mercer soit exposée de la sorte me fit mal au ventre.

— Tu as raison. C'était irresponsable et imprudent de ma part de devenir ton amie et de te ramener chez moi. Je n'ai pensé à rien au-delà du fait de me servir de toi pour obtenir ce que je voulais. Mais ça ne veut pas dire qu'une innocente comme Mercer doit en souffrir. C'est quelqu'un de bien, de meilleur que toi ou moi. Elle ne mérite pas d'être impliquée là-dedans, et si tu lui fais du mal, je ne laisserai pas passer.

Jack rit froidement.

— Qu'est-ce que tu peux faire d'autre ? Je n'ai plus rien à perdre, et le mec qui a enclenché tout ça n'est plus une menace. Tu ne me fais pas peur. Et c'est bien parti pour que

Mercer tombe amoureuse de moi ; je n'ai aucun doute que quoi que tu lui dises sur moi et notre passé, c'est moi qu'elle choisira plutôt que toi.

Il y avait beaucoup de choses à assimiler dans sa déclaration, mais un élément s'en détacha plus que les autres.

— Comment ça, Sawyer n'est plus une menace ?

Comment était-ce possible ? Sawyer avait toujours été une menace. C'était ce qui le définissait. C'était ce qu'il était dans mon esprit… une menace… un danger. Que savait cet étranger que j'ignorais ?

— Ce taré est sous les verrous. Déjà qu'il était fou, il est devenu déchaîné quand tu as disparu. Il a essayé de me faire tuer, et quand ça n'a pas fonctionné, il a essayé de se suicider. Sa mère a comploté pour passer tout ça sous silence parce qu'elle ne pouvait plus cacher à quel point il était dérangé. Il ne va pas me courir après ni venir te sauver. Il pourrit dans une cellule capitonnée quelque part.

J'eus l'impression qu'on venait de me verser un seau d'eau glacée sur la tête.

Sawyer était enfermé.

Il n'était pas sur mes traces.

Il n'était pas à mes trousses.

Il n'était pas en train de me manipuler pour me forcer à revenir à lui.

J'étais en sécurité. Et Huck aussi.

Trop de choses à intégrer. C'était comme si le monde tel que je le connaissais avait été ébranlé et que je devais tout reconstruire ; c'était un endroit que je ne reconnaissais plus.

— Elle n'a jamais eu besoin de personne pour la sauver, elle peut très bien le faire toute seule. Tu es seulement en colère qu'elle se soit servie de toi.

Je tournai brusquement la tête en entendant la voix de Huck derrière moi. Il m'attrapa le poignet pour me tirer de ma chaise.

— Et si tu crois que mon frère a bousillé ta vie, tu n'as encore rien vu. Quand j'en aurai fini avec toi, tu regretteras l'époque où tu craquais ton slip. Tu crois que ta vie est dure aujourd'hui ? Je vais te la rendre impossible. Pars. Ne viens plus jamais faire chier Ollie ou Mercer. Je sais que les mecs riches comme toi n'aiment pas obéir aux ordres, mais c'est ta meilleure option.

Après avoir assené cette menace peu subtile, Huck me tira derrière lui pour sortir du restaurant sous les murmures inquiets s'élevant des autres tables. Je me hasardai à regarder par-dessus mon épaule, espérant que Vernon avait réussi à retenir Mercer un peu plus longtemps, mais non.

Elle se tenait debout au milieu de la mêlée, les yeux rivés sur nous. J'ignorais comment je lui expliquerais tout ça ni si nous serions encore amies après, mais il fallait qu'elle sache que Jack n'était pas un mec bien.

— D'où tu sors ? demandai-je à Huck qui continuait à me traîner derrière lui avec rage.

Comme s'il avait le droit d'être furieux : entre les propos de Vernon à table et la révélation de mon ex-amant concernant Sawyer, Huck était forcément au courant que son demi-frère n'était plus en mesure d'interférer dans notre vie. Il me l'avait caché pour des raisons connues de lui seul, et je détestais ça.

— Vernon m'a envoyé un SMS disant que tu connaissais le mec qui était avec Mercer. Je savais que ça ne pouvait pas être Sawyer, alors je me suis inquiété et je suis parti du taf. Je dois y retourner, mais d'abord, je veux être sûr que tu rentres saine et sauve à la maison et que tu ne sortiras plus jouer les James Bond ce soir.

Je dégageai mon bras de l'étau de sa main et m'arrêtai sur le parking bondé, le fusillant du regard sous la visière de sa casquette.

— Depuis quand sais-tu que Sawyer est interné ?

Huck se passa les mains dans ses cheveux ébouriffés.

— Pas longtemps. J'ai demandé à Vernon de fouiller dans les dossiers médicaux de Sawyer parce que je pensais qu'il mentait sur la gravité de sa blessure. Ça me semblait louche qu'il soit resté si discret pendant tout ce temps. Vernon est tombé sur la localisation actuelle de Sawyer pendant ses recherches. Je comptais te le dire, mais avant, je voulais avoir une meilleure compréhension de ce qu'il se passait là-bas. Je ne voulais pas que tu arrêtes d'être méfiante juste parce que Sawyer est inoffensif ; avec ou sans lui, le monde est un endroit cruel, tordu. Il vaut mieux rester à l'affût. Ce n'est pas comme si Sawyer était le seul méchant dans notre histoire.

Je poussai un soupir exaspéré et avançai dans la rue. La maison n'était pas tout près du restaurant, mais j'étais frustrée et remontée. Ça semblait être une bonne idée de marcher pour réfléchir à comment je rentrais, et pour évacuer mes émotions bouillonnantes. Parce que dans l'immédiat, elles étaient sur le point de déborder.

— Tu aurais dû me dire que les choses avaient changé. On est censés tout se dire maintenant ; plus de secrets. On est censés être des coéquipiers, pas un joueur et son coach. Je n'aime pas que tu prennes des décisions sur ma vie sans m'en informer, Huck.

J'avais déjà donné avec Sawyer, et je refusais de revivre ça. Pas même pour lui.

Huck sortit son téléphone pour regarder l'heure. Il jura et essaya de me rattraper.

— Ollie…

Je levai une main pour l'arrêter, sans ralentir.

— Je sais que tu pensais me protéger, mais j'ai la sensation que tu ne me laisses pas prendre mes propres décisions. C'est exactement pour ça que je me suis enfuie. C'est pour échapper à ça que je suis venue à toi, Huck.

Il m'attrapa le bras et me fit pivoter vers lui.

— J'ai déconné. Je suis désolé. Je prends des précautions démesurées quand il est question de notre enfance, dit-il, et je vis la sincérité briller au fond de ses yeux couleur miel. J'ai agi sans réfléchir à ce que ça te ferait. Je ne me suis pas rendu compte que j'agissais de la même manière que Sawyer. J'ai l'habitude de faire ce que je pense être le mieux pour toi sans te demander la permission. J'oublie que tu n'es pas une enfant qui a besoin de moi tout le temps.

Je pris une profonde inspiration pour me calmer, et après

quelques instants de silence, je saisis son visage entre mes mains.

— J'ai besoin de toi tout le temps. Mais je suis capable de penser par moi-même, de décider ce qui est le mieux pour moi, sans l'aide de personne.

Je soupirai, puis fronçai les sourcils. Il y avait une chose qui me dérangeait encore plus que son autoritarisme dans l'immédiat.

— Là tout de suite, j'ai besoin de réfléchir à un moyen de tirer Mercer des griffes de Jack. Il a raison de me détester, et je comprends qu'il veuille se venger, mais je refuse qu'il lui fasse du mal. Retourne au travail. Ce serait nul de te faire virer pour être venu à mon secours.

Je me retournai vers le restaurant et réalisai que j'avais laissé Vernon seul au milieu du bazar que j'avais créé.

— Il faut que j'aille sauver Vernon. Mercer est du genre relax, mais qui sait comment elle va réagir face à tout ce bordel ?

Huck m'attrapa par les épaules pour me tourner face à lui.

— Vernon peut se débrouiller tout seul. Il sait déchiffrer une situation mieux que personne. Il est le mieux placé pour se faire une idée de ce que ton amie ressent et savoir si elle sera réceptive à la vérité quand tu la lui diras. Tu ferais mieux de rentrer à la maison et de réfléchir à ce que tu diras à Mercer quand tout le monde se sera calmé. Souviens-toi, le plus important, dans des excuses, c'est la personne qui les donne et celle qui les reçoit, pas les mots en eux-mêmes. On parlera de ce qu'on fait de l'autre enfoiré plus tard. Il n'est pas aussi dangereux que Sawyer, mais il représente tout de même un risque.

Je hochai la tête et lui adressai un petit sourire.

— Tu as le don de m'énerver sans même essayer, Huck, mais je suis heureuse que tu sois toujours là quand j'ai besoin de toi.

La seule chose que son cœur savait faire, c'était s'occuper de moi, et rien que pour ça j'étais prête à accepter son penchant autoritaire et surprotecteur.

Le bien et le mal se manifestaient à parts égales chez lui. On pouvait dire la même chose de moi, et nous étions tous les deux enclins à pencher un peu trop d'un côté ou de l'autre. Nous devions seulement veiller à nous rattraper l'un l'autre quand le mal commençait à l'emporter sur le bien.

22

Huck

— Donc ce type voulait se servir de Mercer comme Sawyer s'est servi de lui parce qu'il tient Ollie pour responsable de tout ce qui lui est arrivé après qu'ils ont couché ensemble ? Je n'arrive pas à croire qu'elle ait à ses trousses *deux* mecs pleins aux as déterminés à faire de sa vie un enfer. C'est vraiment pas de bol.

Vernon secoua la tête. Nous étions seuls dans le bar, que je bouclai pour la soirée. J'étais censé terminer à minuit, mais puisque j'étais parti en plein service, mon manager avait tenu à ce que je reste tard et fasse la fermeture. J'aimais me croire irremplaçable, mais le bar était proche du campus et les consos n'étaient pas chères. Il avait juste besoin d'un barman assez séduisant pour servir des verres et flirter avec les habitués. J'étais loin d'être indispensable. C'était un job facile et bien payé, et je ne voulais pas me faire virer, mais cela ne m'avait pas empêché de faire rentrer Vernon par la porte de derrière une fois le bar fermé, bien qu'il soit mineur.

Il y avait peu de chances pour que quelqu'un vienne voir ce que je fabriquais, aussi tard.

— Comment peut-elle avoir aussi peu de chance en matière d'hommes ?

Je lui jetai un torchon mouillé au visage, lui arrachant un grognement, et lui rappelai :

— On est aussi des hommes dans sa vie.

Il pouffa et me rendit le torchon.

— Ouais, et on est aussi tordus que les autres. La seule différence, c'est qu'on ne la tient pas pour responsable de nos problèmes et qu'on ne passe pas notre frustration sur elle. Sa vie serait bien plus facile si elle pensait pouvoir vivre sans toi, me dit-il d'un air entendu. C'est ça qui a tout déclenché à l'époque... elle t'a désigné comme son préféré et le monde s'est écroulé autour de vous.

C'était vrai. J'étais le premier domino qui avait fait basculer tous les autres.

Je me connaissais assez bien pour savoir que la jalousie qui bouillonnait en moi n'était pas étrangère à mon envie de réduire ce mec en miettes.

Plus jeune, j'avais toujours considéré qu'Ollie était à moi. Pas dans un sens amoureux, mais dans le sens où elle était mon autre moitié, où elle me complétait. Elle faisait ressortir le meilleur en moi. Aujourd'hui, ce sentiment d'appropriation était différent et bien plus puissant. L'idée que quelqu'un d'autre la touche, qu'un autre homme ait goûté à sa peau et entendu ses gémissements quand elle lâchait prise me faisait bouillir de rage. C'était une corde raide sur laquelle je devais avancer avec prudence, parce que je savais qu'elle n'avait ni besoin ni envie que je me comporte comme Sawyer. Elle me plaisait, mais ça ne me donnait pas le droit de prendre le contrôle de sa vie.

— As-tu expliqué à Mercer ce qu'il se passait ?

Je posai les mains sur le bar devant lui et le regardai tapoter sur le bois usé de ses ongles peints. Il hocha la tête, faisant tomber des mèches blanches devant ses yeux.

— Oui. Ça l'a surprise et embrouillée. Ça n'a pas aidé que l'autre crétin soit forcé de reconnaître qu'il connaissait Ollie, puis qu'il soutienne que ce n'était qu'une coïncidence qu'ils se retrouvent tous les deux ici maintenant. Ça se voyait qu'il mentait et qu'il lui cachait des choses. Il a eu plus de mal à expliquer pourquoi il avait fait exprès de choisir Mercer et pourquoi il insistait autant pour qu'il ne se passe rien de physique entre eux. Elle commençait à savoir à quoi s'en tenir avec lui quand je suis parti. Je pense qu'une fois qu'Ollie lui aura tout raconté, Mercer comprendra que ce type était un menteur et qu'il se servait d'elle. Il sait manipuler les femmes, Mercer était sur le point de se faire lobotomiser.

Il arrêta de pianoter sur le bar et se pencha vers moi d'un air conspirateur.

— Qu'est-ce qu'on va faire de lui ?

Je m'écartai du bar et étendis un bras au-dessus de ma tête pour m'étirer jusqu'à faire craquer mon dos.

— On va le chasser d'ici et lui faire comprendre que s'il s'approche un jour d'Ollie ou de ses proches, ce sera la dernière mauvaise décision qu'il aura prise de sa vie.

Vernon se pencha en arrière sur le tabouret et tapa du plat de la main sur le bar.

— Cool, comme au bon vieux temps. Il vaut mieux ne pas dire à Fisher ce qu'on mijote. On est censés s'être repentis et être devenus des gens bien et tournés vers l'avenir. Il serait déçu s'il apprenait que nous ne sommes rien de plus que les garçons des rues qu'il a rencontrés à l'époque.

Je pouffai.

— Ce qu'on change à l'extérieur ne compte pas ; qui nous sommes à l'intérieur finira toujours par ressortir. Peu importe si je porte un costard à mille dollars ou une veste en cuir et un jean : je me battrai toujours pour ce qui est juste. Je ne laisserai personne faire du mal à ceux à qui je tiens, quoi qu'il m'en coûte.

— Et c'est exactement pour ça que je veux être toi quand je serai grand.

Il me sourit, et je tendis la main pour lui ébouriffer les cheveux.

— Tu ne veux pas être moi, ni maintenant ni plus tard. J'ai une jolie fille dans mon lit, et on sait tous les deux que ce n'est pas elle que tu veux câliner toute la nuit, gamin. Tu es un génie. Je ne devrais pas avoir à te le dire.

Vernon émit un son étranglé tandis que j'éteignais les lumières. Puis il me suivit à travers la porte de derrière, et je m'assurai que tout était bien fermé derrière nous.

Il changea de sujet.

— Alors, il se passe quoi maintenant ? Ollie et toi n'avez plus à vous soucier de ton frère, et le fantôme de la nuit a maintenant un visage. Est-ce qu'elle va rester avec nous indéfiniment ? Est-ce que votre relation va rester la même maintenant que vous n'avez plus rien à craindre ni l'un ni l'autre ?

Je ne voulais pas qu'Ollie s'en aille, j'aimais vivre sous le même toit qu'elle. Mais je ne pouvais pas prendre cette décision pour elle.

Tout ce qu'elle voulait, c'était vivre une vie normale et faire ses propres choix sans se dire qu'ils allaient peut-être lui exploser à la figure. Si elle voulait rester, je serais fou de joie. Si elle décidait de partir, cela ne me plairait pas, mais je la soutiendrais.

C'était étrange de penser à tout le chemin que j'avais fait la concernant. J'avais cru que sa venue marquait la fin de ma vie bien organisée. À présent, je commençais à croire que si j'avais grandi et m'étais adapté au fil des années, c'était pour devenir l'homme qu'Ollie avait besoin que je sois quand elle reviendrait dans ma vie. Elle était encore une grande partie de moi-même et de l'homme que je voulais être.

— Je ne connais pas la suite. Je n'ai jamais vécu sans surveiller mes arrières, pareil pour Ollie. Nous allons devoir appréhender notre nouvelle normalité. Sawyer a toujours été un parasite agrippé à toute relation qu'elle et moi nouions ; sans lui, peut-être que notre relation pourra enfin respirer.

— Tu lui as totalement pardonné de ne pas t'avoir défendu quand vous étiez gamins ?

À l'entendre, c'était une éventualité improbable, et je ne pouvais pas lui en vouloir. Après tout, j'avais passé des années dans la colère parce que je pensais qu'elle m'avait trahi et abandonné.

— Est-ce que tu as officiellement accepté ses excuses ?

— Je ne sais pas si je lui pardonne totalement, mais je comprends pourquoi elle l'a fait bien mieux qu'à l'époque. Je comprends ses motivations. On était tellement jeunes, on essayait juste de faire de notre mieux dans une situation qui nous dépassait tous.

Ça me mettait hors de moi qu'elle ait dû perdre sa mère pour trouver une issue, mais ça ne changeait rien au fait qu'elle m'avait sacrifié en échange du peu de temps qu'il leur restait ensemble.

Vernon posa une main sur mon épaule. Nous étions presque arrivés à la maison.

— J'ai tout de suite aimé Ollie, dès qu'elle s'est pointée à notre porte avec son air de chien battu. Mais ce que j'aime surtout, c'est le recul qu'elle te fait prendre. Tu as tellement l'habitude de ne voir que le pire de ce que le monde a à offrir que je me suis longtemps demandé si tu serais un jour capable de voir tout le bien qui se cache dans les interstices du monde. J'ai toujours voulu que tu retrouves un semblant de bonheur, et je crois que cela n'aurait pas été possible sans Ollie dans ta vie.

Le bonheur était encore loin, mais je m'en approchais un peu plus chaque jour.

Nous entrâmes dans la maison plongée dans l'obscurité, le vieux parquet craquant à chaque pas.

Je marmonnai un bref « Bonne nuit » à Vernon et le

regardai disparaître dans la chambre de Harlen. Il n'avait pas bronché quand j'avais laissé entendre qu'il ne voulait pas se mettre au lit avec une fille après une longue journée. Ce gamin avait toujours quelque chose à dire, mais quand je faisais remarquer ce qui était évident à mes yeux et aux yeux de tous ceux qui voyaient sa façon d'interagir avec Harlen, il ne pipait mot.

C'était révélateur – et voué à se compliquer par la suite, si rien ne changeait. Ils jouaient avec le déni et le désir, une combinaison fatale.

Je rentrai dans ma chambre le plus discrètement possible. Ollie avait le sommeil léger, en général elle se réveillait quand je rentrais du travail. Ce soir, elle resta sous la couette pendant que je me déshabillais et allais dans la salle de bains prendre une douche avant de me coucher. Elle devait être vraiment épuisée et émotionnellement vidée pour ne pas bouger d'un pouce. J'adorais quand elle me faisait la surprise d'apparaître soudain derrière moi dans la douche. Ça arrivait assez souvent maintenant qu'elle passait presque toutes les nuits dans ma chambre.

Mais pas ce soir.

Je me séchai et gagnai le lit sur la pointe des pieds pour ne pas la déranger. Je me glissai sous les couvertures, encore mouillé et nu comme un ver parce que je ne voulais pas fouiller dans mes tiroirs dans le noir à la recherche d'un caleçon.

Ollie dormait, une main coincée sous sa joue et quelques boucles égarées sur son visage. Elle semblait si innocente, si paisible. Je me rendis compte que c'était la première fois qu'elle était allée se coucher avec la conviction absolue qu'elle ne se réveillerait pas sous la menace de Sawyer. Il était impossible qu'il la surveille encore à distance. C'était probablement sa première vraie nuit de sommeil depuis son enfance.

D'un doigt, j'écartai les mèches de son visage et souris en entendant le petit gémissement qui lui échappa. Elle se rapprocha de moi, cherchant instinctivement la chaleur de mon corps. Je passai un bras autour d'elle et fermai les yeux.

Cela faisait très, très longtemps que je n'avais pas ressenti un tel sentiment de plénitude. Peut-être que le bonheur était plus proche que je le pensais.

Moi aussi, cette nuit-là, je dormis bien mieux que depuis des années.

Et je me réveillai en me sentant encore mieux que d'habitude. Je n'étais plus sous la couverture, et Ollie avait la tête penchée sur ma bite.

Je ne savais pas si je bandais avant qu'elle pose sa bouche sur moi ou si c'était elle qui m'avait fait bander. Aucune importance. Quelle que soit la situation, sa manière de se servir de ses lèvres et de sa bouche ferait forcément réagir mon corps.

Je calai un bras derrière ma tête pour pouvoir la regarder faire dans la faible lueur matinale. Je posai mon autre main sur le sommet de sa tête pour écarter ses cheveux de ma ligne de mire.

Elle leva ses longs cils et me regarda, ses joues rosies et ses taches de rousseur ressortant encore plus que d'habitude. Elle était tout aussi mignonne que sexy, et possédait un charme unique qui m'avait vite envoûté. Tous les mecs ne seraient pas capables de la comprendre ou d'être patients avec elle, mais je n'étais pas non plus le genre de mec simple et facile.

Nous étions bien assortis elle et moi, à plusieurs égards.

Je grognai en sentant ses ongles se planter à l'intérieur de ma cuisse.

Je pliai un genou pour lui donner un meilleur accès et de la place pour bouger tandis que sa tête montait et descendait lentement, sensuellement. Les bruits de succion qui s'élevaient dans la chambre et les gémissements qui quittaient mes lèvres de temps à autre étaient enivrants et faisaient affluer le désir et l'anticipation dans mon sang.

Je gémis son nom, en partie comme un avertissement, mais surtout pour l'encourager quand je sentis ses doigts remonter entre mes jambes. C'était tellement excitant de la voir prendre confiance et se sentir plus à l'aise au fur et à mesure du temps que nous passions ensemble. Elle n'était peut-être pas vierge quand nous avions couché ensemble la première fois, mais elle était novice. Désormais, elle savait comment s'occuper de moi pour susciter la réaction qu'elle voulait.

Elle me touchait, goûtait, taquinait mieux que toute autre personne avec qui j'avais couché. Peut-être était-ce parce qu'il n'y avait pas seulement mon corps qui était engagé quand nous étions ensemble. Quoi qu'il en soit, je n'avais aucun mal à lui dire qu'elle était la meilleure que j'aie connue.

Elle me suça plus fort, en aspirant ses joues. Mes hanches réagirent et ma main agrippa ses cheveux plus fort.

Je gémis son nom quand sa langue passa sur la fente de mon gland enfoui dans la chaleur de sa bouche. Le plaisir me crispa les reins, et je sentis mes muscles se tendre quand elle effleura du bout des doigts la chair sensible sous la base de mon pénis qu'elle aspirait au plus profond de sa gorge.

La caresse de ses ongles sur mes bourses tendues me fit donner un coup de reins plus fort que je ne l'avais voulu. Un hoquet de surprise échappa à Ollie, qui me regarda avec de grands yeux.

Je retirai ma main de sa tête et m'excusai dans un murmure, et elle lança un « Hmm » avec ma queue dans sa bouche.

Sa langue sur mon pénis et sa main me caressant entre les jambes… je n'allais plus tenir longtemps.

Je marmonnai pour la prévenir qu'elle allait en prendre plein la bouche, mais elle baissa la tête encore plus et déglutit quand mon gland toucha le fond de sa gorge. Entre la succion, la chaleur, ses caresses sur un point sensible de mon anatomie, je ne pus plus retenir l'éruption de plaisir qui montait en moi.

J'essayai de me retenir de maintenir sa tête en place parce que c'était déplacé, mais ce fut plus fort que moi. Mes hanches se soulevèrent et j'allai et vins en elle de manière incontrôlable. C'était un peu plus brutal que d'habitude, mais

Ollie ne se plaignit pas. Elle suivit le rythme sans arrêter ses caresses, prenant tout ce que j'avais à lui donner.

Après avoir laissé mon membre ramolli tomber de sa bouche, elle passa ses lèvres rougies et mouillées sur mes abdos, y traçant un chemin humide. Elle haussa un sourcil d'un air mutin et chuchota :

— Bonjour.

Je pris son visage entre mes mains et passai le pouce sur ses lèvres enflées.

C'était un très bon jour, et pas seulement parce que je m'étais réveillé avec sa bouche autour de mon sexe.

C'était un bon jour parce que je m'étais réveillé à ses côtés.

Plus sérieux que jamais, je lui dis :

— Soyons heureux. Trouvons comment être heureux, Ollie. On le mérite.

Elle sourit et posa son menton sur ses mains nouées sur mon ventre.

— Ça serait chouette.

Oui, ça le serait.

23

Ollie

Je jonglais avec un carnet, mon sac à dos, un café frappé à moitié vide et les clés de la maison quand mon téléphone se mit à sonner depuis les profondeurs de mon sac à main pendu en travers de ma poitrine. Je fronçai les sourcils et réfléchis à la façon la plus rapide de le sortir. Je choisis de jeter le café et plongeai la main tenant les clés dans mon sac pour les échanger contre le téléphone. Depuis que je savais que Sawyer n'était plus une menace et que Mercer ne fréquentait plus le mec louche qui m'en voulait à mort, j'étais ultra-concentrée sur les cours. C'était la première fois, depuis que j'avais commencé la fac, que j'avais la sensation d'être une étudiante normale. Je n'avais plus d'épée de Damoclès au-dessus de la tête. Je ne pouvais plus être une mauvaise élève au prétexte que je travaillais avant tout à survivre ; je pouvais désormais me consacrer à fond à mon éducation.

Les progrès avaient été minimes jusqu'à présent, mais Vernon m'apprenait à mieux étudier. Maintenant que je vivais presque dans la poche de Huck, c'était un rappel constant que je devais prendre mon avenir en main, parce que rien ne me tomberait tout cuit dans le bec. J'allais devoir travailler dur pour être ce que je voulais être. Huck ne laissait rien le ralentir, jamais, et il ne se cachait derrière aucune excuse même s'il avait connu une vie aussi difficile, si ce n'est plus, que la mienne. Je l'avais toujours admiré, mais je l'admirais encore plus aujourd'hui. Même s'il avait refusé de me dire pourquoi il était rentré du bar quelques jours plus tôt en piteux état, avec les doigts en compote et une vilaine éraflure sur la joue, il restait celui que je respectais le plus et en qui j'avais le plus confiance dans mon monde imparfait.

Vernon avait refusé de me répondre quand je lui avais demandé avec qui Huck s'était bagarré, attisant encore plus ma curiosité sur ses agissements en mon absence. Je me dis que ce n'était peut-être qu'une simple baston et qu'il ne voulait pas que je m'inquiète, mais étonnamment, ce fut Harlen qui laissa entendre que Huck continuait de me protéger de tout son être.

J'étais en train de râler de n'avoir toujours pas de nouvelles de Mercer. Elle ne semblait pas pressée de se rabibocher avec moi et m'avait même envoyé un SMS pour me dire de ne pas venir à la boutique jusqu'à nouvel ordre. Sa froideur me frustrait, et j'étais en train de maugréer qu'elle ferait mieux de ne pas être avec Jack quand Harlen marmonna qu'il était impossible que ce type soit encore dans sa vie. Je lui avais demandé ce qu'il voulait dire, et il lui avait suffi de me lancer un regard dur pour que je me souvienne des mains abîmées de Huck et de son refus de me parler de ses blessures. Huck avait promis de me tenir informée de toutes les décisions qu'il prenait pour moi, mais visiblement, il s'acharnait encore à me protéger de tout effet boomerang.

Et la vérité, c'était que Mercer avait besoin que Jack sorte de sa vie pour de bon afin de tourner la page et guérir. Je fus secrètement soulagée de ne plus avoir à m'inquiéter qu'il vienne encore faire des histoires.

Je rappelai néanmoins à Huck que nous étions censés tout partager et lui demandai gentiment ce que ça lui ferait si je rentrais tout amochée en refusant de lui dire pourquoi. Son expression quand il m'imagina aussi mal en point que lui ce soir-là en dit long. Et le message était passé : il s'était montré encore plus attentionné que d'habitude. Il avait affirmé que, parfois, la force était la seule façon de se battre contre les riches. L'argent avait certes un certain poids, mais les poings et la rage permettaient de se faire comprendre encore plus facilement. Les types comme Sawyer et Jack étaient désemparés quand ils se retrouvaient face à un vrai combat. C'était pour cette raison qu'ils faisaient des coups bas et s'en prenaient à ceux qu'ils considéraient comme plus faibles qu'eux.

Je pensais que c'était Huck qui m'appelait pour me demander si je voulais le retrouver après les cours. Je fus surprise de voir le nom de M. Peters s'afficher sur l'écran. Il n'était pas rare que mon propriétaire prenne de mes nouvelles, surtout depuis que je m'étais enfuie de chez lui après lui avoir tout raconté. Il était devenu un grand-père d'adoption pour moi, comme pour mes colocataires. Mais bien que son coup de fil ne représente rien d'inhabituel, il était étrange qu'il m'appelle en pleine semaine alors qu'il savait que j'avais cours. D'ordinaire, il appelait plutôt le week-end, car il y avait plus de chances que nous soyons disponibles.

Je fis glisser mon doigt sur l'écran pour décrocher tout en rangeant mon carnet dans mon sac à dos tant bien que mal.

— Bonjour, monsieur Peters. Comment allez-vous ?

Je passai mon sac à dos à l'épaule et, en le fusillant du regard, j'évitai un mec sur son skate-board qui avait failli me renverser.

— En réalité, je ne me sens pas très bien aujourd'hui, Ollie. Je ne suis pas dans mon assiette. Je m'en veux de vous déranger, mais vous serait-il possible de passer pour m'apporter des médicaments contre le rhume ? J'ai appelé mes filles, mais elles sont toutes les trois bloquées au travail. J'ai aussi essayé d'appeler Huck, mais il n'a pas répondu.

Il avait effectivement la voix rauque, comme s'il avait un rhume.

Je décollai le téléphone de mon oreille pour regarder l'heure. Huck était en cours pendant au moins quarante-cinq minutes encore, et il avait certainement éteint son téléphone. J'étais libre pour le reste de l'après-midi. J'avais prévu de retrouver Vernon pour qu'on revoie ensemble le planning de travail qu'il avait établi pour moi, mais ce n'était pas urgent. Moins urgent que de m'occuper du vieil homme, qui semblait effectivement essoufflé. J'étais inquiète pour lui.

— Pas de problème. Dites-moi quoi prendre, et je vous

l'apporte tout de suite. Vous êtes sûr que vous ne voulez pas que je vous amène chez le médecin ? Vous avez l'air mal en point.

Mais il était têtu, et j'étais prête à parier qu'il était du genre à attendre d'être à l'article de la mort pour demander une assistance médicale.

D'une voix sifflante, il me donna le nom d'un médicament générique contre le rhume et m'assura que ça allait. Je lui répondis que je ferais aussi vite que possible, et il souffla :

— Faites attention à vous.

Quelle conversation étrange.

Soucieuse, j'envoyai un message à Vernon pour lui dire que je devais remettre notre séance de travail à plus tard. M. Peters me disait souvent de prendre soin de moi et m'ordonnait de mettre les garçons au pas pour plaisanter. Mais c'était la première fois qu'il me disait de faire attention à moi sur le bref trajet jusque chez lui.

Je réfléchis à son sous-entendu en parcourant les allées de la pharmacie la plus proche du campus. J'avais passé presque toute ma vie à me méfier de tout et de tout le monde, c'était donc comme une seconde nature de penser que les mots du vieil homme cachaient autre chose. Je ne voulais plus être la fille qui avait peur de son ombre, mais les vieilles habitudes avaient la vie dure. Résultat, je ne pus m'empêcher de prendre un spray au poivre à la caisse. J'en avais déjà un, mais je l'avais enlevé de mon porte-clés il y avait quelques jours pour essayer de retrouver un semblant de normalité. Huck m'avait grondée, me rappelant que Sawyer n'était pas la seule personne ayant de mauvaises intentions que je croiserais dans ma vie, mais j'étais convaincue de pouvoir affronter ce qu'un mec normal pourrait me faire subir après tout ce que j'avais enduré.

Peut-être que ce n'était que de l'arrogance et que j'aurais dû l'écouter. Après tout, Huck n'avait pas eu tort sur grand-chose.

Dès que je sortis de l'Uber devant la maison de M. Peters, j'envoyai un autre message à Vernon pour lui dire que s'il n'avait pas de nouvelles de moi dans les dix prochaines minutes, c'était qu'il y avait un problème et que j'étais dans le pétrin. Je reçus une flopée de messages en retour exigeant de savoir ce qu'il se passait et pourquoi j'envoyais un message aussi cryptique, mais j'étais déjà arrivée à la porte d'entrée et ne répondis pas. Bien sûr, Vernon m'appela immédiatement, mais comme M. Peters ouvrait la porte, je laissai l'appel basculer sur la messagerie.

Le vieil homme avait mauvaise mine et l'air incroyablement frêle. Ses mains tremblaient quand il ouvrit la porte moustiquaire, et il clignait frénétiquement des yeux. Il n'avait pas simplement l'air malade ; il semblait prêt à défaillir à tout instant. J'entrai et aussitôt, je dus tendre les bras pour l'attraper alors qu'il s'effondrait contre moi. D'ordinaire, sa maison était parfaitement rangée ; mais du coin de l'œil, je remarquai que des photos de ses enfants et petits-enfants étaient de travers sur le mur. Je vis aussi que l'abat-jour de la lampe posée sur sa table ancienne était penché, comme si quelqu'un l'avait percuté et n'avait pas pris la peine de le remettre droit.

Mon téléphone se remit à sonner, et je sus sans regarder l'écran que c'était Huck. Avant de voir l'expression horrifiée sur le visage de mon propriétaire, j'aurais été agacée que les garçons dramatisent. Maintenant, j'étais contente qu'ils soient aussi protecteurs envers moi. Je donnai mon téléphone à M. Peters et essayai de le faire sortir tranquillement sous le porche de la vieille maison. Il semblait au bout du rouleau et je voulais l'éloigner le plus possible de la menace, quelle qu'elle soit. Je ne savais pas ce qu'il se passait, mais une chose était sûre : le vieil homme n'aurait pas dû se retrouver au milieu de tout cela.

Aussi faible et tremblant fût-il, M. Peters résista à mes efforts de le faire avancer. Agrippant mon téléphone d'une main tremblante, il murmura :

— Je ne peux pas mettre mes petits-enfants en danger.

Je hochai la tête et lui fis signe de ne pas bouger, avant de mettre un doigt en travers de mes lèvres. Je montrai le téléphone et haussai les sourcils pour lui faire comprendre qu'il devrait garder la communication pour que Huck puisse entendre ce qu'il se passait. J'étais prête à parier tout ce que j'avais qu'il était déjà en route en me maudissant à chaque seconde. Entre Vernon et lui, je m'attendais non seulement à ce que l'un des deux vienne à notre secours, mais aussi à ce qu'ils aient appelé la police.

Je n'avais aucune raison de me jeter dans la gueule du loup. C'était stupide. C'était dangereux. C'était irréfléchi.

Mais cela ne m'empêcha pas de le faire.

J'en avais fini de fuir tout ce qui pouvait me dépasser. J'en avais marre de laisser les autres me faire croire que j'étais insignifiante et impuissante. J'en avais assez de cette impression de ne pas contrôler mon propre destin.

J'en avais fini d'avoir peur tout le temps.

Si je ne pouvais pas affronter mes peurs quand je savais que les renforts arrivaient, quand le pourrais-je ?

Ne pas entrer dans cette maison, c'était renoncer à tout le progrès que j'avais durement gagné pour vivre une vie normale.

— Bien. Laissez-moi poser les médicaments dans la cuisine, puis je vous emmène chez le médecin, monsieur Peters. Restez ici, près de la porte. Vous êtes très pâle. Vous auriez dû m'appeler plus tôt si vous vous sentiez si mal.

Je parlais fort pour que la personne qui se trouvait à l'intérieur puisse m'entendre et sache que j'entrais seule dans la maison.

Après avoir laissé tomber tout ce que j'avais emporté avec moi au sol, je serrai la bombe au poivre dans ma main et avançai sur la pointe des pieds. Ça ne pouvait pas être Sawyer qui terrorisait mon propriétaire, et mon ex-amant revanchard ne serait pas assez fou pour m'attirer dans la maison après avoir subi la rage de Huck. M. Peters m'avait indiqué que son oppresseur avait menacé ses petits-enfants pour le forcer à m'appeler, et je ne connaissais qu'une seule personne aussi cruelle… la personne qui avait fait de Sawyer le monstre qu'il était. Sa mère.

Sans surprise, lorsque j'entrai dans la cuisine, je tombai nez à nez avec la femme que je n'avais pas vue depuis qu'elle avait fait de mon adolescence un enfer. Elle était élégamment vêtue et semblait toujours aussi impeccable et riche qu'avant. Elle était en train de siroter une tasse de café, nonchalamment appuyée contre le plan de travail de la cuisine de mon propriétaire. On se serait presque cru dans une émission de déco, si on oubliait le pistolet posé sur le meuble devant elle. Ça, et la haine pure qui brillait dans ses yeux fous.

Comment pouvait-on tout avoir… sauf un cœur ? Ni aucun sens du bien et du mal ?

Je gardai la bombe au poivre dans mon dos et croisai son regard hostile. Elle m'avait fait trembler de peur autrefois parce qu'elle était prête à *tout* pour rendre son fils heureux. Comme si le reste du monde n'était pas humain à ses yeux et que nous n'avions aucune valeur ni aucune raison d'exister au-delà de notre utilité pour Sawyer.

— Vous êtes vraiment venue jusqu'ici pour menacer un vieil homme de vous en prendre à ses petits-enfants, madame Richman ?

Elle ricana et me regarda par-dessus le bord de sa tasse en haussant un sourcil.

— C'est toi qui devrais être enfermée. Nous savons toutes les deux que c'est toi qui conduisais le soir de l'accident, pas Huck. Tu as essayé de te tuer, et tu as presque emporté Sawyer et Huck avec toi. J'en suis convaincue. Tu as toujours été faible et pathétique, Olivia. Jamais je ne comprendrai l'obsession de mon fils pour toi. Tu n'as jamais été digne de son temps ni de son affection, cracha-t-elle avant de tendre la main pour tapoter la crosse du pistolet posé devant elle. Mais peu importe. Mon Sawyer n'est plus le même depuis que tu es partie. Quelque chose s'est brisé en lui, et la seule façon de le réparer est de te ramener à lui. Je savais que tu ne viendrais pas si je te le demandais gentiment, et je savais que jamais le bâtard de mon mari ne laisserait personne t'approcher, alors j'ai décidé de venir te chercher moi-même. Tu vas réparer Sawyer, Olivia. Tu nous dois bien ça après tout ce que nous avons fait pour ta mère et toi.

Je reculai et serrai le spray encore plus fort entre mes doigts. Plutôt mourir que de retourner là-bas.

— Vous sous-estimez ma capacité à m'occuper de moi-même. Tout ce que j'ai toujours voulu, c'est m'éloigner de Sawyer. Je m'en sors très bien toute seule. Ma mère me manque, mais je suis reconnaissante chaque jour que vous ne puissiez plus l'utiliser contre moi.

J'avais de la chance d'avoir trouvé Huck et de m'être réconciliée avec lui, mais je savais désormais que je pouvais continuer sans lui s'il le fallait. Il était mon refuge, un lieu béni et précieux dans ce monde cruel et chaotique, mais il n'était pas l'intégralité du monde pour moi, comme je l'avais été aux yeux de Sawyer.

Mme Richman hurla et posa sa tasse de café sur la table avec une telle force qu'elle se brisa. Je tressaillis quand elle tendit la main vers le pistolet, et elle se mit à me crier dessus avec des yeux fous.

— Tu aurais dû mourir cette nuit-là ! Tout est ta faute ! J'ai perdu mon fils à cause de toi ! J'ai perdu mon mari à cause de toi ! Sais-tu comment les gens me regardent depuis que Sawyer est parti ? Comme s'il y avait quelque chose qui clochait chez lui. Comme si j'étais une mauvaise mère. Le monde serait meilleur sans toi !

Voilà qui était intéressant et ne me surprenait pas le moins du monde. Le père de Huck avait donc fini par en avoir assez et par couper les ponts avec cette femme odieuse ? Cela expliquerait pourquoi elle avait fini par basculer totalement dans la folie. Tout ce qui lui avait jamais tenu à cœur, c'était ce qu'elle avait et ce qu'elle pouvait empêcher les autres d'avoir.

Je fis un bond en arrière quand elle pointa le pistolet sur moi, mais je compris à sa façon maladroite de le tenir qu'elle n'avait pas l'habitude des armes à feu.

— Vous pouvez menacer mon propriétaire, mes amis, Huck. Rien de tout cela n'améliorera l'état de Sawyer ou ne vous fera gagner des points auprès de votre mari. À ce rythme-là, vous allez finir en prison, et sans la protection que vous offrait le nom de votre mari, vous allez enfin voir comment fonctionne le système judiciaire pour ceux qui ne peuvent pas négocier ou acheter leur innocence. Si vous finissez derrière les barreaux, comment comptez-vous veiller sur Sawyer ? Comment comptez-vous vous occuper de lui une fois qu'il sera sorti de cet établissement ? Personne, et je dis bien *personne* à part vous ne sera là pour lui. C'est ça que vous voulez ? Y avez-vous vraiment réfléchi ?

Même si elle parvenait à me ramener dans leur immense maison, Sawyer était placé dans un établissement où il fallait faire des pieds et des mains pour lui rendre visite. Les menaces de sa mère étaient vaines. Elle cherchait seulement quelqu'un à blâmer pour ses propres lacunes.

Elle me dévisagea, puis baissa les yeux sur le pistolet dans sa main. Son regard hystérique se durcit, et son expression suffit à me glacer le sang.

— Bien sûr que ce n'est pas ce que je veux. Ce que je veux, c'est que tu dises à mon fils que tu l'aimes. Que tu lui promettes de rester avec lui pour toujours. Que tu lui donnes l'impression que c'est lui ton préféré pour une fois dans ta minable vie. Je veux que tu le fasses redevenir qui il était avant que tu le brises en l'abandonnant. Ce que je veux vraiment, c'est que tu meures comme tu aurais dû mourir le soir de l'accident. C'est toi qui devrais être suicidaire, pas mon Sawyer. Il est destiné à de grandes choses. Toi, tu ne mérites rien de plus que…, s'interrompit-elle avec mépris en agitant le pistolet. Rien de plus que le sauvage avec qui j'ai été obligée de partager mon foyer et mon époux.

Elle n'avait pas tort.

Moi aussi, j'étais certaine que j'étais destinée à être avec Huck.

— Je n'ai jamais été tentée de me suicider, pas même quand Sawyer m'a fait douter d'avoir une vie qui valait la peine d'être vécue. Ce soir-là, je conduisais et j'ai perdu le contrôle à cause de lui. Ce n'était même pas un accident. Voilà.

Ce n'était pas comme si elle allait croire un mot de ce que je disais sur cette nuit-là, de toute façon.

— Je suis désolée que ce soit arrivé, mais quoi que vous me fassiez, ça n'y changera rien. Je ne bougerai pas d'ici, et Sawyer ne va pas guérir comme par magie. Tout ce que vous réussirez à faire, c'est vous faire encore plus d'ennemis. Vous voulez vraiment vous mettre Huck à dos maintenant que vous n'êtes plus dans les petits papiers de son père ? Il est devenu si intelligent et impitoyable depuis que son père et vous l'avez chassé, vous n'avez pas idée. Il ne contiendra pas sa colère si vous me faites du mal.

Elle marqua une pause pour digérer mes mots. Enfin, une autre émotion que la rage passa dans ses yeux.

La peur.

Je ne la reconnaissais que trop bien.

— Je… je tuerai le vieillard. Je tuerai toute sa famille. Je te prendrai toutes les personnes auxquelles tu tiens. Tout ce que tu as à faire, c'est te sacrifier pour les protéger. Sawyer est beau et riche, tu pourrais avoir bien pire que lui. Il a juste besoin d'entendre que tu l'aimes, que tu l'attendras. Il a besoin que tu lui donnes une raison de vivre. S'il meurt, c'est ta faute. Je savais que j'aurais dû me débarrasser de ta mère quand elle s'est retrouvée seule et en cloque. Je savais qu'elle n'apporterait que des malheurs dans mon foyer quand tu es née. Je savais qu'elle n'était bonne à rien. Elle n'était même pas capable de trouver un homme disposé à s'occuper d'elle et de son enfant.

Je grimaçai, et elle avança vers moi. Mes doigts se

resserrèrent autour du spray au poivre, prêts à parer toute attaque. Je savais qu'il valait mieux la laisser parler et gagner du temps, car les renforts étaient forcément en chemin.

Huck disait à qui voulait l'entendre que j'étais tout à fait capable de me sauver moi-même ; il était temps de prouver qu'il avait raison.

— Ma mère méritait bien mieux que ce qu'elle a eu. Moi aussi, je regrette que vous ne l'ayez pas forcée à partir. J'aurais aimé qu'elle ne m'amène jamais chez vous. À cause de vous et de votre fils, je n'ai même pas pu lui faire de vrais adieux. Je n'ai pas pu pleurer sa mort.

J'avais été tellement pressée de les fuir que le chagrin ne m'avait jamais rattrapée.

— Vous vous êtes servis d'une femme malade comme d'une arme. Il n'y a rien de plus abject à mes yeux.

Dès que cette déséquilibrée fut assez proche de moi, je brandis la main que je cachais dans mon dos pour lui pulvériser une bonne dose de bombe au poivre au visage tout en enfouissant mon nez et ma bouche dans le creux de mon coude opposé. Ses cris furieux et les fumées toxiques emplirent la cuisine. J'entendis le pistolet tomber sur le carrelage avec un bruit métallique et me retournai pour courir jusqu'à la porte. Je faillis percuter M. Peters qui était rentré dans le hall, alerté par le vacarme. En toussant, je l'attrapai par le coude et le tirai en vitesse à l'extérieur.

— Appelez la police, dites-leur que quelqu'un s'est introduit chez vous.

Je fus prise d'un haut-le-cœur et, sentant mes genoux

trembler, m'appuyai sur lui pour ne pas tomber. Je manquais d'air. M. Peters me tapota dans le dos.

— Je ne suis pas aussi vif qu'avant. Je n'ai pas pu l'arrêter quand elle est entrée de force dans la maison au moment où j'ai ouvert la porte. On s'est battus, et elle m'a donné un bon coup derrière la tête avec le pistolet. Elle a vu les photos de mes petits-enfants et m'a dit qu'elle s'en prendrait à eux si je ne trouvais pas un moyen de vous faire venir. Je ne voulais pas, mais je me suis rappelé ce que vous m'aviez dit, que ces gens étaient complètement fous. Je suis désolé d'avoir fait semblant d'être malade pour vous attirer ici, je ne voulais pas mettre ma famille en danger. Je pensais pouvoir gagner du temps et peut-être sortir l'arme qui est cachée dans la maison, mais vous êtes arrivée plus vite que je le pensais. J'ai appelé la police avec votre téléphone dès que je suis sorti. Ces vieux os ne savent plus se défendre comme avant.

Je toussai si fort que j'allais finir par dégobiller. Il me fallut un instant pour reprendre mon souffle. Quand je pus enfin respirer, je dis au vieil homme :

— Vous m'avez dit de faire attention : ça m'a mis la puce à l'oreille, j'ai tout de suite su que quelque chose n'allait pas. Vous ne devriez pas avoir à affronter les monstres de mon passé. Si vous avez été une cible, c'est uniquement à cause de moi. Vous n'avez fait que m'aider, monsieur Peters, je vous dois tellement. Je suis désolée que vous ayez été blessé par ma faute.

J'endosserais toute la responsabilité désormais.

J'étais pliée en deux par une quinte de toux quand une voiture de police s'arrêta devant la maison, suivie d'une seconde voiture d'où sortirent non seulement Huck et Vernon, mais aussi Harlen. Ils étaient venus tous les trois à la rescousse. J'en eus les larmes aux yeux.

Les policiers se précipitèrent pour vérifier l'état de santé de M. Peters, qui s'évertua à leur dire qu'il y avait une femme armée et dangereuse dans la maison. Il se lança dans une explication des événements qui paraissait invraisemblable alors même que je venais de les vivre. Pendant ce temps, je m'effondrai contre Huck, qui me rattrapa et me serra contre lui assez fort pour me briser les côtes.

— Tu vas bien ? demanda-t-il d'une voix dure, et je sentis ses mains trembler contre moi. Je n'arrive pas à croire que tu sois entrée dans cette maison seule alors que tu savais que ça pouvait être dangereux. Quand tu auras repris ton souffle, je vais t'étrangler.

Je lâchai un petit rire sifflant et posai mon front à la base de son cou, puis je passai un bras autour de sa taille et fermai les yeux ; j'avais enfin l'impression que ma vie reprenait son sens.

— Je n'étais pas seule. Je savais que tu viendrais. Et je savais que je devais faire face à la personne qui se trouvait à l'intérieur, qui qu'elle soit. Sinon, nous aurions tout affronté jusqu'à présent pour rien.

Je n'étais pas encore prête à lui dire, mais voir la mère de Sawyer et écouter ses élucubrations détraquées sur la nuit de l'accident avait clarifié autre chose. Pour avancer, je devais me mesurer au passé, faire disparaître la culpabilité qui me hantait depuis la nuit de l'accident. Je ne pouvais plus laisser personne penser que c'était Huck qui était au volant. Je devais y retourner et rétablir la vérité, quelles que soient les conséquences. Je voulais qu'il soit de notoriété publique que c'était moi qui conduisais et qu'il était innocent. Ça ne lui rendrait pas les années qu'il avait passées dans cette école cauchemardesque, mais ça le blanchirait, et l'accident ne pourrait plus être utilisé contre lui à l'avenir. C'était peut-être trop peu, trop tard, mais c'étaient les meilleures excuses que je pouvais lui offrir.

Je devais laver son honneur, même si je savais qu'il allait tout faire pour m'en empêcher.

Non seulement j'étais capable de me sauver moi-même, mais j'étais enfin arrivée à un stade de ma vie où je pouvais faire de mon mieux pour le sauver s'il le fallait.

24

Huck

— Je ne suis pas censé recevoir de visites surprises. Comment les as-tu convaincus de te laisser entrer ?

Je toisai mon demi-frère et essayai de contenir mon choc : il avait changé depuis la dernière fois que je l'avais vu, cinq ans plus tôt.

À l'époque il était le monstre, le démon, le grand méchant. L'incarnation du mal.

Aujourd'hui, il semblait aussi malade physiquement qu'il l'était mentalement. Il avait perdu tellement de poids qu'il était presque squelettique. Son visage était creusé et sa peau, d'un teint jaunâtre maladif, fine comme du papier. Ses yeux, où brûlaient autrefois la passion et l'obsession, étaient aujourd'hui ternis et mornes, comme ceux d'Ollie quand elle avait frappé à ma porte quelques mois plus tôt.

C'était difficile de faire le lien entre le jeune homme assis en face de moi et celui qui avait gâché notre vie à tous. Il semblait inoffensif et complètement abattu – et cela n'avait rien à voir avec son fauteuil roulant.

— Tu sais mieux que personne que l'argent fait des miracles. Quand on en a suffisamment, rien n'est impossible.

Jamais je n'aurais cru que je serais un jour prêt à reprendre contact avec mon père pour lui demander de faire jouer ses relations et de graisser quelques pattes pour moi. J'étais heureux de ne plus avoir aucun lien avec cet homme, mais je savais qu'il me serait impossible de voir Sawyer sans son aide.

Mon paternel n'avait pas semblé surpris d'avoir de mes nouvelles à présent que sa femme et son fils étaient sous les verrous. Il avait dû penser que je voulais me faire pardonner et réclamer ma place en tant qu'héritier, mais jamais je n'oublierais qu'il m'avait déshérité en un claquement de doigts et ne m'avait pas protégé de sa furie de femme.

Je lui avais dit clairement que tout ce que je voulais, c'était voir Sawyer. Je n'avais aucune envie de jouer au fils prodigue ni besoin de son aide ou de son argent. Ma fermeté l'avait choqué. Il avait accepté de m'aider, mais, malheureusement, avait négocié qu'en retour, j'accède moi aussi à une de ses requêtes. Il voulait que je change mon nom de famille de Snyder à Richman : j'étais à présent le seul enfant dont il pouvait être semi-fier, malgré l'accident qui figurait sur mon casier judiciaire. Le seul à n'avoir pas été déclaré fou. Il me dit que même si aujourd'hui je ne voulais pas ce qui me revenait de droit, cela pourrait changer, plus tard. Il ne voulait plus que je sois considéré comme son bâtard ; il promit de ne pas me reconnaître publiquement comme son fils si j'acceptais, mais, à tous égards, j'étais désormais son héritage. La maison où j'avais grandi et que je détestais de tout mon être serait à moi un jour. Je lui dis que je n'en voulais pas.

Mon nom de famille était la seule chose que ma mère m'avait léguée. Je n'avais jamais songé à le changer. Mais parler avec Sawyer et protéger Ollie était plus important que me cramponner à un détail qui n'avait jamais représenté grand-chose pour moi de toute façon.

Je passai le marché avec mon père, mais sans en parler à Ollie. Je savais qu'elle piquerait une crise si elle apprenait que je lui cachais quelque chose d'aussi énorme. Mais c'était comme ça, je ne voulais pas qu'elle sache que j'allais voir Sawyer. Je ne voulais pas qu'elle sache que je m'étais remis à jouer à ce jeu avec mon père follement riche. Je ne voulais pas qu'elle sache que j'avais trempé ne serait-ce qu'un doigt de pied dans notre ancienne vie.

Elle était fermement décidée à se racheter et à prendre ses responsabilités pour ce qu'il s'était passé autrefois. Je savais qu'il n'y avait aucun moyen de l'arrêter une fois qu'elle avait une idée en tête. Elle avait déjà prévu de revenir dans notre ville natale pour pouvoir me disculper en avouant que c'était elle qui conduisait le soir de l'accident.

Je mentirais, tromperais, volerais pour qu'elle ne soit pas obligée de faire ça pour moi. Je n'étais pas certain que, légalement, elle subisse des répercussions majeures pour son acte, puisque l'accident avait eu lieu il y a une éternité et que j'avais déjà purgé ma peine. Mais ça ne m'aurait pas étonné que, même depuis sa prison, la mère de Sawyer réclame des dommages et intérêts et le remboursement des frais médicaux une fois qu'Ollie aurait avoué. Je voulais juste en finir avec tout ce bazar et mettre Ollie hors de cause.

Voilà pourquoi j'étais assis face à Sawyer en ce moment même.

Mon frère grimaça et remua dans son fauteuil.

— Tu n'es pas sur le point d'entrer à l'école d'avocats ? Soudoyer les autorités pour obtenir ce que tu veux, ça ne va pas à l'encontre de tes valeurs morales ou quelque chose dans le genre ? Tu n'as pas toujours prétendu valoir mieux que ça parce que tu voulais que personne ne pense que tu étais comme ta vénale de mère ?

Je haussai une épaule et m'efforçai de garder une expression neutre, même si cela m'interloquait qu'il soit au courant de ce qu'il se passait dans ma vie. C'était troublant de se rendre compte qu'il m'avait tenu à l'œil tout ce temps.

— Je serai le genre d'avocat qui fait ce qu'il faut faire quoi qu'il arrive, assenai-je en pianotant sur la table qui nous séparait. Survivre à ta mère et toi m'a appris à quel moment il faut enfreindre les règles. J'imagine que je dois te remercier d'avoir fait de moi le genre de gars qui s'épanouit dans l'imperfection qui prolifère dans ce monde. Grâce à toi, je peux m'appuyer sur les ténèbres quand c'est nécessaire tout en sachant que je ne dois pas m'y perdre. Je suis assez malin pour revenir vers la lumière quand je suis trop loin. Comme tu le sais, Ollie brille depuis toujours. Du moment que j'avance vers elle, tout ira bien pour moi.

Il avait essayé d'entraîner Ollie dans les ténèbres avec lui au lieu de la laisser rayonner comme elle y était destinée.

Sawyer tressaillit, mais ce fut à peine perceptible.

— Que fais-tu là, Huck ?

Je tapais si fort sur la table que mes doigts commençaient à me faire mal. Peut-être était-ce naïf de ma part de penser que je pouvais raisonner un fou, mais je devais essayer.

— Les vacances d'automne approchent, et quand elles seront là, Ollie va revenir pour dire à qui veut l'entendre que c'était elle qui conduisait ce soir-là, et pas moi. Elle était mineure, cinq ans se sont écoulés : je ne pense pas que ça va intéresser qui que ce soit. Mais tu connais ta mère, elle ne va pas la laisser s'en sortir comme ça. Ta mère a pointé un pistolet sur Ollie. Elle a exigé qu'elle vienne te dire qu'elle t'aimait, qu'elle voulait être avec toi. Elle tient Ollie pour responsable de ta présence dans cet institut et dans cet état. J'espère qu'il te reste une once d'humanité pour te rendre compte que le seul responsable, c'est toi. Ton obsession t'a rendu malade, elle t'a poussé à faire des choses dangereuses. Je ne peux pas le prouver, mais je sais que tu as attrapé le volant et que tu l'as tourné brusquement alors qu'Ollie était en train de conduire.

Sawyer laissa échapper un son étranglé, mais son visage sévère ne laissa rien paraître.

— Bon, peut-être que tu as vu une biche et que tu as essayé de l'aider, comme c'était une conductrice débutante.

J'en doutais, mais je devais parer à toutes les éventualités.

— Quelle que soit la raison, tu es aussi responsable de l'accident qu'elle, d'autant que tu l'as obligée à prendre le volant ce soir-là. C'était ton choix. Et c'est moi qui l'ai appelée pour qu'elle vienne me chercher. C'est moi qui ai bu et fait la fête sans me soucier de rien. Je l'ai mise en danger autant que toi. C'était juste une ado qui voulait bien faire. Tu l'as punie inlassablement rien que pour ça.

Il remua encore dans son fauteuil, mais son visage ne trahissait toujours aucun signe de remords ou de compréhension.

Je soupirai et me penchai en avant.

— Tu lui as fait vivre un enfer, Sawyer. Ça fait des années qu'elle est seule et malheureuse à cause de toi. Elle ne fait confiance à personne, et vit sa vie en étant prête à s'enfuir à tout moment. Tu pensais pouvoir la forcer à rester à tes côtés, mais tes actes l'ont poussée dans mes bras. J'ai toujours été son préféré. Tu n'as jamais rien pu faire pour changer ça. Je l'ai perdue une fois et je refuse de la perdre encore, affirmai-je en le regardant fixement. Quoi qu'il m'en coûte, je la garde, et je la protégerai. Tu dois la laisser partir. Tu dois la libérer. C'est le moins que tu puisses faire pour elle après l'avoir torturée, après t'être servi de sa mère contre elle pendant si longtemps.

Son visage de marbre se déforma enfin pour afficher un sourire amer. Il avait l'air dérangé – comme le Joker quand il assume pleinement sa folie.

Son expression me ficha les jetons, mais j'étais déjà allé trop loin pour faire marche arrière.

— Je n'ai jamais compris pourquoi elle ne voyait que toi, répondit-il en fronçant les sourcils. À l'époque, tu étais tellement bruyant et pénible. Tu étais gros et tout le temps sale. Même quand tu as grandi et que tu as commencé à t'intéresser aux filles, c'était après toi qu'Ollie courait, pour tout. Elle ne parlait que de toi, elle te tournait autour comme la terre autour du soleil. Je voulais seulement qu'elle me regarde, juste une fois, comme elle te regardait toi. J'ai essayé de lui répéter encore et encore que tu n'avais pas besoin d'elle comme moi j'avais besoin d'elle, que tu ne voudrais jamais d'elle comme moi je la voulais. Elle refusait de m'écouter.

L'expression de mon frère était franchement sinistre.

— Je l'ai suppliée de ne pas aller te chercher ce soir-là. Je l'ai implorée de te laisser te débrouiller tout seul. Rien de ce que je disais n'avait d'importance. Quand tu appelais, elle accourait toujours. Je savais qu'en grandissant, cet entichement deviendrait beaucoup plus. Elle était amoureuse de toi bien avant de savoir ce qu'était l'amour. Je détestais ça. Je te détestais, toi. Et elle m'a poussé à la détester. C'est peut-être cliché, mais je pensais vraiment que si je ne pouvais pas l'avoir, personne ne devrait. Je ne me doutais pas que ce que j'avais prévu de nous faire serait le début d'elle et moi. Il a fallu ce fauteuil pour qu'Olivia Adams me remarque enfin. Une fois que j'ai été blessé, elle n'a plus vu que moi. C'était parfait… le temps que ça a duré.

Je me raidis sur ma chaise et retirai ma main de la table pour que Sawyer ne me voie pas serrer le poing.

L'enfoiré.

Il avait vraiment essayé de nous tuer ce soir-là.

Je n'aurais pas dû être surpris, mais je l'étais. Il était vraiment malade, tordu. Ce n'était pas une exagération due à mes souvenirs de jeunesse.

Je comptai jusqu'à dix et expirai. Je m'efforçai de garder une expression neutre, mais je sentais monter dans mon cou une colère si brûlante que j'étais certain d'avoir la peau rouge.

— Tu as tort. Ce n'était pas toi qu'elle voyait, Sawyer. C'était ce fichu fauteuil. Sa culpabilité l'empêchait de détourner le regard. Peu importait que ce soit toi. Ollie aurait tout laissé tomber pour être à l'entière disposition de n'importe qui dans ta situation. C'est une chic fille avec un sentiment de culpabilité démesuré. Tu n'es pas spécial à ses yeux. Tout ce que tu as réussi à faire, c'est lui inspirer de la pitié.

— Je me suis aussi débarrassé de toi, Huck. Je n'en espérais pas tant, dit Sawyer en riant à gorge déployée. Ta place a toujours été à la rue, tu n'aurais jamais dû naître dans ma famille.

Je serrai les dents et expirai si fort que mes narines devaient se dilater comme celles d'un taureau enragé. Personne ne me tapait sur le système autant que ce taré. J'avais beau savoir qu'il avait des problèmes qui auraient dû être traités il y a bien longtemps, il était difficile de rester de marbre. C'était comme si nous étions revenus en enfance, à nous disputer la moindre petite chose, et je haïssais le sentiment d'infériorité que cela éveillait en moi.

— Je suis d'accord. Je n'ai jamais eu ma place dans cette famille, et je te suis redevable de m'avoir forcé à apprendre à m'en sortir seul. Il ne m'a pas fallu longtemps pour me trouver une famille qui me convient beaucoup mieux. La famille que j'ai aujourd'hui est indissoluble, et elle est prête à monter au créneau pour Ollie, même s'il m'arrivait quelque chose. Tu t'es débarrassé de moi, mais je reviens plus fort et meilleur qu'avant. À l'époque, j'essayais de jouer au héros face au méchant que tu étais. Aujourd'hui, je sais que le seul moyen de vaincre un monstre est d'en devenir un soi-même.

Je me penchai en arrière sur ma chaise, défiant Sawyer du regard. Il m'observait attentivement à présent, toute trace d'amusement hystérique disparue.

— Cet établissement n'est pas si mal : tu as ta propre chambre, le personnel est plutôt compétent. Même si c'est un établissement public, c'est le meilleur endroit où tu pouvais atterrir. Si tu te comportes bien et que tu continues à être docile et obéissant, il y a même une chance pour que tu sortes avant d'être un vieillard. Pareil pour ta mère. Dans l'immédiat, il y a de grandes chances pour qu'elle écope juste d'une assignation à domicile, puisqu'elle n'a jamais eu de problème avec la justice à part des trucs de riches comme les pots-de-vin. Je peux faire disparaître tout ça, cela dit. Je peux te faire transférer dans un établissement en surcapacité et en sous-effectif. Je peux veiller à te noyer si profondément dans le système qu'il n'y aura plus aucun espoir que tu revoies la lumière du jour. Au lieu de thérapie et de médicaments, tu finiras attaché à un lit vingt-quatre heures sur vingt-quatre. Tu n'es pas au bout de tes peines, Sawyer. Je peux veiller à ce que ta mère purge sa peine dans un endroit d'où elle n'aura aucune chance de sortir vivante, même si elle écope d'une peine légère. Rappelle-toi, *je* suis le préféré de papa maintenant : il veut que je perpétue son nom, moi et moi seul. Tout est possible quand on a de l'argent, et je peux être bien plus impitoyable avec aujourd'hui que je l'ai jamais été sans. Décide de faire ce qu'il faut et avoue que c'est toi qui as causé l'accident ce soir-là ; retire Ollie de l'équation et je vous laisse tranquilles, ta mère et toi. Fais quelque chose pour te racheter, une fois dans ta vie. Oublie Ollie et fais le nécessaire pour te remettre les idées en place. Profite de ce temps pour assumer tout ce que tu as fait et essaye de te soigner. Si tu fais ce que tu dois faire, il n'y a aucune raison pour que tu ne mènes pas une vie normale à ta sortie. Tu n'es pas obligé de rester indéfiniment celui que tu étais.

On se toisa comme les ennemis que nous étions depuis toujours dans un silence pesant. Je ne pensais pas qu'il céderait. Il se cramponnait à son obsession pour Ollie depuis si longtemps que lui demander de mettre fin à cette fixette, c'était comme lui demander d'abandonner une partie fondamentale de celui qu'il était. Sawyer ne savait très probablement pas comment être autrement. Il avait déjà besoin d'aide bien avant d'avoir été obligé de l'accepter.

Il poussa soudain un long soupir et renversa sa tête en arrière. Je voyais toutes les veines sous la peau pâle de son cou, et la saillie osseuse de sa pomme d'Adam était si proéminente que c'en était presque flippant.

— J'imagine qu'il n'y a pas moyen de te convaincre de me laisser voir Olivia une dernière fois ?

À sa façon de poser la question, je sus qu'il connaissait déjà ma réponse.

— Aucune chance. Tu ne l'approcheras plus jamais, pas tant que je serai là.

Il rit de nouveau, mais de manière moins hystérique cette fois.

— C'est la bonne réponse, même si ça me fait mal de l'admettre.

Il se pencha en avant, ses yeux de la même couleur que les miens soudain flamboyants.

— Et le mec avec qui elle a couché quand elle était à la fac ? Tu sais que tu n'es pas son premier, n'est-ce pas ? Peut-être qu'elle te vénérait comme un dieu, mais elle a gâché sa première fois avec un pâle sosie de moi.

Je me levai avec un grognement. L'air était étouffant dans la petite pièce, et la tension que j'essayais de ravaler menaçait de m'étouffer.

— C'est justement ton problème, Sawyer : qu'il s'agisse de son premier ou de son cinquantième, tu n'as pas ton mot à dire sur la personne avec qui elle choisit d'être. Qui elle choisit d'aimer. Ollie est une personne à part entière, et les choix qu'elle fait lui appartiennent, à elle et à elle seule. Ils n'appartiennent ni à toi ni à moi. Je peux seulement faire de mon mieux pour être celui qu'elle préférera encore et toujours. Si jamais elle choisit quelqu'un d'autre, je la laisserai partir.

Mais pas sans me battre.

— Quant à ce mec, on s'en est occupé. Pas parce que c'était son premier, mais parce qu'il a été assez stupide pour croire qu'il pouvait la menacer en ma présence.

Comme je l'avais dit, la seule façon de vaincre un monstre était d'en devenir un, plus grand, plus féroce. Quand il fallait protéger Ollie, il n'y aurait jamais rien ni personne de plus dangereux que moi.

Je quittai la pièce sans lui dire au revoir. Je savais pourtant que c'était ma dernière conversation avec mon demi-frère de toute ma vie. Il n'avait ni accepté ni décliné d'admettre sa part de responsabilité dans l'accident, ce qui voulait dire que j'allais devoir lui forcer la main. J'espérais qu'il changerait d'avis, parce que je n'avais pas envie de mettre mes menaces à exécution.

Mais je le ferais.

La vérité, c'était que Sawyer et moi étions finalement bien plus similaires que nous ne voulions l'admettre.

Nous aimions la même fille. Nous étions prêts à tout pour l'avoir. Nous avions tous les deux des mères qui ne nous considéraient que comme un moyen d'atteindre leur but, même si la sienne était un peu plus maternelle. Nous ne voyions guère notre père que comme un distributeur de billets et un donneur de sperme. La plus grande différence entre nous deux, c'était que j'avais appris que je devais travailler pour obtenir ce que je voulais, et que je savais qu'il ne fallait jamais rien prendre pour acquis. On avait tout passé à Sawyer, et ce passe-droit avait empoisonné sa vie.

Au moment où j'arrivais à la voiture de sport que j'avais louée pour le week-end, mon téléphone sonna. Je ne fus pas surpris de voir le nom d'Ollie s'afficher.

Je lui avais dit que je passais le week-end chez Fisher. Je me sentais mal de lui mentir, mais je ne voulais plus jamais me battre avec elle à propos de Sawyer. Je voulais que les Richman sortent de ma vie une bonne fois pour toutes. Je comptais me dresser entre elle et quiconque essayait de lui faire du mal, comme quand nous étions plus jeunes.

— Salut, toi. Je te manque déjà ?

J'étais parti le matin même après avoir veillé à ce qu'elle soit satisfaite et qu'elle me sente chaque fois qu'elle bougerait les jours suivants.

— Tu es allé voir Sawyer ?

Sa voix claqua comme un fouet dans le combiné, et j'imaginai ses joues teintées de rose vif, faisant ressortir ses taches de rousseur et sa cicatrice blanche.

— À quoi tu pensais, Huck ?

Je ris en montant dans la voiture.

— Vernon m'a dénoncé. Franchement, ce gamin a plus d'affection pour toi que pour moi, ces temps-ci.

J'entendis Ollie pousser un soupir exaspéré.

— Non. Fisher est passé voir les garçons. Imagine ma surprise de le rencontrer enfin alors qu'il était censé être avec toi. Tu m'as menti, espèce de salaud.

Merde. J'avais été tellement pressé de revenir sur notre terre natale avant elle que j'avais oublié d'appeler Fisher pour lui dire que je m'étais servi de lui comme alibi.

Je soupirai et posai mon front contre le volant.

— Oui. Mais je ne regrette pas. Je sais que tu veux me disculper et prendre la responsabilité de l'accident, mais ce n'était pas ta faute. Sawyer et moi avons tous les deux joué un rôle là-dedans, et nous en avons tous payé le prix. Tu as été asservie pendant des années. Sawyer est dans ce fauteuil et dans cet établissement jusqu'à nouvel ordre. J'ai dû endurer cette école militaire seul. Toutes ces choses sont bien pires que ce que le système judiciaire aurait pu nous faire subir. Je veux que Sawyer admette ce qu'il a fait pour que tu arrêtes de te sacrifier. Je savais que tu m'aurais empêché de le voir lui ou mon père avant d'aller faire tes aveux à la police, alors j'ai fait ce que j'avais à faire.

Elle ne dit rien pendant un long moment : elle était remontée, mais mes mots ne la laissaient pas indifférente.

— Je suis tellement en colère contre toi, Huck, dit-elle finalement d'une voix calme mais tendre. Tu es censé me laisser me sauver moi-même à partir de maintenant. Et de temps en temps, ce serait sympa que tu fasses semblant de me laisser te sauver.

— Tu peux te sauver toi-même quand je suis en retard pour venir t'aider, soupirai-je. Et évidemment que tu m'as sauvé. Si tu n'étais pas revenue, j'aurais continué à vivre ma vie, allant d'un but à l'autre, d'une réussite à l'autre. Ma vie avançait, mais j'étais bloqué dans le passé. Je pensais avoir dépassé la douleur et la colère que j'entretenais, mais elles étaient encore là, prenant la place que le bonheur était censé occuper. Tout ce que j'accomplissais était vide. J'avais besoin de toi pour remplir ma vie.

J'eus un sourire qu'elle ne pouvait pas voir, mais qu'elle pouvait entendre dans ma voix.

— Tu sais, sans Boucles d'Or, les ours mouraient d'ennui, seuls dans les bois. Ils pouvaient compter les uns sur les autres, mais ils avaient besoin d'elle pour faire bouger les choses et avoir une histoire à raconter.

Mon analogie fit pouffer Ollie, et si j'avais été assez souple, je me serais donné une tape dans le dos pour avoir réussi à détendre l'atmosphère.

Puisqu'elle semblait avoir moins envie de m'étrangler, je repris :

— Sawyer m'a dit que tu étais amoureuse de moi avant de savoir ce qu'était l'amour. Je pense que c'était vrai pour moi aussi. Je t'aimais sans savoir ce que je faisais ni comment le faire bien. C'est pour ça que ça m'a fait aussi mal quand tu as dû me tourner le dos. J'ai toujours cru que j'avais éprouvé un sentiment de trahison, mais c'était peut-être autre chose. Peut-être que j'ai eu le cœur brisé. C'est pour ça que je n'ai jamais pu lâcher prise et que des excuses me semblaient insuffisantes.

Un petit cri de détresse lui échappa, et je craignis de la faire pleurer tout en étant trop loin pour la réconforter. Il faudrait que j'appelle Vernon et lui demande de lui faire un câlin pour moi.

— Ne pleure pas. Je rentre bientôt. Je vais rester ici un jour ou deux pour m'assurer que Sawyer prendra la bonne décision. Si c'est le cas, tu n'auras plus aucune raison de venir ici. Nous pourrons aller de l'avant. Pour ce que ça vaut, je sais que je te pardonne tout, Ollie. Tu n'as vraiment pas besoin d'assumer la responsabilité de l'accident pour te racheter à mes yeux. Tu l'as fait quand tu m'as donné une deuxième chance d'être avec toi.

Enfin, le passé pourrait être enterré, et la seule chose qui resterait de cette nuit-là serait la cicatrice sur sa joue. Et encore, elle pouvait disparaître si Ollie le voulait.

Elle hoqueta, puis se reprit pour me dire :

— On reparlera du fait que tu as décampé sans moi quand tu rentreras, Huck. Fais attention à toi et dépêche-toi de rentrer.

— T'inquiète.

Je ne lui dis pas de m'attendre.

Je ne lui demandai pas de ne pas s'enfuir tant que je n'étais pas là pour l'en empêcher.

Je ne lui dis pas que je la trouverais où qu'elle aille.

Je ne lui demandai pas de me pardonner parce que je n'étais pas désolé d'avoir fait ce qui devait être fait.

— Je t'aime.

— Moi aussi, je t'aime. Je suis si heureuse de t'avoir retrouvé après t'avoir perdu.

Il avait fallu longtemps pour qu'on se retrouve, pour que les étoiles soient alignées, pour que les plateaux de notre destin trouvent le parfait équilibre. Mais, après beaucoup de hauts et de bas, d'allées et venues, et un combat de titans entre le bien et le mal, tout était parfait, enfin.

Et je savais que j'allais garder Boucles d'Or dans mon lit dorénavant. Je ne lui donnerais jamais de raisons d'aller chercher mieux ailleurs.

Épilogue

— Tu es sûr que tu as tout ?

C'était la cinquième fois que je posais la même question à Huck, mais il ne perdait jamais patience et il répondait chaque fois qu'il avait vérifié trois fois ses affaires avant de les charger à l'arrière du SUV flambant neuf qu'il s'était offert pour son diplôme. Son nouveau nom de famille s'accompagnait d'un joli fonds fiduciaire, mais Huck affirmait qu'il n'en toucherait pas un centime. Il avait acheté la voiture en payant un acompte avec l'argent qu'il avait mis de côté grâce à son travail et avait fait un prêt qu'il devrait rembourser tous les mois pour régler le reste, comme tout autre étudiant fraîchement diplômé. Il était déterminé à s'en sortir seul, sans l'aide de son père ou du nom de famille dont il n'avait jamais voulu.

Même après que Sawyer avait craché le morceau et avoué sa part de responsabilité dans l'accident, son père était resté implacable et indifférent. J'avais demandé à Huck comment il avait réussi à convaincre Sawyer de prendre la bonne décision, et il m'avait dit qu'il s'était simplement servi des tactiques de son frère contre lui. Il avait également mentionné que maintenant que ma mère était partie, Sawyer savait qu'il n'avait plus aucun espoir de me récupérer. Huck semblait surpris par la tournure des événements, et je ne pouvais pas le lui reprocher. Après ma confrontation avec Mme Richman et les retrouvailles éprouvantes de Huck avec son père et son frère, j'étais loin de m'attendre à ce que Sawyer assume sa part de responsabilité dans l'accident. Tout cela ne changeait rien au fait que c'était moi qui conduisais ; mais qui m'écouterait maintenant que les deux garçons se disaient responsables ? Tout ce qui comptait, c'était que l'honneur de Huck était sauf. Je n'allais pas insister, puisque c'était tout ce que je voulais, au fond.

L'été était passé à une vitesse étourdissante. Je n'en revenais pas qu'aujourd'hui soit le dernier jour que Huck et moi passions sous le même toit. Il avait été accepté dans son premier choix d'école d'avocats, dans la ville où Fisher travaillait. Huck avait déjà un boulot qui l'attendait et prévoyait d'habiter avec Fisher, au moins pendant le premier semestre. Il avait été occupé à faire ses cartons et à préparer son déménagement ; j'étais retournée travailler pour Mercer et avais pris quelques cours d'été pour pouvoir être transférée au département d'informatique au semestre suivant.

Huck m'avait proposé de venir avec lui quand il avait été accepté à son école. Nous en avions longuement discuté, et j'avais été sérieusement tentée d'accepter.

En fin de compte, je parvins à la conclusion que si nous avions l'espoir d'un véritable avenir ensemble, nous devions arrêter de vivre dans le conte de fées sordide qu'avait été notre vie. Une relation à distance serait un jeu d'enfant comparé à tout ce que nous avions traversé ensemble. Même si l'idée de ne plus pouvoir le voir, le toucher, le goûter, lui parler, et m'appuyer sur lui quand je le voulais, n'en était pas moins insupportable.

Nous avions été quasi inséparables depuis qu'il était rentré de sa visite à Sawyer, et depuis, comme je l'avais toujours voulu, ma vie ressemblait enfin à une vie ordinaire. J'étais terrifiée à l'idée de le laisser partir pour que nous vivions enfin notre propre vie. Au bout du compte, ce fut cette peur qui me décida à rester. Je ne voulais pas être avec Huck juste parce que j'avais peur d'être sans lui. Je voulais être avec lui parce que nous étions meilleurs ensemble ; mais nous étions déjà géniaux, chacun de notre côté.

J'avais besoin de me prouver que je pouvais m'en sortir seule. Que, comme lui, je pouvais m'épanouir dans une situation imparfaite et la rendre parfaite pour moi… pour nous.

Malgré le soutien quotidien de Mercer et Vernon, j'étais dévastée de le voir partir et je me demandais comment je m'en sortirais sans lui. Je pleurais en secret au moins une fois par semaine. Mais je ne devais pas être très douée pour dissimuler mes sentiments, parce que Huck avait proposé de rester et d'aller dans une école moins cotée mais plus proche, et je me sentis encore plus mal. J'étais triste à l'idée d'être loin de lui alors que nous avions mis tant de temps à nous retrouver, mais j'étais déterminée à faire ce qu'il fallait en le laissant poursuivre son rêve. Je le soutiendrais de loin, tout en découvrant qui je voulais être à présent que j'avais la liberté de le faire.

— Ce n'est pas si loin. Je promets de revenir te voir les week-ends où je ne travaille pas, souffla Huck en prenant mon visage entre ses mains.

J'étais assise sur notre lit. J'avais décidé de m'installer officiellement dans sa chambre puisqu'il s'en allait. Je n'avais jamais vraiment déménagé mes affaires du grenier, mais je n'avais pas passé une seule nuit dans cette chambre sinistre depuis que Huck et moi avions commencé à coucher ensemble.

Puisque Huck et Harlen déménageaient dans d'autres villes, Vernon et moi serions bientôt seuls dans cette vaste maison. J'avais failli pleurer de soulagement quand le petit génie de l'informatique m'avait annoncé qu'il restait pour son doctorat. Non seulement il continuait ses études dans mon département et resterait mon mentor, mais il continuerait aussi à être mon super colocataire. J'avais également eu la chance que Mercer me pardonne. Ça avait pris du temps, et j'avais dû me montrer persévérante, mais elle avait fini par céder. Elle m'en voulait de l'avoir suivie et mise dans l'embarras. Et elle était vexée que je n'aie pas eu confiance en elle : le soir du rendez-vous que j'avais interrompu, elle avait en fait eu l'intention de rompre avec Jack, parce qu'elle en avait assez de ses manigances. Elle sentait que quelque chose clochait, et si elle avait été fuyante avec moi, c'était parce qu'elle avait peur qu'il ait un lien avec mon passé. Elle essayait de me protéger depuis le début. Mercer était une véritable amie, et je l'aimais plus encore qu'avant, une fois qu'on eut tout mis à plat. Je crois que sans elle, j'aurais été incapable de digérer le départ de Huck et le chagrin qui avait fini par me rattraper après la mort de ma mère. Me voir enfin accepter la mort de ma mère et la terrible perte que j'avais faite avait apaisé la colère de Mercer envers moi.

Ma relation avec ma mère avait toujours été compliquée, mais si j'avais fait des choses discutables, c'était pour la garder près de moi aussi longtemps que possible. Me libérer du poids de la responsabilité de son bien-être avait changé ma vie. J'avais l'impression de pouvoir enfin respirer et bouger sans rencontrer toujours un obstacle nouveau et insurmontable.

Vernon et moi essayions de décider si nous voulions trouver deux nouveaux colocataires pour partager le loyer ou tâcher de l'assumer nous-mêmes. Aucun de nous deux n'était prêt à faire confiance à des étrangers ou à les accepter dans notre espace ; il semblait bien que j'allais devoir trouver un deuxième boulot avant le début du semestre. J'avais beau adorer travailler à la boutique, je ne gagnais pas assez d'argent pour payer tous mes frais. Si j'avais été meilleure élève, j'aurais pu donner des cours particuliers, comme Vernon, mais il y avait peu de chances pour que cela arrive bientôt.

En réalité, Vernon semblait plus déprimé de voir partir Harlen que moi de voir partir Huck. Il était boudeur et distrait depuis que les mutations sportives avaient été annoncées.

Huck posa son front contre le mien tandis que j'entourais

sa taille de mes mains. Je soupirai et fermai les yeux en sentant sa chaleur m'envahir.

— Je sais que tu ne déménages pas à l'autre bout du pays, mais tu vas me manquer quand même. Je pourrai venir te voir, moi aussi. Tu n'es pas obligé de venir à moi à chaque fois. Tu seras occupé, entre l'école et le travail.

Il avait essayé de me convaincre que j'avais besoin d'une voiture maintenant qu'il serait loin. Il ne voulait pas que je me retrouve coincée sans moyen de transport en cas d'urgence. J'avais résisté, parce que je savais combien l'école allait lui coûter et que vivre dans une grande ville serait onéreux. Il avait insisté, disant qu'il avait ce qu'il fallait, mais j'étais obstinée. Comme toujours, Huck fut rusé et il contourna le problème. Il acheta une petite voiture d'occasion à Vernon en lui disant explicitement de me la prêter quand j'en faisais la demande. Vernon joua le jeu pour faire plaisir à Huck, mais nous savions tous les deux que la voiture était à moi, même si mon nom ne figurait pas sur les papiers.

Il rit doucement, et son souffle caressa mes lèvres, les forçant à s'entrouvrir légèrement.

— Toi aussi.

Je fis la grimace et serrai son T-shirt entre mes mains.

— Oui, mais tu fais plus attention à tes notes que moi, répondis-je. Je vais essayer de supporter d'être loin de toi comme je peux, mais ne sois pas surpris si jamais je me pointe sur le pas de ta porte sans prévenir. Au cas où, tu ferais mieux de prévenir Fisher que tu me laisses une clé.

Il rit de plus belle et pencha la tête pour frotter ses lèvres contre le bout de mon nez. Ce geste tendre me fit soupirer et je passai mes mains du tissu de son T-shirt à la peau en dessous. Il était censé être parti depuis une heure, mais nos adieux prenaient plus longtemps que prévu.

Je passai mes mains sur ses flancs, laissant mes doigts courir le long de ses côtes.

Qu'est-ce que j'allais faire quand je ne pourrais plus lui sauter dessus quand j'en avais envie ?

Ça allait me manquer, qu'il grimpe dans le lit tout chaud et tout excité au petit matin. Ses mains impatientes et sa bouche vorace allaient me manquer. Son corps musclé et sa passion indéfectible allaient me manquer.

Mais surtout, son cœur allait me manquer.

Son battement régulier quand je m'allongeais sur son torse pour m'endormir me donnait un sentiment de sécurité et de sérénité.

C'était comme un phare, une lumière vive dans le noir qui m'avait toujours enveloppée. Grâce à son rayonnement, je pourrais le retrouver où qu'il soit dans le monde.

Je savais que la distance imminente ne ternirait pas son éclat, mais j'attendrais avec impatience les jours où je pourrais poser ma main sur sa poitrine et sentir que j'avais au bout des doigts ce qu'il y avait de plus beau et de plus important chez lui.

Huck me laissa lui enlever son T-shirt Balenciaga. Ses mains quittèrent mon visage ; l'une d'elles se posa sur ma nuque, l'autre sur mon cou pour me relever le menton. Sa bouche se posa sur la mienne et il fit basculer son poids sur moi, nous faisant tomber sur le lit.

Je me délectai de la pression de son torse nu contre le mien. Presque instantanément, mes tétons pointèrent, et mon cœur se mit à battre la chamade.

Nous avions déjà bien profité du temps qui nous restait ces dernières semaines, mais il y avait quelque chose de plus respectueux dans notre façon de nous toucher, cette fois. Nous avions eu la chance d'avoir un accès illimité l'un à l'autre ; désormais, nous allions devoir faire durer chaque baiser, chaque soupir, chaque caresse de peau nue.

Il s'appuya sur ses coudes pour ne pas m'écraser de son poids, puis passa une main entre nous pour défaire sa ceinture et les boutons de son jean. Il bandait déjà, et je sentis les muscles de son ventre se crisper quand je passai le revers de la main sur ses abdos dessinés.

Il m'enserra légèrement la gorge de l'autre main et j'écarquillai les yeux. Il arracha sa bouche de la mienne et déposa un baiser sur ma cicatrice. Je n'arrêtais pas de lui répéter que cette zone était insensible, mais cela ne l'empêchait pas de toujours prendre un moment pour s'y attarder. C'était comme s'il essayait de guérir mon bobo d'un bisou magique, comme quand nous étions petits. Comme s'il essayait de chasser les années de mauvaises décisions et les mauvais souvenirs gravés dans cette petite zone de mon visage.

Je lui retirai ses vêtements pendant qu'il m'embrassait dans le cou, s'arrêtant pour mordiller l'endroit où mon pouls battait de manière erratique. La morsure était un peu plus brutale qu'elle n'aurait dû l'être, et je savais qu'elle laisserait une marque. Ça ne me surprenait pas : plus la date de son départ s'était approchée, plus Huck avait été agressif dans ses caresses. Ma peau était émaillée de suçons et de petites contusions laissées par ses doigts. La plupart n'étaient visibles que lorsque j'étais nue, mais j'en avais quelques-uns plus gênants qui ne pouvaient être cachés. J'étais presque sûre que c'était un moyen de marquer son territoire, de montrer à quiconque oserait s'approcher trop près que j'étais déjà prise. Ce genre d'autoritarisme n'aurait pas dû me plaire, mais je sentais moi aussi mon côté possessif pointer le bout de son nez quand je me rappelais qu'il allait dans une nouvelle école pleine de filles qui partageaient au moins son intérêt pour le droit. Si nous n'avions pas survécu à l'enfer ensemble, j'aurais été rongée de jalousie.

Heureusement que nous étions destinés à être ensemble. Je n'avais aucun doute : personne ne compterait autant pour lui que moi. Nous avions été amis puis ennemis puis amants. Nous avions tout été l'un pour l'autre, et personne d'autre ne pouvait revendiquer un tel parcours.

Huck leva la tête en faisant courir ses doigts sur ma clavicule pour faire glisser la bretelle de mon débardeur. Son regard fiévreux suivit la courbe de mon sein, et sur ses lèvres se dessina un sourire satisfait.

— Tu apprends vite quand tu es pleinement investie dans le sujet.

Il poussa un grognement rauque de plaisir quand ma main trouva son sexe dur entre nous. Il pulsait toujours avec excitation dans la paume de ma main, et j'étais encore soufflée par le fait qu'il pouvait être dur et doux à la fois.

Je levai les yeux vers lui, surprise de pouvoir encore former des pensées cohérentes alors que sa bouche descendait sur le sommet palpitant et tendu de mon sein. Je sentis la crispation entre mes jambes et me tortillai contre lui.

— Peut-être que ça a plus à voir avec l'élève qu'avec le professeur.

J'étais avide d'apprendre quand il s'agissait de lui. J'avais l'impression que je garderais ses leçons avec moi toute ma vie.

— J'obtiens toujours une note parfaite quand on est ensemble. Et ça ne me dérange pas de faire un effort supplémentaire pour avoir des points en plus.

Huck rit doucement et se concentra sur mon autre sein. J'avais beau être triste de lui dire au revoir, cette façon de le faire était bien plus agréable que les quelques mots emportés qu'il m'avait lancés quand il m'avait quittée, ado. À l'époque, notre séparation avait hanté mon esprit comme un cauchemar. Cette fois-ci, je sentirais et me rappellerais ses caresses et ses baisers chaque fois que je bougerais.

— Continue de suivre mon exemple, Ollie. Je ne te perdrai jamais.

Sa voix rauque balaya ma peau trop sensible tandis que ses mains me débarrassaient de mes vêtements.

Je me cambrai contre lui et murmurai :

— Je te suivrai jusqu'au bout du monde, Huck.

C'était la vérité. Une vérité que je ne pourrais donner qu'à lui. Même si je m'écartais du chemin, Huck serait toujours le foyer vers lequel je reviendrais.

Comme Boucles d'Or, qui était seule et perdue jusqu'à ce qu'elle trouve un refuge inattendu au fond des bois, j'avais trouvé l'endroit où j'étais parfaitement à ma place, comme par magie.

Cet endroit, c'était aux côtés de Huck, où qu'il soit.

Remerciements

Avant tout, merci à vous d'avoir lu ce livre. (Surtout si vous l'avez choisi grâce à la première série.) Je sais que mes lecteurs attendent impatiemment la nouvelle génération de *Marked Men* depuis que je l'ai annoncée à la fin des deux derniers titres, mais j'ai surtout décidé d'écrire les livres des enfants pour les lecteurs qui se sont lancés à la fois dans *A Righteous Man* et *Beast*.

Oui, VOUS ! Vous qui lisez ces lignes, vous êtes la raison pour laquelle je me suis replongée dans un univers que j'avais juré de ne jamais, au grand jamais, explorer à nouveau. Votre loyauté et votre soutien me vont droit au cœur, et je pense sincèrement que je vous dois ces histoires pour vous remercier de prendre de mes nouvelles, même si j'avais arrêté d'écrire ce que mes lecteurs attendaient depuis longtemps.

Un merci tout particulier à ceux qui ont pris le temps de laisser une critique. Je déteste m'exprimer comme un disque rayé à chaque parution, mais les critiques m'aident vraiment, en publier une est la meilleure façon d'apporter votre soutien à un auteur. Et si vous n'avez pas aimé le livre et pensez qu'une critique négative sera mal reçue, vous vous trompez. Toute critique sincère est bienvenue. Ne faites jamais confiance à un livre qui n'a que des commentaires positifs… LOL.

Naturellement, il n'y aurait pas de livre, bon, mauvais ou terrible, sans mon équipe créative. L'une des choses que je préfère dans l'autopublication est la possibilité de choisir les gens avec qui je souhaite travailler. Je pense avoir réuni la crème de la crème, et je ne saurais assez recommander Hang, Elaine et Beth. Leur aide vaut chaque centime investi. Vous pouvez en apprendre plus sur eux au début du livre.

Je dois tout à ma team de bêta-lecteurs. Je crois que j'ai réussi à comprendre le fonctionnement d'un auteur au bout de dix ans d'écriture et trente livres publiés. À chaque livre, j'apprends immanquablement quelque chose de nouveau, comment mieux écrire, grâce à leurs retours sur mon manuscrit brut. J'apprécie tous leurs efforts. C'est un tel investissement de mettre son temps et son talent à contribution, pour le bénéfice de quelqu'un d'autre. Sérieusement, ils répondent à l'appel quels que soient les délais et l'état de mon premier jet. Ma bêta-team est la meilleure. Pam, Teri, Alexandra, Kelly, Cheron, Sarah et Karla apportent chacune un avis précieux sur mes textes. Je ne pourrais jamais publier un livre sans qu'elles l'aient lu en premier.

Un dernier merci, et non des moindres, à mon assistante Melissa, à qui je dois une éternelle gratitude. Elle relève tous les défis que je lui lance, avec le sourire et un juron occasionnel ; étant du Sud, elle a le sourire radieux et le juron adorable. Elle m'oblige à voir le verre à moitié plein, même dans les jours difficiles. Ensemble, nous avons accompli de grandes choses, qui nous ont fait grandir. Nous travaillons de concert depuis si longtemps que nos qualités respectives ont déteint sur l'autre. Melissa est l'une des personnes les plus gentilles et empathiques que j'ai jamais rencontrées, et elle le reste même quand le monde semble être un brasier permanent. Pour me suivre :

https ://www.facebook.com/jay.crownover
https ://www.facebook.com/AuthorJayCrownover
Bookbub : bookbub.com/authors/jay-crownover
Mon site : www.jaycrownover.com
Ma boutique : shop.spreadshirt.com/100036557
Suivez @jaycrownover sur Twitter
Suivez @jay.crownover sur Instagram
Suivez @jay crownover sur Snapchat et Spotify
Pinterest : pinterest.com/jaycrownover
https ://www.goodreads.com/Crownover
http ://www.donaghyliterary.com/jay-crownover.html
Email : JayCrownover@gmail.com

Vous avez aimé *Beast* ?
Découvrez les autres romans
de Jay Crownover :

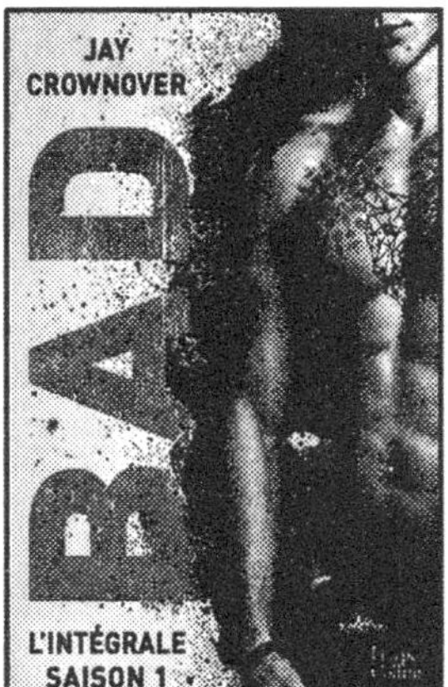

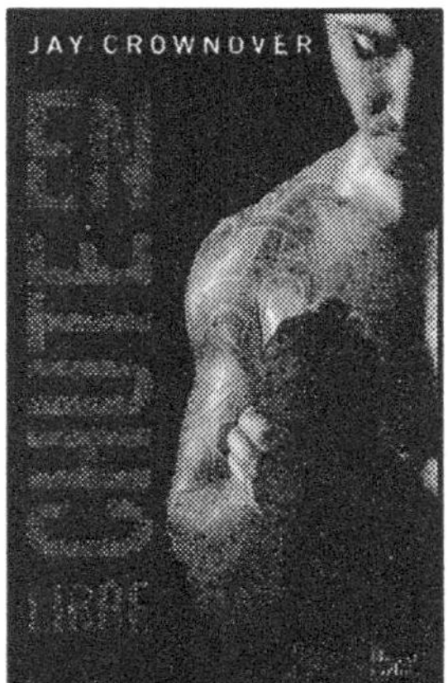

Harper Collins
POCHE

H 10 ans

& vous

10 ans d'émotions

H & fête ses 10 ans !

Composé et édité par HarperCollins France.

Achevé d'imprimer en mai 2023.

CPI

FIRMIN-DIDOT

à Mesnil-sur-l'Estrée (Eure)

Dépôt légal : juin 2023.

Pour limiter l'empreinte environnementale de ses livres, HarperCollins France s'engage à n'utiliser que du papier fabriqué à partir de bois provenant de forêts gérées durablement et de manière responsable.

Imprimé en France